Columnas de humo

ÁLVARO PANDIANI

Columnas de humo

GRUPO NELSON
Una división de Thomas Nelson Publishers
Desde 1798

NASHVILLE   DALLAS   MÉXICO DF.   RÍO DE JANEIRO   BEIJING

A menos que se especifique lo contrario, las citas bíblicas usadas
son de la Santa Biblia, Versión Reina-Valera Antigua 1602, dominio público.

Las citas bíblicas marcadas "RVR1995" son de la Reina-Valera Revisión de 1995,
© 1995 por Sociedades Bíblicas Unidas. Usada con permiso.

Diseño: *Grupo Nivel Uno, Inc.*
Diseño de la portada: *Chris Ward*

ISBN: 978-1-60255-291-3

Nota del editor: Esta novela es una obra de ficción. Los nombres, personajes, lugares o
episodios, aunque tienen una base histórica, son producto de la creación del autor.

Impreso en Estados Unidos de América

09 10 11 12 13 QW 9 8 7 6 5 4 3 2 1

Dedicatoria

A la memoria de mi querido padre, cuya vivencia de cruel enfermedad me impulsó a escribir esta historia.

Índice

De lo profundo, Señor,

a ti clamo.

Señor, oye mi voz,

estén atentos tus oídos

a la voz de mi súplica.

Señor, si miras los pecados,

¿quién, Señor, podrá mantenerse?

Pero en ti hay perdón,

para que seas reverenciado.

Tomado del Salmo 130

UNO

El fraile indio

Fray Ventura Meléndez tiró suavemente de las riendas. La carreta se detuvo, así que el caballo, cansado y sudoroso por el largo camino, aceptó agradecido la orden de parar. El animal se arrimó a la vera del sendero, olisqueando los pastos mustios y resecos por el verano. Sentado en el tablón, fray Ventura aferró la cruz que colgaba sobre su pecho y tendió la vista por la cuesta descendente del Cerrito, hacia la ciudad.

Lejos aun pero cada vez más cercana, Montevideo se erguía desde el casco original, en la península que abraza la bahía, libre ya de las murallas de su encierro colonial. Sus barrios y pueblos aledaños, desperdigados y unidos con el Cordón, con la Aguada hacia el norte y el oeste, y casi también con el Cerro, fundían sus límites con la Villa de la Unión, en un todo de caseríos esparcidos irregularmente por los campos bordeados de caminos de tierra.

Fray Ventura saltó de la carreta y sus sandalias levantaron polvo del camino. Se adelantó algunos metros, mirando las escasas y dispersas viviendas de los alrededores, que habían quedado vacías y abandonadas desde que Manuel Oribe se retirara del Cerrito al finalizar la guerra, casi seis años atrás. De la parte posterior de la carreta, protegida del tórrido sol de esa tarde de febrero por la toldada de cuero, asomaron fray Federico Ferretí y fray César Alfonso. Fray Federico, sacerdote y fraile capuchino entrado en años pero no un anciano todavía, era la autoridad espiritual y guía del pequeño grupo que se dirigía a Montevideo.

—¿Qué ocurre, hijo mío? ¿Qué causa esta parada? —dijo.

Fray Ventura volvió su rostro, sonrió y miró otra vez hacia Montevideo.

—La ciudad, padre; quiero mirar la ciudad.

Fray César saltó de la carreta, ayudó a Ferretí a bajar, y ambos caminaron hasta reunirse con fray Ventura.

—Padre Federico, este hijo de la pradera oriental añora la urbe —dijo Fray César riendo. ¡Su sangre indígena se ha diluido en Montevideo!

Fray Ventura se inclinó a tomar un puñado de grava del camino y la arrojó a fray César, con tan mala puntería que dio con una pequeña piedra en medio de la frente de fray Federico. Ambos frailes abrieron los ojos con horror, mientras el sacerdote cerraba los suyos.

—Hijos míos —dijo entre resoplidos—, procuremos que no deba estar absolviéndoles a cada momento y por necias fruslerías, como cuando eran sandios e imberbes novicios.

—Padre, cuánto lo lamento —exclamó Fray Ventura cuando pareció encontrar aire para respirar.

—Ya está bien, ya está bien. ¿Quieres ver la ciudad? Bien, detengámonos aquí y miremos. Y, fray César, dejemos quieta la sangre indígena de fray Ventura. Mejor, que la sangre de nuestro Señor sea rociada sobre nuestras almas pecaminosas.

—¡Amén! —asintieron compungidos los dos jóvenes frailes.

Los tres hombres de iglesia se estuvieron allí, a la vera del camino descendente, un poco por delante del equino flaco y cansado que seguía masticando las escasas pasturas. Fray Ventura quiso examinar la frente de Ferretí, donde había impactado la piedra, pero este lo apartó con un gesto de impaciencia, aunque sin poder evitar una sonrisa. De pie, juntos, presentaban un fuerte contraste. Fray Federico Ferretí era un hombre de cincuenta y pico años, de escasos cabellos grises y larga barba del mismo color. La extrema blancura de su piel resaltaba coronando el hábito marrón; delgado pero enérgico y de rostro decidido, sus ojos verdes irradiaban bondad, y su boca, poblada por escasos dientes, siempre expresaba generosas palabras conciliadoras. Fray César, un negro hijo de esclavos, había nacido libre según la Constitución de 1830. Él y fray Ventura, un indio charrúa, se habían criado juntos en Montevideo. La familia a la que servían los padres de fray César había adoptado al bebé indígena, que los hombres de Fructuoso Rivera habían traído a la capital. César y Ventura, amigos desde que tenían memoria y hermanos de crianza, eran también hermanos de condición. Uno indio y el otro negro, vivían a la sombra del hombre blanco dominante y dueño del destino de la República y sus habitantes: los pobres, los animales, los negros y los indios.

Caía el sol tras el cerro de Montevideo y el cielo resplandeciente oscurecía ya. Sobre el horizonte del este se iba alzando una media luna amarilla y enorme, que derramaba su perlada y fantasmal luminosidad sobre los campos del levante. Entre dos luces, la de los techos y azoteas que reflejaban el brillo de un sol en retirada y la de las sombras en las calles, Montevideo se tendía para abrazar la costa oriental de la bahía, estirando sus poblados brazos hacia el norte y el este, y hacia el mismo Cerrito. Numerosas columnas de humo, delgadas y casi transparentes, subían hacia el límpido cielo del verano, perfumadas con olor a leña y a alimentos en preparación para la noche. En el casco principal de la ciudad, en la península donde había nacido la urbe colonial, las llamas titilantes de los picos a gas iluminaban ya las calles. En medio destacaba, imponente como siempre, desde más de medio siglo, la Iglesia Matriz.

—Ese es nuestro destino —susurró Ferretí.

La Matriz recibía en la media naranja de sus campanarios los postreros rayos del sol. Las luces de la calle proyectaban temblorosas sombras en su fachada sin revocar aún y maltratada por años de guerra y descuido. Un bullicio peculiar llegaba desde la ciudad: gritos, risas, música y tambores sobre el fondo de un murmullo de conversaciones excitadas y alegres. Hachones encendidos recorrían las calles añadiéndose a la iluminación, y desde lejos se divisaba, a pesar de la distancia, la atmósfera cubierta de una nube de papel picado.

—Los festejos de carnaval —suspiró Ferretí.

Los jóvenes no respondieron, pero sabían qué sentimientos despertaba en su mentor y maestro ver a la población entregada a los desenfrenos de la festividad pagana, y los compartían. De pronto, fray Ventura exclamó:

—¡Ay! —y, tras darse una palmada en el cuello, se masajeó un poco la zona; retiró la mano y vio en la punta de los dedos una mancha de sangre junto a un insecto aplastado.

—Maldito bicho —dijo, y añadió enseguida— Perdón, padre.

Fray César no perdió la oportunidad de comentar:

—Padre Federico, vea, este feroz guerrero indio no tolera las pequeñas alimañas de los campos.

Cuando fray Ventura cruzaba por delante de Ferretí con intenciones de tomar por el cuello a su hermano, el sacerdote lo detuvo con sorprendente energía.

—Tú, quieto allí —y dirigiéndose a Fray César, a su izquierda, continuó—. Vuestro hermano Ventura es un guerrero de Cristo. Y aunque son criaturas de Dios, a mí tampoco me agradan las alimañas de los campos. En cuanto a ti, fray Ventura, no te pese haber matado a ese... a ese bicho, pero recuerda que ellos también necesitan comer —y señaló el cielo sobre la ciudad.

A poca altura encima de la urbe una impresionante nube de mosquitos se agitaba inquieta, pronta a lanzarse sobre la enorme cantidad de carne y sangre humana que bailaba abajo.

El hombre corrió un poco los ricos cortinados y atisbó desde la amplia ventana abierta de la planta alta el movimiento de la calle. Música de tambores y guitarras pasaba por la circunvalación de la Casa de Gobierno, en dirección a la calle Solís. La cabeza de la marea humana que se movía desenfrenadamente entre luces de antorchas y nubes de serpentinas y papel picado, había penetrado en la calle 25 de Mayo, moviéndose hacia el este, rumbo a la Plaza de la Matriz. El hombre miró por la ventana hasta que algunas personas que pasaban lo notaron. Entonces varios comenzaron a gritar, profiriendo en voz muy alta palabras y frases de apoyo. Unos las dirigían a Venancio Flores y otros a Manuel Oribe. Estos últimos agregaron observaciones acerca del «viejo traidor y borracho», al que tildaron de «amigo de conservadores y golpistas». La policía intervino entonces, con sus cachiporras y sables en alto, revoleando y golpeando, y la masa se dispersó corriendo hacia 25 de Mayo, donde se reunió con el grueso de la gente que proseguía sus festejos. El hombre soltó las cortinas y de inmediato se hizo invisible a la muchedumbre de la calle; o al menos eso pensó. Quería hacerse invisible, a veces quería desaparecer y no soportar más las cargas y responsabilidades implícitas en ciertas decisiones.

El presidente Gabriel Antonio Pereira miró hacia la derecha y se vio reflejado en el vidrio de la ventana, que una criada había dejado abierta para permitir la entrada del fresco aire de la noche. La iluminación de las calles era muy moderna, a gas, de muy reciente instalación, pero el interior de las casas, aun la del presidente de la República, todavía era alumbrado por las clásicas, gordas y perfumadas velas de estearina. El gran candelabro de la pared sur arrojaba el fulgor de sus nueve velas sobre el presidente. Así, en la imagen del vidrio de la ventana vio su rostro serio y bonachón, coronado de canas y algo preocupado. El presidente miró sus manos, ocupada la izquierda por una copa de cristal, a medias llena de un líquido de maravilloso y atractivo rojo, y la derecha por una botella de vino español, cosecha de 1851. Sabía que, aparte de él, muy pocos uruguayos podían darse el lujo de traer desde la madre patria un vino de tal calidad y añejamiento. Fruncido el ceño, pensó en lo que había escuchado afuera hacía escasos minutos.

—¿Viejo borracho? —murmuró, disgustado.

—El señor presidente no debe oír las injurias de la chusma —sonó una voz a sus espaldas—. Sus sesenta y dos años no son en modo alguno vejez, y su gusto por las bebidas y licores finos es mal interpretado por el pueblo, azuzado por malintencionados opositores.

El presidente Gabriel Pereira giró en redondo, enfrentando a su interlocutor, el coronel Luis de Herrera, Jefe Político y de Policía de Montevideo, que le miraba con expresión serena, para nada intimidado por estar sentado en presencia del presidente. El Jefe, recostado contra el alto respaldo de su sillón, vestía ropas de paisano y sostenía también en su mano derecha una copa llena de vino, que alzó en dirección a Pereira.

—Tome asiento, señor presidente. Venimos disfrutando de un tranquilo comienzo de año. No permita que las necedades de los que participan en los festejos carnavalescos, excitados por el aguardiente barato, le quiten la paz.

Gabriel Pereira tomó asiento cerca del Jefe, mirándole con interés. Luis de Herrera era un hombre de unos cincuenta años, alto, enjuto y de porte noble. Aunque recibió su educación en París y su formación en armas primero junto a Rivera y más tarde asociado a Oribe al principio de la Guerra Grande, era la imagen del típico patricio de Montevideo. Rico, seguro de sí mismo, autosuficiente, desempeñaba la Jefatura Política de la ciudad con energía y solvencia. Pereira lo tenía como un referente de primer orden en lo atinente a la situación interior. En el país, fuera de la ciudad capital, todo era campos y praderas desiertas e interminables, salpicado de poblados primitivos y habitado por gauchos y campesinos incultos y fácilmente influenciables; por eso, el Jefe Político de Montevideo, junto al Comandante General de la Campaña, adquiría una importancia especial.

—Don Luis, usted sabe que esta calma superficial no hace más que disimular las tensiones que impregnan y contaminan la vida política de nuestro país.

—Puede ser, señor. Pero no deja de ser un buen comienzo de año. Ni el general Flores ni el brigadier Oribe están en el país. Por otra parte, el general Medina se ha quedado quieto, pese a que lo destituyó usted de la Comandancia de Armas, y el general César Díaz está vigilado y hasta ahora no ha intentado nada.

—Don Luis —replicó el presidente Pereira con un gesto de desagrado—, ¿no ha escuchado usted a esos exaltados? Oribe y Flores no están en el país pero sus seguidores recorren las calles de Montevideo, y presumo que recorren también los caminos de la campaña, perturbando otra vez la tranquilidad de las gentes. No me atrevo siquiera a ir hasta el Cerrito, por no ver lo que allí ocurre, y de Paysandú prefiero no tener noticias. En cuanto a Medina y César Díaz, como usted ha dicho, uno está quieto y el otro no ha intentado nada. Pero, ¿hasta cuándo se mantendrán así?

Luis de Herrera no contestó. Como individuo práctico, sabía que responder a los planteamientos del presidente implicaba entrar en especulaciones, y él no era hombre para eso. Gabriel Pereira, pensativo, liquidó el vino de su copa de un trago y con los ojos vidriosos, perdidos en la nada, murmuró:

—Yo le dije a él que no podría desempeñar la presidencia, que no conseguiría darle al país la paz pública que tanto necesita.

Se produjo una pausa de silencio.—¿A él? —susurró el Jefe.

—A mi amigo —replicó el presidente— a mi querido amigo personal Manuel Oribe, del que también me ha distanciado esta desventurada situación política.

Luis de Herrera se puso de pie, caminó hasta la ventana y corrió las cortinas. La calle estaba desierta, salvo por los policías que por allí rondaban. Miró el cielo estrellado.

—Este año el pampero se demora en llegar —dijo. Necesitamos que venga, para limpiar el aire.

El presidente no contestó.

La casa contigua al majestuoso templo de la Iglesia Matriz pertenecía al vicario apostólico de Montevideo. Una soberbia azotea, a tres metros de altura sobre el nivel de la calle, ofrecía una soberbia panorámica de la ciudad. Montevideo presentaba una mágica belleza bajo la combinación de los resplandores postreros del sol, ya casi oculto tras el horizonte del Río de la Plata, y el fulgor ascendente de una sublime luna llena. Las masas desenfrenadas por los festejos del carnaval se habían alejado hacia el Cordón, y con ellos su bullicio. El resplandor distante de las antorchas podía verse más allá del Ejido. Con ello la calma había regresado a la noche de la ciudad en su casco original. En un mirador ubicado en el extremo suroeste de la azotea, elevado otros dos metros, estaban fray Ventura y fray César. Un catalejo italiano propiedad del vicario apostólico pasaba de mano en mano entre los dos jóvenes frailes, que se afanaban en contemplar con el artilugio las casas de Montevideo, sus azoteas, sus ventanas y puertas, y si era posible, a pesar de la advertencia del vicario de no espiar la intimidad de las personas, a los habitantes de la ciudad. Luego siguió el reconocimiento de la bahía, poblada como siempre por muchos barcos, algunos con el velamen desplegado, la mayoría con las velas arriadas; había también dos vapores surtos en el puerto, profusamente iluminados, uno de bandera francesa y el otro proveniente de Estados Unidos. Más allá, el Cerro de Montevideo era una inmensa mole en sombras perlada en sus laderas por múltiples puntos de luz, estáticos y tan pequeños como luciérnagas, que señalaban la presencia de casas, ranchos o alguna pulpería ocasional, en un paraje todavía rural, si bien muy cercano a la ciudad. En la cumbre del cerro el faro brillaba potente, firme, proyectando su luz amarillenta hacia las aguas del Plata. Ni una nube opacaba el negro firmamento, tachonado de magníficas estrellas. En la quietud vespertina, al murmullo lejano de los bailes de carnaval se agregaban voces apagadas y esporádicas, algunas risas, acordes de guitarra que sonaban a lo lejos, quizás en una pulpería del puerto, acompañados por el canto de una voz masculina algo desafinada y gangosa. Eso, y el estridor de los grillos. Más allá de esos sonidos aislados e inconexos, el anochecer de Montevideo era calmo y sereno. Del mar venía una brisa suave y fresca que traía a la población, agobiada por el calor de un febrero particularmente tórrido.

En el extremo noreste de la azotea, lejos del mirador donde los dos jóvenes frailes procuraban avizorar formas y detalles en la oscuridad reinante, Federico Ferretí conversaba con el vicario apostólico de Montevideo José Benito Lamas. Sentados en sendos sillones colocados allí por los sirvientes negros, siempre atentos a los deseos de su patrón, los religiosos estaban frente a frente, mediando una mesa de hierro cubierta por un tablón de roble. Frente a Lamas había una copa generosamente llena de vino; ante Ferretí, un vaso de vidrio con agua pura, tal como el fraile había solicitado. Ferretí, luego de tomar un baño reparador, al igual que sus dos discípulos, y tras optar por una cena frugal, puesto que la mesa de Lamas siempre era pródiga y espléndida, se veía repuesto, incluso alegre. José Benito Lamas contaba aproximadamente la misma edad que Ferretí, pero se veía más joven. A diferencia del fraile, no llevaba barba ni bigote, y su cabello, sin indicios de calvicie, estaba bien peinado y cuidado. Las ropas del vicario eran de un tejido fino, de visible mayor calidad que el hábito del capuchino, y la cruz de oro que colgaba sobre el pecho de Lamas tenía incrustaciones de piedras preciosas. Ferretí había tenido oportunidad de ver todos esos detalles abajo, dentro de la casa. Ahora los dos hombres dialogaban en voz baja; no había luz en toda la azotea salvo una antorcha en el extremo sureste, por lo que las facciones se confundían en la penumbra. Pero el capuchino ya conocía esos detalles y muchos otros relativos al cargo ocupado por quien no obstante era un viejo y querido amigo.

Lamas, franco, jovial, amistoso y comprensivo, decía:

—Menuda compañía la tuya, Federico: un indio y un negro. El camino de nuestro Señor se nutre de los discípulos más variados y más inesperados.

—Nuestra Orden puede sentirse orgullosa de estos discípulos —contestó Ferretí dirigiendo la vista hacia el mirador—. Más de una vez he pensado que la sangre indígena y la sangre negra corren impulsadas por corazones tan nobles como no tenemos capacidad de imaginar.

—Más de una vez he pensado que la sangre roja del hombre blanco no conoce la nobleza. Tal vez por eso, en este mundo loco donde la justicia está patas arriba, domina el hombre blanco.

—Estos jóvenes están conmigo desde hace diez años —sonrió Ferretí. Durante la guerra, un disparo de cañón de la batería Artigas del Cerrito alcanzó la casa donde vivían, ubicada en la parte más oriental del Cordón. Unos oficiales de la Defensa les habían ya advertido de la necesidad de evacuar el lugar, que corría peligro por lo cerca que estaba de la vanguardia, pero el padre adoptivo de fray Ventura no quiso irse de allí. Y es que su padre un hombre de unos sesenta años, era un español testarudo y tenaz que no había abandonado la zona ni cuando, siendo muchacho, el general José Artigas puso sitio a Montevideo ni ante el avance de los portugueses. Cuando el cañón asesino disparó, la bomba demolió la mayor parte de la casa. Los padres adoptivos de fray Ventura y la madre de fray César murieron bajo los escombros. El padre de fray César fue rescatado vivo en grave estado, pero murió una semana después. Ninguno de ellos tenía otros parientes. En esos días yo recogí a los muchachos, ambos de alrededor de quince años de edad. Se quedaron conmigo. Tres años después los dos decidieron entregarse a la vida religiosa.

—¿Sus vocaciones son genuinas? —susurró Lamas.

Ferretí hizo un gesto.—Así me ha parecido durante estos siete años, y creo que así le ha parecido a nuestro Señor. Ambos serán ordenados al sacerdocio en un año. Aunque para ello debemos ir a Buenos Aires, y eso implica gastos de viaje que pueden ser difíciles de cubrir por humildes hijos de San Francisco de Asís, sobre todo en esta tierra todavía dañada por tan prolongada guerra.

—Federico —dijo Lamas tras un suspiro—, sabes que, tratándose de la ordenación de hombres que están bajo tu sapiencia y juicio espiritual, yo te apoyaré. Es decir —sonrió—, sabes que por más humilde, pobre y menesteroso hijo de Francisco que seas, en mi casa siempre hallarás cobijo y ayuda, incluso monetaria. En cuanto a estos jóvenes y su eventual ordenación, considero y juzgo bueno que tengamos entre los indios y los negros ministros de sus propios pueblos para esparcir la fe de Jesucristo.

—Sí —respondió lacónicamente Ferretí, observando el mirador—, Fray César puede llegar a ser el primer negro ordenado sacerdote de estas tierras. Como te decía, su vocación es genuina; su corazón es noble y puro, su espíritu honesto y bueno, y su mente despierta para la teología, mucho más de lo que uno se imaginaría en un hijo del África ignota. Es un joven prometedor.

—¿Y el indio?

Ferretí se retrepó en su sillón y suspiró. Se tomó unos momentos para contestar. Cuando habló, lo hizo con voz cascada, algo triste.

—Fray Ventura posee todas las virtudes que enumeré en fray César. No olvides lo que te conté, son hermanos de crianza. Se sienten hermanos y se tratan como tales, en todos los sentidos. Incluso a veces expresan ciertas conductas pueriles, que me esfuerzo en corregir, y pienso que son un dejo de su niñez, una niñez feliz vivida en una casa en la que eran amados. Pero, a diferencia de fray César, que fue hijo de esclavos pero libre, que creció en el hogar de amos cariñosos y benevolentes, fray Ventura, que gozó de los mismos padres adoptivos, quienes le quisieron y criaron como hijo, tiene detrás una historia muy triste. Una historia que habría sido mejor que nunca le contaran.

—¿Qué historia?

Ferretí se puso de pie, caminó hasta la baranda y apoyó sus manos sobre el mármol. Dos grandes macetones le enmarcaban, las hojas de ambas plantas inclinadas hacia él. El viejo fraile miró el cielo nocturno límpido y esplendente.

—Tal vez recuerdes a un jesuita, mentor de la Orden durante los primeros tiempos de la República, que murió hace unos años, poco antes del fin de la guerra: Modesto Gutiérrez.

—Sí, lo recuerdo, un hombre de preclaro entendimiento y gran santidad.

—Es verdad. El padre Gutiérrez llegó a la edad de cincuenta años cuando en esta República estaba siendo jurada la Constitución; él acompañó a los ejércitos orientales durante la guerra de independencia contra el imperio del Brasil. Pero al llegar los años en que las fuerzas del hombre declinan, el padre Gutiérrez no detuvo sus andanzas. Fue confesor de don Frutos.

Lamas reprimió un gesto de sorpresa y también una sonrisa socarrona. Sorbió un poco de vino, apoyó la copa otra vez en la mesa, y dijo:

—¿Ah, sí? Menudo trabajo. ¿Lo catequizaba también?

Ferretí frunció el ceño.

—Pues... no sé; supongo.

—Está bien —replicó Lamas riendo—, continúa, por favor.

—Bien; el padre Gutiérrez acompañó a don Frutos, ya presidente, doquiera éste fuese. Estuvo con él en Durazno durante los primeros años de vida de la República. Él... estuvo con don Frutos en Salsipuedes.

Lamas enarcó las cejas mientras su boca formaba un silencioso «ah»; liquidó el vino de su copa y, cuando el sirviente negro se acercó para llenarla, hizo un gesto negativo y le ordenó con voz benigna que abandonara la azotea y volviera a la planta baja.

Luego que el hombre se hubo ido, el vicario dijo:

—Ven, Federico, siéntate aquí cerca de mí. Hay cosas que no conviene hablarlas en elevado volumen.

Ferretí obedeció y tomó nuevamente asiento cerca de su anfitrión.

—Sí, el padre Gutiérrez estuvo allí —prosiguió, mirándole a los ojos—. Según él mismo me contó hace muchos años, siendo ya anciano, fue como siempre acompañando a don Frutos, a quien estimaba mucho, y a sus hombres. Pero, conforme aseguró hasta el día de su muerte, fue en su sencillez, sin saber lo que ocurriría. Muchos de los caciques charrúas le conocían desde las guerras de la independencia, cuando los indios lucharon junto al hombre blanco contra el Brasil. Más de una vez me contó, entre lágrimas, que aquellos nobles salvajes confiaban en él.

—También confiaban en don Frutos —comentó Lamas en voz baja—, y así les fue. Y no creas, por favor, que esto es un comentario político. Amén de inclinaciones y preferencias políticas, tú conoces mi humanidad y compasión hacia las castas oprimidas. Esos sentimientos me llevan a celebrar interiormente la próxima ordenación de estos dos muchachos que te acompañan.

—Sí, pero más de una vez me pregunté qué dijo la Iglesia, qué hizo ante la matanza de los charrúas y ante la poca humanidad mostrada hacia los principales cautivos, aquellos que fueron enviados a Francia para no volver a ver la tierra que amaban.

—Sí, sí, te entiendo Federico —contemporizó Lamas—. En todo caso, en aquellos días ni tú ni yo formábamos parte de la alta jerarquía de esta Iglesia nuestra que, dicho sea de paso, aún no ha sido unida bajo un obispado nacional por parte de la Santa Sede y todavía depende del obispo de Buenos Aires. Pero volvamos al indio Ventura, tu discípulo. ¿Cuál es su triste historia? ¿Por qué has empezado tu relato entrando en tan espinosos caminos?

Ferretí bajó los ojos, volvió el rostro mirando la Plaza Constitución, cuyas hileras de árboles se balanceaban susurrando suavemente, con sus copas penumbrosas bajo la nacarada luz de la luna. El fraile capuchino procuró recordar el tan oído relato en las propias palabras del padre jesuita, muerto años atrás:

«Recorríamos los alrededores junto al padre Varela y un viejo sargento de infantería que no quiso tomar parte en la matanza. Todo estaba muy confuso, el aire se había oscurecido por el humo de los disparos y de las fogatas, donde ya arrojaban los cadáveres. Los salvajes alaridos de la pelea habían menguado, y también los gritos de la degollina, que fueron sustituidos por los quejidos lastimeros de los indios heridos, despenados rápidamente por los hombres del ejército. También llenaban el aire los lamentos de angustia y horror de los cautivos. Las mujeres abrazaban a sus hombres, esposos y padres, que eran degollados de manera metódica por los hombres del coronel Rivera, hasta que don Frutos dio orden de parar la matanza; también abrazaban a sus hijos, a sus bebés, que fueron en la mayoría de los casos respetados. Pocas mujeres fueron muertas allí, por no ser guerreras, si bien algunas resistieron con las armas y acabaron acribilladas a balazos.

»Avanzamos por los pajonales cerca de las márgenes del río, buscando heridos a los que ayudar antes que los encontraran los sicarios del coronel Rivera. Fue así como hallamos en un pastizal oculto tras los matorrales a una pareja de indios jóvenes. El hombre estaba muerto, destripado por una herida de sable o facón en el vientre y con un tiro en la cabeza. La mujer llevaba dos balazos en el pecho, pero aún aferraba a su hombre. Decía una y otra vez: "Buenaventura, Buenaventura". La miramos sin entender; las heridas en el pecho no podían explicar la gran cantidad de sangre que cubría sus piernas. De pronto, un bulto sanguinolento que yacía entre sus piernas se movió y empezó a llorar. Entonces comprendimos: la pobre india acababa de dar a luz. Tomé al niño entre mis manos, comenzó a berrear con todas sus fuerzas, y se lo mostré a la mujer. Al verlo, repitió: "Buenaventura". "Yo lo cuidaré", le dije. La india me miró con sus ojos velados por la muerte que ya se apoderaba de ella, sonrió débilmente y se recostó sobre el pecho de su hombre.

»Entonces aparecieron, facón en mano, dos esbirros de Bernabé Rivera, atraídos por el llanto del niño. El sargento que estaba con nosotros desenvainó el sable, pero yo le grité que se estuviera quieto. Corrí hasta la orilla del arroyo, eché agua sobre la cabeza del niño y dije bien fuerte: "Yo te bautizo, Buenaventura, *In nomine Patris, et Filii, et Spiritus Sancti. Amén*". Entonces el padre Varela hizo frente a los esbirros y gritó: "El niño es cristiano; si lo tocan, responderán con sus almas ante Dios". Los hombres parecieron atemorizarse; no obstante, avanzaron hacia los cuerpos, los examinaron y se fueron. Cuando me acerqué nuevamente a la mujer, ya estaba muerta. El padre Varela, llorando, les administraba los últimos ritos. Luego nos llevamos al crío de allí».

Tras unos momentos de silencio, Lamas dijo:

—Entonces...

—Sí —continuó Ferretí—. Nuestro fray Ventura nació el once de abril de 1831, el día de la masacre de Salsipuedes.

Siguieron otros minutos de silencio; azorado y sorprendido silencio, que fue cortado otra vez por el vicario:

—¿Y luego?

—Luego el niño fue traído a Montevideo, pero no con los cautivos. El padre Gutiérrez lo entregó a un matrimonio español sin prole, Luis Francisco de Meléndez y señora.

—Los padres adoptivos que mencionaste.

—Así es, los que murieron durante la Guerra Grande.

José Benito Lamas permaneció otros instantes masticando y asimilando lo escuchado. Miró a Ferretí.

—¿Fray Ventura conoce esta historia... completa?

—Hasta el último detalle.

—¿Cómo así?

El capuchino se enderezó en su asiento.

—El niño, al crecer, comenzó poco a poco a notar las diferencias físicas con sus padres: el color de la piel, las facciones. Empezó a formular preguntas. Bien educado por los Meléndez, inteligente e instruido, el escaso parecido físico le hizo dudar de que llevara la sangre de ellos. Los padres adoptivos, que lo querían mucho, al principio esquivaron el tema; pero al crecer y hacerse muchacho ya no supieron qué responderle. Entonces acudieron al padre Gutiérrez. Este optó por contarle toda la verdad.

—¿Y cómo afectó el alma de nuestro joven fraile saber la verdad? —dijo Lamas tras un suspiro.

—El amor por sus padres adoptivos se mantuvo incólume —respondió Ferretí, después de suspirar el también—, y lloró con amargura la muerte de ellos. Pero su alma... ha sido cruelmente sacudida por feroces tormentas, y lo es aún. Creo con firmeza que ama al Dios en el que le enseñaron a creer. Fray Ventura ama profundamente a Jesucristo, pero a veces, según me ha contado, piensa que ama al Dios del hombre blanco, y siente que odia al hombre blanco por lo que hizo a su pueblo. Su sensible conciencia es herida una y otra vez por la presencia simultánea del odio al hombre blanco y el amor a Dios; a ese Dios que ordena amar aun a los enemigos.

Lamas tendió la vista hacia el mirador, donde los dos jóvenes frailes disfrutaban todavía del aire nocturno. En la casi oscuridad Ferretí reconoció en el vicario una mirada de compasión.

—Pobre alma rasgada por el dolor —susurró Lamas.

En lo profundo de la madrugada fray Ventura despertó estremecido; sin darse cuenta, se le había escapado una ahogada exclamación. Quedó un momento tendido boca arriba, mirando las formas negras que a veces flotan en la oscuridad. Aparte del lejano e impertinente ladrido de un perro, la ciudad entera estaba sumida en un mortal silencio. A través del estrecho ventanuco de la celda, el cielo nocturno no mostraba ninguna estrella. Un raspado a su derecha le indicó que su hermano César estaba despierto; un segundo raspado y la pajuela encendió, alumbrando el rostro preocupado del otro. Cuando la vela de sebo despidió una generosa llama, fray Ventura contempló la celda: de ladrillo bruto el piso y las paredes, y de madera oscura el techo, pero más acogedora que la intemperie en el campo, donde muchas veces habían debido pernoctar. Fray César se sentó al borde de su catre.

—¿Qué ocurre, hermano? —dijo.

—¿Por qué te despertaste?

—Porque lanzaste un ¡ah! muy fuerte y sacudiste el catre como si estuvieras cabalgando en él. ¿Otra vez soñaste con... aquello?

—No —contestó Ventura— no soñé con Salsipuedes. Es curioso, ¿no? —dijo pensativo—, cómo puede ser que haya soñado tantas veces con un lugar que no conozco y con cosas que nunca vi ni viví. Pero creo que lo sucedido fue que me dio un pequeño escalofrío.

—¿Un pequeño escalofrío?

—Sí.

—¿Te sientes enfermo, Ventura? ¿Quieres que llame al padre Ferretí?

—¿Despertar al padre Ferretí porque me dio un escalofrío? ¿Estás loco? Vamos, durmamos, que al alba debemos hacer nuestras oraciones.

—¿Estás seguro?

—Sí, vamos —fray Ventura sopló la vela—. A dormir.

Al sur del Cordón, en el extremo más alejado de Montevideo, allá donde las calles se desdibujan al perder el empedrado y se convierten en senderos, las casas van espaciándose y esparciéndose. Las grandes casas quinta aumentan sus jardines y terrenos, se sumen entre los árboles, se rodean de muros y cercas ricamente trabajadas en hierro. Allá también, las mansiones señoriales se agitan con el febril trabajo de los sirvientes. En la costa, la playa de la Estanzuela recibe los rayos del sol que asciende desde el noreste, más allá de los árboles que cercan la franja arenosa. La mañana es clara, el cielo del verano resplandece de azul y la arena se ve blanquísima. Un coro de diez mil aves llega desde las arboledas y el zumbido de los insectos flota unido al aroma de las flores del jardín. La casa, edificada entre

1795 y 1802 en el más puro estilo colonial, tiene tres pisos, un sinnúmero de habitaciones, estudios, salones, una cocina inmensa e incluso cocheras y caballerizas. Es la morada de un solo hombre, un médico, que en su edad madura, signada por una viudez sin hijos, ha vuelto al hogar de la familia. Allí trabaja, estudia, atiende, y de allí parte a ver a sus pacientes cuando el caso lo requiere. Allí vive rodeado de un pequeño ejército de sirvientes. El doctor Teodoro Vilardebó vive apaciblemente en la gran casona, cuyo frente da al Camino a la Estanzuela, que allí se curva hacia el norte para unirse al Camino a Maldonado, con el fondo hacia el paradisíaco paisaje de la playa. Sin embargo, en esos días la tranquila vida del doctor Vilardebó está algo alterada.

El individuo surge por una de las grandes ventanas, abierta de par en par. Lleva el abundante cabello revuelto y los ojos hinchados; su enorme mostacho chorrea un líquido negro. Lleva una camisa negra desprendida que deja ver su cuerpo delgado pero musculoso, tiene puestos unos pantalones verdes metidos en botas de montar. Con una taza de líquido humeante en la mano, se estira de forma estrambótica, se despereza con movimientos casi convulsivos, sin derramar una gota de la taza, y acompaña la maniobra con un concierto de gemidos y quejidos que suben de volumen hasta acabar en un resonante y estentóreo grito. Luego se percata de las dos personas que, sentadas bajo el alero de la amplia galería, toman el fresco de la mañana.

—Buenos días para los dos —truena con un extraño acento europeo y, acercando una silla, se sienta junto a ellos.

—Buenos días tenga usted, doctor Rymarkiewicz —responde uno de los hombres, un joven señorito bien vestido que se sienta erguido en la silla, con una taza de te sobre una mesita, a su lado.

El doctor Vilardebó sonríe, se inclina a tomar la caldera y ceba un mate.

—Buenos días, Max —dice sorbiendo la infusión y la ofrece—. ¿Un mate?

El individuo bufa.

—¡Mate! Ya te dije que a mí me gusta el café polaco.

—¡Café polaco! —grazna a su vez Vilardebó—. Y yo ya te dije que aquí no hay café polaco. ¿Cómo quieres que consiga café polaco en el Uruguay?

—Ya lo sé, médico del Uruguay, ya lo sé. Y no importa, en tu casa sirven un buen café de Brasil.

—Me alegra servirte bien —dice Vilardebó mientras ríe. Luego mira las botas del otro—. Max, es una cálida mañana de fines de febrero y recién saliste de la cama. ¿Son necesarias esas enormes botas de caballería? ¿Es que nunca te las quitas?

El individuo mira los zapatos livianos de cuero negro que Vilardebó calza. Hace una mueca de disgusto, pero su voz suena alegre.

—Nunca, Teddy. Incluso creo que las llevaba puestas al nacer, y mi abnegada madre sufrió un desgarro; fueron las botas o mi enorme e inteligente cabeza.

—O su enorme boca —murmura el señorito.

Rymarkiewicz no parece oírle, cierra la boca, respinga con violencia y lanza hacia el jardín un formidable escupitajo que espanta a un pequeño gorrión.

—El calor húmedo de este país tiene mis narices congestionadas. ¿A ustedes les ocurre lo mismo?

—Solo a algunas personas particularmente sensibles a las sustancias del ambiente.

—¿Cuál es el estado sanitario de la población de Montevideo?

—¿Quién pregunta? —indaga Vilardebó con una media sonrisa— ¿El médico o el periodista porteño?

—¡Yo no soy porteño! —truena el individuo— Estuve ejerciendo el periodismo en Buenos Aires, es cierto, pero ya dejé eso. Lo pregunto como médico.

Vilardebó sacude la cabeza y hace un gesto.

—Además de algunos cuadros de tos y congestión de narices, tuvimos que atender varios casos de catarro intestinal, propios de la época. Pero, aparte de eso, la población de Montevideo no está aquejada por ninguna dolencia en particular.

—Planeábamos ver cómo está la población de Pando y Canelones —interviene el joven señorito—, pero...

Rymarkiewicz le mira durante un largo instante, luego vuelve los ojos a Vilardebó y dice:

—¿Pero?...

—Max —comienza aquel—, ayer cuando llegaste del puerto te presenté al doctor León Velasco, que trabaja como mi discípulo desde su regreso de París hace un año, donde obtuvo el doctorado en Medicina y Cirugía. Periódicamente dejamos cerrado el consultorio profesional que compartimos en la zona portuaria de Montevideo para recorrer las ciudades cercanas; colaboramos con los médicos allí establecidos, ciertamente pocos, en la asistencia de los enfermos. También dictamos conferencias científicas para llevar los nuevos conocimientos médicos a los facultativos del interior de la República. Habíamos planificado trasladarnos por unos días a Canelones, hacia donde partiríamos mañana...

—Pero —le corta Rymarkiewicz— llegó para hospedarse en tu casa un polaco gruñón, viejo amigo y compañero de andanzas en París.

Vilardebó lanza una resonante carcajada.

—Es verdad —responde.

—Bien —continúa alegremente el polaco—, pues entonces, dado que voy a estar aquí unos pocos días antes de seguir hacia Madrid, ustedes se tomarán un descanso, seguramente muy necesario y siempre bienvenido, que disfrutarán conmigo en esta playa de ensueño.

—La atención de los enfermos es más importante que el descanso —murmura amoscado el doctor Velasco.

—Mi joven doctorcito, tiene usted muy poca experiencia en la profesión —replica Rymarkiewicz—. Con los años aprenderá que el médico, como todo ser humano, necesita tiempo de descanso. El médico que trabaja sin descanso termina por no trabajar bien. Lo mismo le sucede al médico que no descansa bien cuando puede, ni se recupera, para mejor asistir a los enfermos.

—Doctor Rymarkiewicz —contesta Velasco irritado—, en primer lugar yo no soy «suyo» ni soy «doctorcito». Y la presunta falta de experiencia que me atribuye usted, que apenas llega a la edad de treinta años, se compensa por mi bagaje de conocimientos actualizados, así como por mi dedicación, mi pasión y mi entrega a mi profesión y a mis pacientes.

—Lo que usted diga, profesor —sentencia el polaco, y enseguida susurra acercando la cabeza a Vilardebó—. Se creyó todo lo que le dijeron en París.

El dueño de casa reprime una sonrisa; momentos después una mujer de raza negra, la criada más vieja de la casa y antigua esclava, se acerca.

—Disculpen, señores. Doctor Vilardebó.

—Sí, Celina, dime.

—Llegó hace unos minutos un mensajero de casa del vicario apostólico. Trajo una carta.

—¿Alguien enfermo en la casa del vicario Lamas, quizás? —murmura mientras toma la carta.

—No lo dijo, doctor. Incluso no esperó respuesta alguna, y ya se ha retirado.

—Bien, Celina; muchas gracias. Puedes retirarte.

—Para servirle, doctor —la vieja hace una leve flexión de rodillas, reflejo de su antigua costumbre de esclava, y se va.

Vilardebó abre el sobre y mantiene el ceño fruncido mientras lee la carta. Luego su rostro se ilumina con una inmensa sonrisa de alegría.

—Buenas noticias, supongo, a Dios gracias —grazna Rymarkiewicz.

—Así es. Se hospeda en el convento de San Francisco un muy querido amigo, un joven fraile capuchino, hijo de la raza indígena más noble que han producido estas tierras. Quiero que le conozcas, Max. Antes de partir lo verás.

—¿Un charrúa? —exclama Velasco con una mueca de desagrado— ¿Un fraile charrúa?

—Un santo varón de la orden de San Francisco de Asís —lo fulmina Vilardebó, que ha captado la expresión del rostro de su colega—, ilustre indio, que es para mí más apreciado y querido que muchos familiares, amigos... y discípulos.

Al oír esto Velasco cierra la boca con un chasquido.

—¿Un indio charrúa? —habla entonces el polaco—. Pero, ¿esa raza no había sido exterminada por vuestro gobierno?

Vilardebó sacude la cabeza, con los ojos muy abiertos, mientras su mano flota en el aire en un vago ademán.

—Bueno —murmura—, algunos aún quedan.

—Ajá.

Instantes después, Rymarkiewicz tose fuertemente, expectorando un fenomenal gargajo marrón que impacta en una de las columnas de la galería, deslizándose luego en un lento goteo descendente. Con un gesto de asco, Velasco mira hacia otro lado. Vilardebó observa apreciativamente el esputo y comenta:

—Max, creo que ese tipo de delicadezas se originan en tu hábito de fumar ese desagradable tabaco cubano.

—Mi querido Teddy —replica Rymarkiewicz con gesto displicente—, algún día los médicos le dirán a la gente que fumar es malo para la salud. Antes que lleguen esos días, déjame disfrutar de mis habanos..

La mañana de ese mismo día, el último de febrero de 1857, Gabriel Pereira estaba nuevamente en su sala de la Casa de Gobierno, la misma sala en la que el día anterior compartiera una copa de vino con el Jefe de Policía Luis de Herrera. Ese día, además de su nuera Dolores Buxareo, le acompañaban algunos miembros de su selecto Consejo Consultivo: Manuel Herrera y Obes, Luis Lamas, Juan Francisco Giró y Cándido Joanicó. Sentado en el sillón de rico tapizado y alto respaldo, las manos juntas sobre el escritorio de madera de roble, el presidente se veía preocupado. Doña Dolores, de pie junto a él y con un brazo protector sobre los hombros de su suegro, dirigía aprensivas miradas al más elocuente del grupo, el de mayor experiencia, si bien no había ocupado la primera magistratura como Giró, e indudablemente el más agresivo.

—Vuestra Excelencia ha determinado casi desde el inicio de su gobierno ser quien dirija los acontecimientos —casi declamaba Herrera y Obes—. El objetivo del mandato de Vuestra Excelencia es imponer la armonía y conciliación nacional, y eso a cualquier costo. Los caballeros aquí reunidos y los miembros de este Consejo Consultivo al momento ausentes apoyamos a Vuestra Excelencia en ese sino. Concordia nacional, paz en la República. Ni la hacienda soportaría los gravámenes de una nueva guerra civil, a la que nos conduciría otra revolución, ni la patria puede tolerar ya más desgracias.

—¿Y qué proyecto aconseja el preclaro entendimiento de mi estimado amigo? —musitó Pereira con voz meliflua— ¿Cómo se «impone» la paz nacional y la concordia entre los partidos?

—Suprimiendo de una vez y para siempre la pérfida influencia de los caudillos de la plebe.

Gabriel Pereira resopló.

—Esperaba algo más de su esclarecido cerebro, señor ex ministro —le dijo mirándole a los ojos—. El patriciado doctoral de Montevideo lleva décadas procurando anular la influencia de los caudillos. Primero fue el general José Artigas, a quién finalmente hemos reconocido como el Primer Jefe de los Orientales y Padre de nuestra nacionalidad; luego fueron Rivera y Lavalleja...

—A quienes Dios se sirvió llevarse al otro mundo, bendito sea su nombre —murmuró Joanicó.

—Y ahora —prosiguió el presidente sin hacerle caso— tenemos a los generales Flores y Oribe.

—Precisamente —graznó Herrera y Obes.

—Precisamente, ¿qué? —retrucó Pereira con dureza— Ni uno ni otro están ya en el Uruguay, pero su influencia sigue presente entre el pueblo. Además, no olvide que tanto uno como el otro tiene seguidores en todo el país; oficiales del ejército y la marina, hacendados, industriales de la campaña, que son a su vez caudillos del pueblo a lo largo y ancho de la República. ¿Cómo entonces anulamos la influencia de Oribe y Flores? ¿Apresando a todos los caudillos? ¿Soliviantando al pueblo? ¿Provocando una nueva guerra civil?

Manuel Herrera y Obes miró hacia otro lado; no contestó. Hubo un incómodo silencio. Pereira continuó, pero ya en un monólogo de lamento.

—¿Cómo se conduce un país cuando su población está eternamente dividida en dos bandos que parecen odiarse con odio fratricida? ¿Cuándo prosperará nuestra patria? Nuestros ganados han quedado raleados por décadas de guerras e insurrecciones, la agricultura está estancada, el comercio casi paralizado. ¡Y el maldito legado imperial del Brasil no deja de meterse en nuestros asuntos internos!

—Ni tampoco el embajador argentino —apuntó Joanicó.

—Ni tampoco la Confederación Argentina —aceptó Pereira, quien siguió con tono burlón— Y el «Estado de Buenos Aires»... Así va nuestra patria. Agricultura, comercio, industria, ¿cuándo florecerán? ¿Y la educación? La instrucción de la juventud está librada al genio y buena voluntad de la iniciativa privada, sobre todo la religiosa, cuyos ideales e intereses ni siquiera tenemos tiempo de inspeccionar para ver si se ajustan a los de la República.

—Lo siento —intervino Luis Lamas—, pero Vuestra Excelencia es injusto. Usted sabe que la Iglesia ha sido y es faro de libertad, paz y progreso para estos pueblos, desde la época de la Revolución de Mayo.

—Y tenemos como vicario apostólico a un Lamas, hermano suyo además. Es verdad, le presento mis disculpas. Debo reconocer ante ustedes todos que me equivoqué —el presidente hizo una pausa casi teatral que captó la suma atención de los demás—. Contando con el apoyo de los caudillos, a quienes ustedes repudian, llegué a la presidencia; de esto mañana se cumple un año, ¿lo recuerdan? Y para acercar a los que estaban tan ferozmente separados, me acerqué a los conservadores. Adherí al regreso de los diputados exiliados; perdoné una vez más al general César Díaz y le permití volver a pesar de lo ocurrido en su casa el veintiséis de marzo. Permití volver al coronel Tajes...

—Y le dio la jefatura de la Guardia Nacional, que luego le quitó —apuntó Joanicó.

Pereira le miró con desagrado.

—¿Qué es usted, mi apreciado amigo? ¿Un condenado cronista?

—Soy un miembro del Consejo Consultivo de Vuestra Excelencia —respondió tranquilamente Joanicó— y ayudo con los detalles en esta rememoración que Vuestra Excelencia está haciendo para entender cómo es que se alejó del general Flores y del brigadier Oribe, su amigo, por acercarse demasiado al partido conservador, en su ánimo de llevar paz a todos los espíritus de la patria. Y me temo que, si Vuestra Excelencia sigue lamentándose en voz alta acerca de este hecho, perderá también el apoyo de los conservadores.

—Parece —musitó Pereira tras una pausa— que finalmente voy a quedar solo, convertido en el enemigo público número uno.

Siguieron breves minutos de silencio. Luego, tomó la palabra Juan Francisco Giró.

—Si Vuestra Excelencia me permite una sugerencia. Dada la imposibilidad de calmar los ánimos públicos en toda la República mediante la anulación de la ascendencia de los caudillos, inalcanzable por el momento, tendrá que optar por acercarse al pueblo opositor mediante una maniobra de alejamiento, calculado y no excesivo, del partido conservador.

Herrera y Obes, Lamas y Joanicó volvieron los ojos a Giró; este mantuvo impertérrito su mirada en Pereira.

—Adoptando esa conducta —dijo el presidente—, ¿no estaré distanciándome de sus intereses, mi entrañable amigo?

Giró asintió varias veces antes de contestar.

—Llega un momento para todo hombre en que debe actuar como patriota y nada más que como patriota, poniendo en primer lugar los intereses de la patria.

—Me placen esas palabras —susurró Pereira—; y, ¿cuál sería entonces el curso a seguir?

Los otros tres mantenían los ojos muy fijos en el ex presidente.

—Política de personas —Giró comenzó, mientras se acomodaba en su asiento—, que a eso se resume la cuestión política del Uruguay casi desde nuestra independencia. Una opción es convocar a Montevideo a los generales Oribe y Flores.

—¿Y tener a todos los militares tirabombas en la ciudad? —exclamó Pereira asustado— Por Dios, mi amigo querido, eso sería como poner el fuego bajo la olla y esperar el hervor.

—La otra opción, entonces —continuó, imperturbable, Giró—, es desterrar al general César Díaz, al coronel Francisco Tajes y a algunos otros de su comitiva, con carácter permanente. Echados todos los militares tirabombas, los hombres ilustrados podrían sentarse a dirimir sus diferencias con palabras elocuentes y razonamientos lógicos, antes que con sables y cañones.

Nadie agregó nada. Sin que la máscara de preocupación abandonara nunca su rostro, Pereira miró durante un largo momento a Giró; luego se puso en pie y, con las manos en la espalda, caminó hasta la ventana. Allí permaneció, mirando hacia el sur. El sol ascendía rumbo al cenit y las aguas lejanas del Río de la Plata parecían hervir al calor del verano. Largo rato estuvo el presidente Gabriel Pereira mirando por el ventanal el tramo de ciudad de casas achaparradas que mediaba hasta la costa y el distante horizonte del río ancho como un mar. Nadie, ni siquiera su nuera, osó interrumpir su febril reflexión. Por fin, tal vez diez minutos después, el presidente se dio vuelta y miró a todos.

—He tomado una decisión —dijo.

Una pausa de un solo instante precedió a la voz de Herrera y Obes.

—¿Puede Vuestra Excelencia comunicárnosla?

—Dictaré un decreto ahora mismo; entonces la conocerán.

Dolores Buxareo se puso en pie de un salto.

—Suegro —dijo—, el escribano Aguirre está aquí mismo. Si lo desea, le haré venir para que dicte usted el decreto.

Pereira frunció el ceño.

—¿El escribano Aguirre? —inquirió—. ¿No estaba recluido en su casa aquejado de unas fiebres?

—Es verdad, suegro, pero ya está repuesto y vino hoy a cumplir sus tareas.

—Muy bien, Dolores. Ve, por favor, y hazle venir.

La nuera del presidente salió rápidamente por una de las puertas de la sala. Un instante después la joven apareció de nuevo, pálida como la muerte y con el terror cubriendo su rostro.

—Suegro —aulló con terrible espanto—. Venga, por favor.

Gabriel Pereira salió disparado tras su nuera y los cuatro hombres le siguieron. En un amplio estudio contiguo, caído en el suelo tras un voluminoso escritorio, estaba el escribano Aguirre, un individuo de alrededor de setenta años, viejo y leal funcionario del gobierno desde la época de la Constituyente. El hombre parecía inconsciente, su respiración era estertorosa y muy agitada, y su piel, sudorosa, tenía un tinte amarillento. Dos hilos de sangre salían de sus narinas, confundiéndose con la sangre que parecía manar de la boca. Durante varios segundos el horror quitó el habla a quienes contemplaban aquello. Por fin, el presidente pareció encontrar aire en sus pulmones y, sin dirigirse a nadie en particular, susurró con pavor:

—Llame al doctor Vilardebó.

Los inicios de la epidemia

El carruaje negro permanecía estacionado frente a una casa pequeña pero lujosa, en la calle Reconquista, entre Ituzaingó y Treinta y Tres. Uncidos a él había dos caballos de porte alto y nervioso, al cuidado de un mulato viejo que los tranquilizaba toda vez que los transeúntes se acercaban demasiado, u otro carruaje pasaba rodando atronadoramente sobre las piedras del pavimento. No había peatón que no volviera los ojos hacia la casa al ver el carruaje, el conocido vehículo del doctor Vilardebó; su presencia generalmente indicaba la visita de una enfermedad. Varios hombres y mujeres se persignaron al pasar, pensando en la desgracia que las dolencias del cuerpo pueden traer aparejada a una familia.

Y eso, sin imaginar lo que pasaba dentro.

Una mujer anciana lloraba en el zaguán, recibiendo el abrazo consolador de un hombre joven, de menos de cuarenta años, impecablemente vestido con ropas que lo identificaban como banquero o funcionario del gobierno; varios familiares, amén de dos o tres vecinas, estaban también allí. Destacaba entre los presentes una mujer joven, nuera de la mujer y de su esposo, el enfermo, y tres bellos chiquillos, dos niñas, y un bebé en brazos de la joven. Al fondo de la sala, en lo alto de una escalera de madera de apenas diez escalones, tras una puerta que permanecía cerrada, el escribano Javier Juan María Aguirre agonizaba sobre su cama. Lo había traído desde la Casa de Gobierno el carruaje del mismísimo presidente Pereira, hacía apenas una hora, mientras un jinete de la Guardia Nacional partía a toda carrera en busca del doctor Vilardebó. Desde su llegada, el anciano funcionario gubernamental no había recuperado nunca el conocimiento. Ardía de fiebre, y su piel, de un color amarillo casi rojizo, había ido cubriéndose de extensas manchas hemorrágicas. Apenas cinco minutos atrás había tenido un vómito de sangre negra coagulada, manchando la almohada y las sábanas. La respiración del hombre era cada vez más irregular. Sentado a la derecha del enfermo, el doctor Rymarkiewicz tomaba su pulso; frente a él, el doctor Vilardebó observaba.

—¿Qué opinas, Max?

Rymarkiewicz no contestó; apretó con su mano derecha la parte superior del abdomen del enfermo y el anciano se quejó vagamente en su sueño comatoso. Luego el polaco, se reclinó en la silla y se cruzó de brazos.

—Teddy —dijo clavando sus azules ojos en Vilardebó—, esto no me gusta nada.

—A mí tampoco.

Luego Vilardebó miró a Velasco, el cual, de pie cerca de la puerta y con cara de temor, ni siquiera se había acercado a la cama del enfermo.

—¿Su diagnóstico, doctor Velasco? —inquirió Vilardebó, con un tono de voz que sonó algo indignado.

Velasco dio un paso al frente; quedó no obstante a más de un metro de los pies de la cama. Inició una atropellada respuesta, entreverándose y debiendo volver a comenzar:

—Yo... eh... tal vez... alguna afección del hígado...

—¿El hígado? —Vilardebó frunció el ceño, hizo un gesto de resignación y miró al polaco—. Dime, Max, ¿cómo está el pulso?

—Cuarenta pulsaciones por minuto.

Rymarkiewicz sacudió la cabeza, pero no agregó nada. Vilardebó volvió a mirar a Velasco.

—Vamos, León — continuó, y agitó su mano sobre el enfermo—: fiebre alta, frecuencia cardíaca lenta, ictericia, sufusiones hemorrágicas cutáneas y viscerales. Proponga un diagnóstico.

—El diagnóstico que me viene a la mente, me da terror pronunciarlo —replicó Velasco.

—Max, ¿estás de acuerdo?

—Sí —contestó el polaco, asintiendo con la cabeza—, fiebre amarilla.

—Bien —susurró Vilardebó—. Ese es mi diagnóstico también; y menudo problema tenemos.

En ese momento, el resuello del enfermo comenzó a entrecortarse, con inspiraciones agónicas seguidas por pausas de varios segundos sin respiración. Vilardebó miró a Velasco.

—León, por favor, vaya a buscar un sacerdote. Y no le diga nada a la familia. Deje, que yo hablaré con la espo... —miró un momento al enfermo—, con la viuda.

Cuando el joven médico hubo salido, Rymarkiewicz miró a Vilardebó con gesto preocupado.

—Teddy —dijo—, esto está mal. La fiebre amarilla nunca se presenta aislada. Lo que ustedes tienen aquí —señaló al moribundo— es el inicio de una epidemia.

—No el inicio de una epidemia —murmuró Vilardebó con los ojos velados por la preocupación—, esto es el inicio de un desastre. Con los pocos médicos que hay en Montevideo, y con los recursos agotados por décadas de guerra, una epidemia de fiebre amarilla en este momento se volverá una verdadera catástrofe.

Tras un solo instante de rabiosa meditación, Rymarkiewicz dijo:

—Creo que no voy a seguir viaje hacia Europa tan pronto como había pensado.

El presidente Gabriel Antonio Pereira, otra vez sentado en su sillón, otra vez con las manos entrelazadas, apoyadas sobre el escritorio de roble, miraba fijamente al doctor Teodoro Vilardebó, sentado frente a él, rígido, serio y ceñudo. Nadie más estaba con ellos en la sala desde la cual Pereira tomaba las decisiones concernientes al destino de esa pequeña República, que subsistía en un precario equilibrio entre la Confederación Argentina y el Imperio del Brasil. Entre ingentes esfuerzos por recuperarse de la impresión, Pereira susurró:

—Fiebre amarilla.

—Sí, señor presidente —dijo Vilardebó con tono neutro.

—¿Tiene el escribano Aguirre alguna posibilidad de salvarse?

—Ya está muerto, señor —respondió el médico—. Falleció momentos antes de llegar su convocatoria dirigida a mi persona.

Pereira se echó atrás en su asiento, exhalando en forma explosiva; con el ceño muy fruncido, miró a su interlocutor un largo instante.

—¿Cómo contrajo el escribano Aguirre esa terrible enfermedad? —preguntó

—La Junta Sanitaria está informada de que los últimos meses una epidemia de fiebre amarilla azotó Río de Janeiro. Hace diez días un vapor de bandera brasileña atracó en el puerto. Tal vez la plaga haya venido en ese barco.

—Estos macacos —rechistó Pereira, y miró hacia otro lado. Momentos después volvió a fruncir el ceño, miró con alarma a Vilardebó y exclamó—: Aguarde un instante, doctor. ¿Usted dijo... epidemia?

—Sí, señor presidente. Quisiera Dios que lo del escribano Aguirre fuera un caso aislado, pero creo que lo que tenemos aquí es el inicio de una epidemia, y no soy el único facultativo que opina así.

Ahora, el rostro de Pereira estaba cubierto por una máscara de pavor.

—¿Qué se puede hacer? —susurró con voz gutural.

Vilardebó sacudió la cabeza con gesto de impotencia.

—Pero, doctor, vamos, ¿qué provoca esta enfermedad?

—Es desconocido —murmuró el médico.

—¿Tiene algún remedio?

—Muchos, pero ninguno que la comunidad médica internacional considere auténticamente eficaz.

—Pero... pero, ¿hay alguna manera de detenerla, de evitar que se extienda la plaga?

—Ninguna conocida y realmente útil —respondió Vilardebó con gesto sombrío.

El presidente le observó largos instantes.

—Doctor —musitó—, hablar con usted no es alentador.

—No esperaba que lo fuera —dijo Vilardebó, mirándole directo a los ojos—. Yo mismo estoy desesperado. El escribano Aguirre murió de una forma grave y fulminante de fiebre amarilla. Si ese es el tipo de la enfermedad con el que nos enfrentamos, estamos al inicio de algo más devastador que una guerra civil. La mortandad en la población de Montevideo será aterradora.

—Y su ciencia no puede hacer nada – dijo, en tono casi acusador, Pereira.

—No es «mi» ciencia —retrucó Vilardebó—, es la ciencia de los mejores médicos y científicos de la comunidad médica de los países civilizados. Y sí, es poco lo que se puede hacer, muy poco. Tal vez podría escribir a quienes fueron mis antiguos mentores en París, si bien tenemos entre nosotros facultativos que han estado allí hace solo un año. Pero, si en este año se ha desarrollado algún nuevo conocimiento sobre las causas de la enfermedad y cómo combatirla, eso podría ayudarnos.

—¿Y cuánto demoraría en tener respuesta?

—Usted sabe la contestación a esa pregunta, señor presidente. Aun si la carta cruzara el mar en un vapor, más veloz que los veleros tradicionales, no tendríamos respuesta sino hasta dentro de un par de meses.

Pereira se puso en pie de un salto; caminó hasta la ventana, manos a la espalda, y contempló unos instantes la calle, abrasada por el tórrido sol del mediodía. Se volvió a Vilardebó y le espetó:

—En dos meses, Montevideo puede haberse convertido en un cementerio para toda su población.

Vilardebó se cruzó de brazos, mesó su barba con los dedos de su mano izquierda y clavó sus ojos en Pereira.

—Así es, en efecto —replicó.

—Bien —murmuró Pereira. De hombros caídos caminó hasta su sillón, se dejó caer en el mismo—. Doctor, organice la atención de los enfermos y haga lo que se pueda.

—De acuerdo, señor —aceptó el médico—. Pero necesitaré su apoyo.

—¿Y qué puedo yo hacer?

—Mucho. Hace ya tiempo que la Junta Sanitaria desea el apoyo del gobierno para erradicar los basurales, limpiar las calles, enlodadas tras las lluvias de la última semana, y hacer algo con ese cúmulo de animales muertos que alimentan la usina del gas. Tal vez la terrible perspectiva de esta plaga nos lleve a tomar las medidas pertinentes para prevenir este y otros males. Si el señor presidente cuenta con tiempo, desearía que me acompañase para ver ciertos panoramas del cinturón periférico de la ciudad que requieren urgente atención.

Pereira asintió varias veces, diciendo:

—Estoy a sus órdenes, doctor, si la recorrida puede esperar hasta después del almuerzo, y de un breve descanso vespertino.

—El señor presidente puede hacer su comodidad —replicó Vilardebó con tono irónico—. De todas maneras, para acercarnos a ciertos lugares es conveniente hacerlo cuando decline el sol, cuando las miasmas que despiden disminuyan de intensidad.

—Bien —exclamó Pereira, y se puso de pie—. Doctor, conoce la salida; siéntase como en su casa. Con permiso.

—Señor —murmuró Vilardebó, también poniéndose de pie.

Luego que Pereira hubo salido, Vilardebó tomó nuevamente asiento y procuró ordenar algunos papeles dentro de su maletín. Concentrado en esto, no notó que alguien se aproximaba a él, hasta que, de pie a su lado, le tocó en el brazo derecho. Al volverse vio a una niña de unos cuatro años de edad, de piel muy blanca, cabellos castaños rizados que caían sobre sus hombros y hermosos ojos color miel. La niña le miraba con la curiosidad propia de esa edad. Vilardebó sonrió y dijo:

—Hola.

—Hola —contestó ella con voz aguda—, ¿vos quién sos?

—Yo... yo soy un doctor.

—¿Un doctor? ¿De esos que vienen cuando me duele la barriga?

—Entre otras cosas —replicó el médico riendo—. ¿Te ha dolido la barriga muchas veces?

—A veces —dijo la niña—, cuando como mucha fruta del mercado. Mi mamá se enoja, pero a mí me gusta la fruta.

Vilardebó miró a esa niña, bella como un ángel, recordó la cruel agonía que presenciara un par de horas antes y un estremecimiento de horror sacudió su alma. La pequeña hablaba de nuevo:

—¿Por qué charlabas con mi abuelo recién?

—¿Tu abuelo...? —él sonrió otra vez—. ¿Me equivoco o tú eres Dolores? —dijo con un gesto de complicidad.

—¿Cómo sabés mi nombre? —exclamó la niña con voz aun más aguda y cara de sorpresa.

—Porque soy doctor; los doctores sabemos muchas cosas.

—¿Y qué más hacen los doctores?

El doctor Teodoro Vilardebó suspiró, mirando los inocentes ojos fijos en él, y contestó:

—Tratamos de ayudar a la gente que sufre.

—Qué lindo —dijo la pequeña—, a mí me gusta ayudar a la gente que sufre.

El médico la contemplaba admirado, cuando una mujer joven entró al despacho.

—Dolores, ¿dónde...? ¡Ah! Aquí estás. ¿No te he dicho que no debes entrar a la oficina de tu abuelo?

—Pero mamá —protestó la niña—, estaba hablando con el doctor.

La señora Dolores Buxareo miró tímidamente a Vilardebó, que se había puesto de pie.

—Usted disculpe la molestia, doctor.

—Soy yo quién debe pedir disculpas, señora —replicó él—; entretenía a la niña con mi charla, sin saber que usted la buscaba. Bueno —recogió su maletín—, ya me voy. Tengan buenos días.

Se encaminó hacia la puerta, pero Dolores Buxareo le detuvo.

—Doctor —dijo; sus ojos reflejaban miedo—, lo del escribano Aguirre... ¿fue plaga?

—¿A qué se refiere cuando dice plaga, señora?

Ella se acercó y, bajando la voz, dijo:

—Un primo hermano de mi esposo llegó hace diez días de Río de Janeiro. Nos contó cosas horribles; nos dijo que en aquella ciudad hubo —parecía costarle pronunciar las siguientes palabras— ...hubo fiebre amarilla. Yo fui hasta la casa del escribano, y hablé con su hijo... Dicen que el hombre murió de... de...

—Es fiebre amarilla —ratificó Vilardebó.

El rostro de la señora Dolores Buxareo se cubrió de una máscara de miedo.

—¿Qué va a pasar? —susurró.

—No sé —admitió el médico—, desafortunadamente, no lo sé.

La tarde de ese día fue agitada para el doctor Vilardebó. Solo tuvo tiempo para un frugal almuerzo, pues fue llamado al mismo tiempo por tres familias del norte de la ciudad. En los tres hogares encontró el mismo cuadro: fiebre elevada, fuertes dolores de cabeza, postración, vómitos y sangrados nasales. A las tres de la tarde, cuando abandonaba su consultorio, otras siete familias requirieron su presencia; los motivos eran similares: fiebre alta, postración, hemorragias nasales y bucales. No pudo encontrar a Velasco, por lo que repartió los llamados entre Rymarkiewicz y otros dos médicos que vivían en ese entonces en Montevideo: Aníbal Carreras y Celestino Ordóñez. Había aún en Montevideo otro médico, el doctor Francisco Antonio Vidal, que ese día cumplía una guardia en el Hospital de Caridad.

Organizada la asistencia, Vilardebó partió en su carruaje hacia la Casa de Gobierno, a la que arribó quince minutos después. Allí le esperaba el presidente Pereira acompañado de su ministro de gobierno, el doctor Joaquín Requena, y del coronel Luis de Herrera. Veinte policías a pie, armados con pistola, sable y fusil, escoltaban el carruaje presidencial. Vilardebó pasó al mismo, dejando el suyo al cuidado del mulato Mostaza, su fiel criado. Tomaron al sur por Zabala, siguiendo luego por Reconquista hasta llegar a las orillas del Río de la Plata. Al arribar a los terrenos de la usina del gas, Vilardebó solicitó al cochero que detuviera el carruaje. Invitó a sus acompañantes a bajar; sacó un pañuelo de seda blanca y, antes de introducirse en los terrenos del Gasómetro, se lo puso sobre la cara, cubriendo boca y nariz.

—Hagan lo mismo que yo —dijo sencillamente—, y síganme.

Los tres hombres así lo hicieron. También diecinueve de los veinte policías se cubrieron la cara con pañuelos y trapos; el que no lo hizo, alardeando de su resistencia, a pocos metros de entrar al terreno instaló arcadas tan violentas que debió ser retirado por dos de sus compañeros.

—Aléjenlo de aquí; que respire aire fresco —ordenó Vilardebó; luego siguió camino, enfrentándose al panorama.

Centenares de cuerpos de animales muertos, perros, gatos, caballos y hasta ovejas y algunas vacas, yacían en grandes montones expuestos a la intemperie, en un proceso acelerado de putrefacción bajo el sol de fines del verano. Obreros de aspecto desgraciado, blancos, mulatos y negros, recorrían el lugar cargando los cadáveres en carretas toscas, llevándolos para alimentar el fuego de las calderas; todos tenían el rostro cubierto con trapos oscuros. Los miasmas que llenaban aquel lugar eran literalmente intolerables; el hedor parecía dar bofetadas a quien caminara por allí. Una impresionante nube de moscas y mosquitos cubría el lugar. Vilardebó se detuvo junto al cuerpo de una mula en avanzado estado de descomposición

—Señores, por favor —dijo mirando a los tres hombres—, no se mareen todavía; aún quedan cosas por ver.

Y se encaminó hacia el sur, salió de los terrenos de la usina y se acercó a la costa. Desde el presidente Pereira hasta el último de los gendarmes suspiraron con alivio, hasta que comprendieron hacia dónde les llevaba el médico. En apenas cinco minutos llegaron a la desembocadura de uno de los principales caños maestros. El albañal, formado por la deposición de aguas servidas sobre la alfombra de piedras y cantos rodados de la orilla, era repulsivo hasta lo indecible. Y ahí vieron otra cosa: ese lugar era la ciudad de las ratas. Miles de asquerosos roedores pululaban dentro de los caños y recorrían los alrededores con despreocupada serenidad. Algunos ejemplares enormes y agresivos avanzaron amenazadoramente hacia los caminantes, tanto que obligaron al coronel Herrera a efectuar varios disparos de revólver. Algunos policías abrieron fuego, y todos se retiraron, dejando un tendal de ratas muertas a balazos, carne fresca para sus voraces congéneres. Desde otro punto de la costa, Vilardebó señaló unas líneas de espuma de color anaranjado oscuro, untuosa y semisólida, que parecía fluir en ondas desde la entrada de la bahía.

—¡Por Jesucristo! —exclamó Pereira con gesto demudado—. ¿Qué es eso?

—Excretas y residuos humanos de todo tipo —respondió Vilardebó, serio— lanzados desde los barcos surtos en el puerto.

Sobre las cinco de la tarde, luego de recorrer varios basurales de Montevideo, algunos de gigantesco tamaño, el carruaje presidencial se detuvo frente a la Casa de Gobierno. El presidente Pereira, con el rostro desencajado, visiblemente descompuesto, bajó sin decir palabra y entró, ayudado por el doctor Requena, quien tampoco hizo comentarios. Luis de Herrera permaneció unos instantes cerca de Vilardebó; encendió un puro, aspiró dos o tres veces el humo y dijo:

—Doctor, ¿qué podemos hacer?

El médico sacudió la cabeza.

—Limpiar y quemar —respondió—. Tal vez el fuego y el humo depuren la atmósfera que el Pampero no ha limpiado todavía.

—Yo me encargo, doctor —respondió Herrera, y se fue.

Entonces Vilardebó reparó en Rymarkiewicz, que le aguardaba junto al carruaje del médico.

—Max, ¿qué ocurre?

—Teddy, será mejor que vengas.

—¿Adónde?

—Al Hospital de Caridad.

Cinco minutos después, ambos médicos llegaron al hospital de la calle 25 de Mayo. Próximo a cumplir setenta años de funcionamiento, ahora estaba en el edificio proyectado y realizado por el arquitecto José Toribio en 1825. Rápidamente bajaron del carruaje, entraron por la amplia puerta principal, subieron los escalones de dos en dos y se encaminaron luego hacia el pasillo central. Este discurría contiguo a un patio abierto, con jardín y aljibe, primorosamente cuidado y con bancos de hierro forjado. Pero ninguno de los dos le prestó atención. El aire iba cargándose de la fetidez combinada de sudores, vómitos, sangre, excrementos humanos y pócimas medicinales varias. Voces y gemidos apagados se alternaban, rasgando el silencio de los pasillos, aún iluminados por la claridad del cielo que entraba por ventanas y claraboyas. Los corredores contaban con faroles, espaciados cada tres metros, munidos de gruesas velas de estearina, al momento apagadas. Casi al final del pasillo entraron a una sala en la que había gran agitación.

El doctor Teodoro Vilardebó, tan serio, ceñudo e imperturbable como era, sintió que su corazón daba un vuelco. Vagos temores de toda una vida, intensificados desde la mañana de ese día, cristalizaban en esa escena y hacían añicos sus esperanzas.

La sala contaba con diez camas, y todas estaban ocupadas; las ventanas sobre la calle Guaraní habían sido totalmente cubiertas por cortinas y las velas de los candelabros estaban encendidas. Los enfermos se quejaban todos a la vez; algunos llorando, maldiciendo otros, reclamando al médico para ser atendidos, a los curas para confesarse, o a las monjas para ser limpiados de sus inmundicias. El doctor Vidal, arremangado y sudoroso, iba de un lado a otro, entre sacerdotes jesuitas y capuchinos y hermanas de la Caridad. Algunos enfermos estaban sucios de vómito y otros manchados por sus propios excrementos, cuya emisión no habían podido controlar. El color negro y el olor inusitadamente repulsivo de esas materias fecales señalaban la presencia de sangre digerida y eran signo inequívoco de hemorragia gástrica o intestinal. Curas y monjas, con heroico estoicismo, consolaban las almas y lavaban los cuerpos de esos desgraciados, mientras Vidal iba de una cama a otra examinando y dando indicaciones. Cuando Vilardebó entró, seguido de Rymarkiewicz, el médico de guardia pugnó por llegar a ellos, lo que logró al cabo de algunos minutos.

—Doctor Vilardebó —dijo estrechándole la mano—, gracias a Dios que llegó.

—¿Cuántos son? —preguntó Vilardebó.

Vidal suspiró. Era joven, alto y delgado, rubio y con un fino bigote oscuro.

—Diez aquí —replicó—; ocho mujeres en la sala contigua...

—¿El total?

—Veinticuatro, doctor. En las últimas tres horas han llegado veinticuatro pacientes gravemente enfermos, todos aquejados por un cuadro similar.

—Es decir —observó Vilardebó—, que enfermaron catorce personas, además de los diez llamados que recibí en mi consultorio.

—No, Teddy —murmuró Rymarkiewicz, sacudiendo la cabeza—, el doctor Vidal no ha contado a esos diez.

—Entonces son treinta y cuatro —susurró Vilardebó con gesto sombrío—; treinta y cuatro casos probables de...

—Veintiocho casos probables —le cortó Rymarkiewicz.

—Max, basta de adivinanzas.

—Ven conmigo —dijo el polaco, y le condujo a una pequeña habitación situada al otro lado del pasillo.

Allí, bajo la claridad exterior, Vilardebó vio a seis pacientes más, cuatro hombres y dos mujeres, que yacían en otras tantas camas. La piel de sus cuerpos estaba totalmente amarilla; algunos tenían sufusiones hemorrágicas en brazos, piernas y abdomen; otros sangraban por la nariz, por la boca, por los oídos. Todos estaban sumidos en un sueño comatoso.

—Veintiocho casos probables —repitió Rymarkiewicz— y seis casos confirmados de fiebre amarilla.

—Más el del escribano Aguirre, siete —agregó Vidal—. Y eso en un día; el primer día.

—¿Los doctores Carreras y Ordóñez? —preguntó Vilardebó con los ojos fijos en las víctimas.

—Recorren la ciudad —replicó Vidal—. Hay más llamados solicitando la presencia de un médico. Todos por fiebre, escalofríos, postración... —el médico de guardia concluyó con un significativo ademán.

—¿Y el doctor León Velasco?

El polaco y Vidal intercambiaron una mirada.

—No se ha presentado —susurró el primero.

Vilardebó apretó las mandíbulas.

—Bien —exclamó de pronto—, hay que trabajar. Iré a mi oficina a cambiarme —y se alejó de allí.

───◯───

En su despacho del hospital, Vilardebó se quitó el fino saco oscuro que llevaba, más por convención social que por el clima, aún caluroso. Se puso una túnica blanca sin mangas que le llegaba a las rodillas, arremangándose luego la camisa. Abotonada la túnica, guardó en su bolsillo derecho un estetoscopio de campana de última generación, encargado a París. Se disponía a salir, cuando reparó en un individuo que le contemplaba desde la entrada. Antes de poder decir nada, el hombre habló:

—¿El doctor Vilardebó?

—Sí, ¿quién...?

—Alberto María Castellanos —dijo el hombre, que entró a grandes zancadas en la habitación y estiró la mano hacia el médico—, reportero y cronista de *La Nación*, de Montevideo.

Estrechando su mano, Vilardebó le examinó durante un segundo completo. El individuo, de unos treinta a treinta y cinco años de edad, vestía camisa celeste abierta en el pecho y sin ningún tipo de corbata. Sus pantalones, no obstante, se antojaban de tela fina; Londres quizás, o París. Era alto, algo grueso de carnes, mas no obeso. Exhibía una calvicie incipiente y su rostro lampiño, cubierto por lentes de armazón metálica, se mostraba despreocupadamente alegre.

—¿Me permite? —dijo, se sentó ante el escritorio del médico y abrió su portafolio; extrajo y desplegó cuaderno, pluma y tintero.

—Oiga, ¿qué se propone?

El hombre miró a Vilardebó con sincera sorpresa en el rostro.

—Entrevistarlo, por supuesto, para el periódico.

—Escuche, señor...

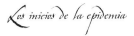

—Castellanos.

—Señor Castellanos, no quiero ser descortés, pero no cuento con tiempo. Supongo habrá comprobado que hay muchos enfermos para atender.

—De eso mismo quiero hablarle; brevemente, si lo prefiere. Además, también comprobé que hay otros facultativos en el hospital, por supuesto bajo la supervisión de una eminencia médica como usted. Vamos, por favor; serán solo cinco minutos.

Vilardebó le observó otro instante. Luego, suspirando, tomó asiento tras el escritorio.

—Dígame —exultó.

—Doctor, haré pocas y breves preguntas. Para empezar, el escribano Javier Juan María Aguirre falleció esta mañana. Tengo entendido que la causa de su muerte fue haber contraído fiebre amarilla. ¿Usted lo confirma?

Vilardebó fue tomado por sorpresa, tal vez por ser el reportero el primero que nombraba la temida enfermedad sin espanto.

—Sí —respondió sencillamente.

—Bien —Castellanos hacía anotaciones—. ¿Cree usted que lo sucedido al escribano Aguirre es un caso aislado de fiebre amarilla?

—No podría afirmarlo.

—Ajá. La fiebre amarilla raramente se presenta en forma aislada, ¿no es así?

—Raramente, sí; pero...

—¿Podríamos estar ante el inicio de una epidemia de fiebre amarilla en Montevideo?

—Es muy pronto para decirlo —a Vilardebó empezó a no gustarle cómo conducía el reportero la entrevista.

—Doctor, ¿a qué atribuye el aumento inusitado del número de enfermos que han debido atender hoy en el hospital?

—Bueno...

—¿Hay entre todos esos enfermos —Castellanos hizo un vago ademán— alguno aquejado de fiebre amarilla?

El médico hizo silencio. El reportero dejó de escribir, levantó la vista y clavó los ojos en él.

—¿Doctor? ¿Hay fiebre amarilla en esas salas?

Vilardebó suspiró de nuevo.

—Sí hay.

—¿Es esto el inicio de una epidemia?

—Podría ser —murmuró el médico.

—Muy bien —Castellanos simuló revisar sus notas, que no podían ser muy extensas, pues Vilardebó había dicho bien poco. Pareció recordar algo y continuó—: Doctor Vilardebó, tengo entendido que la ciudad de Río de Janeiro fue azotada por una epidemia de fiebre amarilla últimamente.

—También lo tengo entendido yo.

—Ajá, bien. Usted sabrá que hace diez días atracó en el puerto de Montevideo el vapor *Marqués de Corumbá*, de bandera brasileña. ¿Opina usted que la plaga pudo haber venido con los pasajeros de ese barco?

—Eh... —el médico, arrinconado por las preguntas directas del otro, trataba de poner en orden sus pensamientos para no decir algo comprometedor—, en el estado actual de los conocimientos médicos...

—Doctor Vilardebó, ¿son los ciudadanos brasileños arribados a puerto los responsables de la fiebre amarilla que ha aparecido en nuestra ciudad?

—Sería prematuro afirmar...

—Doctor, ¿son ellos responsables, sí o no?

—Señor mío, no me agrada que me presione de esta manera —exclamó Vilardebó molesto.

—Lo siento, doctor, lo siento —dijo el reportero con aire compungido y las manos alzadas; luego continuó—. Permítame expresarlo de otra manera; ¿es posible que la plaga haya llegado a Montevideo en el vapor brasileño?

Vilardebó inspiró profundamente y exhaló el aire en forma explosiva. Miró un largo instante a Castellanos y por fin dijo:

—Sí, es posible.

—Bien, gracias —concluyó el reportero, se puso de pie y estrechó la mano a Vilardebó—. Muchas gracias, doctor —y se fue rápidamente de allí.

Minutos después Vilardebó salió de su despacho, aún confuso y algo indignado por la intromisión del reportero, que además había desaparecido rápidamente. Pensando en esto entró en la sala de hombres, donde vio en primer plano a un religioso vestido con el hábito marrón de San Francisco de Asís, la puntiaguda capucha echada sobre la cabeza. El fraile, arrodillado junto a una cama, tenía entre las suyas las manos de un hombre viejo que parecía delirar por la fiebre, mientras susurraba palabras cerca del oído del enfermo y de tanto en tanto le mojaba la frente con un paño húmedo. El médico le contempló un instante, distraído; un solo instante. Con un movimiento reflejo, el fraile se quitó la capucha. Entonces, Vilardebó vio una cabellera lacia muy negra y un rostro juvenil de facciones indígenas.

—¡Buenaventura! —exclamó, con júbilo.

El fraile Ventura Meléndez le miró y al punto una sonrisa de inmensa alegría iluminó su rostro. Dijo dos o tres palabras más a oídos del viejo, se irguió luego y salió al pasillo tras el médico. Entonces ambos se confundieron en un efusivo abrazo.

—Cómo estás, hijo mío, cómo estás —dijo el médico, tomándole de ambos brazos para mirarle.

—Amigo Teodoro —Ventura rió de contento—, mi amigo Teodoro, mi amigo blanco. Cómo me regocijo de verte, aun en estas aciagas circunstancias.

—Mi amigo indio, mi joven amigo charrúa, mi hermano de la orden de San Francisco —susurró Vilardebó, en lo que parecía un saludo ritual—, qué alborozo llena mi alma al encontrarte otra vez, luego de tanto tiempo.

El emotivo encuentro de dos viejos amigos lo miraban de reojo, con sorpresa e incomprensión, las personas que transitaban el pasillo. Veían al médico más prestigioso de la ciudad de Montevideo abrazar con júbilo a un harapiento fraile de raza indígena, paria en la sociedad del Uruguay independiente, republicano y democrático. Ajeno a estos prejuicios, Rymarkiewicz se acercó a los dos hombres, por detrás de Vilardebó, y, en una ocasión propicia, intervino en la conversación.

—Disculpad la interrupción —dijo y abrió los brazos—. Por casualidad, Teddy, ¿no es este el personaje especial que querías presentarme?

—Déjate de giros idiomáticos de nuestra madre patria, que no es la tuya, Max. Este es el hombre, fray Buenaventura Meléndez, un hijo de estas tierras, siervo de Dios según la orden de San Francisco de Asís y gran amigo mío. Buenaventura, él es un colega y antiguo amigo al que conocí en París. Te presento al doctor Arturo Maximiliano Rymarkiewicz.

—Encantado de conocerle, fray Buenaventura.

—Es un honor, doctor. Pero todos me dicen Ventura —dijo el fraile sonriendo, mientras se estrechaban la mano.

—Ventura, pues.

El fraile miró a Vilardebó, sin dejar de sonreír, y preguntó:

—¿Personaje especial?

—Buenaventura, sabes que me une a ti un sincero aprecio y amistad. Ahora dime, ¿estás solo?

—No —dijo una voz—, pues aún no parece estar lo suficientemente preparado para recorrer solo este pérfido mundo.

Vilardebó se volvió y vio acercarse al padre Federico Ferretí, acompañado por fray César Alfonso.

—*Dominus vobiscum* —dijo Ferretí.

—¿Eh?

—Y con su espíritu, padre —respondió Vilardebó, mientras daba un codazo en las costillas a Rymarkiewicz.

Hechas todas las presentaciones, los cinco hombres hablaron durante unos momentos, hasta que el doctor Francisco Vidal apareció en la puerta de una habitación. Su rostro estaba ya muy demacrado, y sumamente sombrío ahora.

—Doctor Vilardebó —dijo—, por favor, venga. Y vamos a necesitar al sacerdote también.

Los cinco hombres se miraron, siguieron luego al doctor Vidal al interior de la sala donde estaban los enfermos más graves.

A las siete de la tarde de ese sábado, último día de febrero de 1857, un catafalco frente al altar mayor de la Iglesia Matriz sostenía el féretro con el cadáver del escribano Javier Juan María Aguirre. Autoridades del gobierno, encabezadas por el mismísimo presidente Gabriel Pereira, acompañado de su hijo Julio y su nuera Dolores Buxareo, con la pequeña Dolores, el general San Vicente, el general Medina, el coronel Luis de Herrera, otros jerarcas del gobierno y mucho pueblo de la ciudad de Montevideo, se habían hecho presentes en la iglesia. La misa despedía los restos del que fuera uno de los secretarios originales de la Asamblea Constituyente y Legislativa de 1828. Fue él, según se decía, el que escribiera por primera vez, de puño y letra, el proyecto de la Constitución jurada en 1830. La ceremonia, solemne y sentida, la ofició José Benito Lamas. Duró aproximadamente una hora y media. Al salir del oficio sagrado, la concurrencia encontró la plaza Constitución recorrida por cinco jóvenes, casi niños, que pregonaban a voz en cuello un número «especial y extraordinario» de *La Nación*, preparado «tan apresuradamente», dadas las «importantísimas noticias», que la tinta aún estaba fresca sobre el papel. Un pequeño ejército de jovencitos recorría todo Montevideo, vendiendo el «número extraordinario» del periódico. Los muchachos hicieron un excelente negocio, pues un número extraordinario de *La Nación*, aparecido un sábado a la noche, prometía interesantes novedades. La multitud, deseosa de pensar y hablar de otra cosa que no fuera la extraña muerte del escribano, agotó los ejemplares. Las exclamaciones de sorpresa, espanto, alarma y horror se multiplicaron conforme la lectura del periódico se extendía por la plaza, y luego por la ciudad, como un incendio incontrolable, devorador, que inflama todo a su paso: ánimos, emociones, y miedos ocultos y nunca enfrentados.

A las diez de esa noche, cuarenta y tres enfermos estaban internados en el Hospital de Caridad. Otros nueve pacientes habían desarrollado ictericia, hemorragias cutáneas, vómitos sanguinolentos y frecuencia cardíaca lenta, con una fiebre difícil de controlar. Ya eran quince, y tres habían fallecido en penosa agonía. Los médicos seguían allí, los tres, mientras Ordóñez y Carreras continuaban recorriendo la ciudad en sus respectivos carruajes, atendiendo enfermos y enviando al hospital a los que estaban más graves. También estaban allí los curas, los frailes y las monjas, brindándose todos por entero a los enfermos. En un momento dado, mientras Vilardebó, auxiliado por Ventura y una monja anciana, intentaba ayudar a una mujer joven que vomitaba abundante sangre negra, apareció en la puerta de la sala el doctor Velasco. Vilardebó le miró brevemente y siguió con su trabajo. Si acaso, notó apenas que su colega más joven llevaba bajo el brazo lo que parecía un periódico. Controlada la crisis de la enferma, Vilardebó enfrentó a Velasco.

—Por fin se ha dignado usted aparecer, León —le dijo—. Cámbiese, por favor; su asistencia es bienvenida.

Velasco no se movió; miraba fijo a Vilardebó.

—¿Qué le pasa, León?

—¿Por qué lo dijo, doctor? —susurró Velasco.

—¿Decir qué? ¿A qué se refiere, hombre? —gritó Vilardebó.

Velasco le alcanzó el periódico, que Vilardebó desplegó y leyó. No dando crédito a sus ojos, leyó el titular que anunciaba sin más la llegada a Montevideo de una epidemia de fiebre amarilla «que ya habría cobrado varias víctimas». Luego venía una alarmante nota editorial, seguida de una entrevista al doctor Teodoro Vilardebó, «el médico más eminente del Uruguay», quien en declaraciones exclusivas a *La Nación* había afirmado que el *Marqués de Corumbá*, fondeado aún en el puerto de Montevideo, era responsable de traer la plaga desde Río de Janeiro.

—Yo nunca afirmé tal cosa —susurró aterrado Vilardebó.

—¿Cómo pudo afirmar que el buque brasileño es responsable de traernos la epidemia, doctor?

—¡Que yo no lo afirmé, dije! ¿O es usted idiota? —exclamó Vilardebó levantando la vista. Entonces vio entrar al coronel Herrera, seguido por seis policías.

—Tranquilo, doctor —dijo Herrera—. Yo creo en su prudencia. Dígame, ¿por qué *La Nación* le menciona a usted? ¿Acaso le entrevistaron?

—S... Sí —Vilardebó creía soñar—, hace... unas cuatro horas, vino un hombre...

—¿Un gordito medio pelado? ¿Un tal Castellanos?

—¡Sí, ese mismo! Se presentó como reportero de *La Nación* y solicitó una entrevista. Me presionó constantemente, tirando de mi lengua, en procura de que yo señalara a los brasileños como responsables por la llegada de la plaga, lo que no dije directamente. Solo dije que podría ser...

—Castellanos *es* reportero de *La Nación* —cortó Herrera— y ese es su estilo. Y que usted diera como probable, o posible, que los brasileños nos hayan traído la plaga fue suficiente para que él lo publicara como una afirmación incontestable. Conozco desde hace tiempo a ese periodista de pacotilla. Los hombres de mi servicio de información le siguen de cerca. Es un sensacionalista, un taimado que sirve a sus intereses políticos publicando todo tipo de desatinos en la prensa, tanto aquí como en Buenos

Aires. Es capaz de llevar a nuestro gobierno a un nuevo conflicto internacional si eso sirve, de alguna indirecta y retorcida manera, a los intereses de su partido.

—¿Un conflicto internacional? —susurró Vilardebó con voz sorda.

Luis de Herrera suspiró.

—¿Qué imagina que pasó luego que este periódico circuló por Montevideo, doctor? En este momento, miles de montevideanos rodean la legación diplomática del Imperio del Brasil. Quieren demolerla piedra por piedra. Tengo a dos regimientos de la policía, más la mitad del Batallón de Cívicos, rodeando la legación para protegerla. Y dentro está el doctor Requena procurando calmar a Su Excelencia Luiz de Carvalho Batista, cónsul de Su Majestad Pedro II en Montevideo, quien está a la vez muy indignado y muy asustado. Lo siento, doctor, sé que está ocupado aquí, pero deberá acompañarme.

—¿Es que estoy arrestado?

—Claro que no —rió Herrera—. Le llevaré a la legación del Imperio, para que convenza al cónsul de que usted no dijo lo que este periódico afirma que dijo. De Castellanos ya me ocuparé yo en otro momento.

—Bien —Vilardebó se revolvió nervioso. Mientras se quitaba la túnica, Rymarkiewicz se acercó.

—Teddy, ¿quieres que te acompañe? —dijo.

—No —replicó Vilardebó—, mejor quédate, que aquí eres necesario —viendo allí a fray Ventura, atento a todo lo dicho, se dirigió a él—. Buenaventura, ¿me acompañarás tú?

—Por supuesto.

Vilardebó entró a su despacho, se colocó el saco, ajustó su corbata y salió diciendo a Herrera.

—Coronel, estoy listo.

—Vamos pues.

La sede de la legación imperial, una construcción de tres plantas levantada a principios de siglo sobre la calle Cerrito, entre Misiones y Treinta y Tres, estaba rodeada por un muro de ladrillo encalado, de metro y medio de altura, coronado por verja de hierro forjado hasta una altura de tres metros. Toda la calle Cerrito hervía por el brillo de centenares de antorchas encendidas y mantenidas en alto, y por la furia de miles de ciudadanos llegados allí para expresar su repudio al Imperio por el indeseable regalo de la fiebre amarilla. A los gritos de «¡Muera Pedro II!», «¡Fuera del Estado Oriental!» y, sobre todo, «¡Mueran los macacos!», la ira y la indignación de la gente subían progresiva y aceleradamente de tono, sin aparente control. Policías pie a tierra y efectivos del Batallón de Cívicos rodeaban la legación, ocupando el frente y ambos costados. Algunos hombres vigilaban también el muro de tres metros de altura del sector posterior del terreno, lindero con casas que tenían frente a la calle de las Piedras, por si alguien intentaba atravesar por allí el cerco de protección. Este se había iniciado por fuera de la legación, pero pronto el comandante, delegado por Luis de Herrera para dirigir el operativo, había pedido y obtenido que sus hombres pudieran ubicarse parapetados detrás del muro, para protegerse de las cosas que arrojaba el populacho. Oficiales de ambos cuerpos a caballo recorrían la línea de hombres, hasta que debieron alejarse hacia el interior debido a la lluvia de huevos y verduras podridas. Cuando estos proyectiles fueron sustituidos por piedras y botellas de vidrio rotas, los policías prepararon sus armas, en previsión de que la cosa siguiera a balazos. Algunos disparos de fusil, efectuados por policías y cívicos hacia las azoteas de las casas linderas, disuadieron a numerosos manifestantes que, apareciendo por allí, la querían seguir a pedradas con el edificio de la legación. De pronto, una bengala roja se elevó brillante en el cielo nocturno del oeste, a unas dos cuadras por Cerrito. Apercibido al instante, el comandante dio una rápida orden y ciento cincuenta hombres previamente designados, altos, musculosos y decididos, desenvainaron sables y cachiporras. Abiertas las hojas del portón principal, salieron corriendo y repartiendo palos y sablazos en todas direcciones, sin discriminar hombres ni mujeres, viejos ni jóvenes. Varios cívicos acompañaron la acción con disparos de advertencia desde los terrenos de la legación. En pocos minutos quedó abierto un corredor de cuatro metros de ancho, que salía de la legación y torcía por Cerrito hacia el oeste, hasta la esquina con la calle Misiones. Por allí entró el carruaje que traía al coronel Herrera, al doctor Vilardebó y al fraile Ventura Meléndez. Los seis policías corrían detrás, sable en mano. De boca abierta y con espanto en el rostro, Vilardebó contempló a la multitud que atalayaba el paso del carruaje; vio personas heridas, ensangrentadas, tiradas en el piso, algunas soportando sobre sus cuerpos las botas de los policías que mantenían abierto el corredor. Horrorizado, Vilardebó miró a sus acompañantes. Fray Ventura, con la puntiaguda capucha echada sobre la cabeza, tenía el rostro en sombras, pero la posición de su cuerpo denunciaba su azoramiento. Luis de Herrera, en tanto, recostado tranquilamente en el respaldo de su asiento, fumaba un puro con suma serenidad. Mirando otra vez a la gente, el médico reconoció el miedo y la ira y la desesperación pintados en esos rostros. Pero no pudo ver más porque el carruaje dobló hacia los terrenos de la legación. Cuando penetró, el comandante sonó un silbato y los ciento cincuenta hombres retrocedieron y entraron, y se cerró el portón principal. El estruendo de las hojas de hierro al cerrarse pareció sacar a la muchedumbre de su momentánea parálisis y miles de individuos se lanzaron nuevamente hacia los muros gritando, insultando y arrojando piedras. Cuarenta metros más adentro, al descender del carruaje, Vilardebó escuchó la gritería de la turba volverse una estrofa feroz, como un cántico de batalla:

—¡Mueran los macacos y sus alcahuetes!

En la sala principal de la legación presidía un retrato al óleo de Su Majestad Pedro II, Emperador de Brasil Los muebles eran ostentosos, así como las alfombras y los tapices de las paredes. Esas alfombras amortiguaban los pasos de Su Excelencia Luiz de Carvalho Batista, cónsul imperial ante el Estado Oriental. El legado imperial, un blando miembro de la aristocracia carioca, de unos sesenta años de edad, ricamente ataviado y usualmente de finos modales, caminaba de un lado a otro en el colmo del nerviosismo. Cuando sonaron los primeros disparos su rostro se había desencajado, y así había quedado, y así estaba cuando entraron el coronel Herrera y sus dos acompañantes. En ese momento el doctor Joaquín Requena, cómodamente sentado en una silla alejada de las ventanas, le aconsejaba tranquilizarse, asegurándole que la legación estaba protegida y que finalmente el tumulto se dispersaría. Como punto final a estas palabras de Requena, una enorme piedra destrozó los vidrios de una ventana, se deslizó sobre una mesa cercana, barrió y despedazó cuatro copas de costoso cristal, para finalmente impactar en la puerta de un armario de madera finamente trabajada, que quedó hundida y astillada. Afuera se oyeron gritos, corridas y más disparos. Requena, pálido, abrió grandes los ojos. Entonces el cónsul, mirando de boca abierta el destrozo, explotó:

—¡Vea, señor ministro! ¡Vea la eficacia de sus fuerzas de seguridad! ¿Qué les impide a esos facinerosos arrojar bombas incendiarias y quemar todo el edificio? ¿Así protegen ustedes a los amigos y aliados? Si la legación del Uruguay en Río de Janeiro fuera asaltada así por el populacho, nuestro ejército ya les habría escarmentado con una ejemplar masacre.

—Su Excelencia —protestó Requena—, no son matreros, son ciudadanos... algo indignados.

—¿Ciudadanos indignados? —graznó el cónsul—. Escuche lo que gritan; escuche sus cánticos. ¿Por qué he de morir, si yo no traje la plaga? ¡Y macacos lo serán ellos!

—Si Su Excelencia me permite —se adelantó el coronel Herrera—, yo no me preocuparía por la turbamulta. Nuestras fuerzas policiales los tienen a raya, a pesar de este destrozo, que estoy seguro el canciller se encargará de reparar con fondos del gobierno.

—Por supuesto —se apresuró a decir Requena.

Pero el cónsul se había fijado en los dos acompañantes de Herrera.

—¿Y está también seguro, coronel, de que no corro ningún peligro? ¿Por qué me ha traído entonces un sacerdote, si no es para confesarme y darme la extremaunción?

Fray Ventura se quitó la capucha y replicó:

—Yo no puedo administrar sacramentos a Su Excelencia, pues solo soy un fraile, no estoy aún ordenado.

Con una media sonrisa, Carvalho Batista señaló a fray Ventura y miró a Herrera.

—¿Qué es esto? —dijo—. ¿Me trae un indio disfrazado de cura?

Fray Ventura apretó las mandíbulas, pero fue Vilardebó quién contestó.

—Este joven es nativo de raza indígena, es verdad, pero se ha criado desde su nacimiento con una familia de Montevideo y es ahora un fraile capuchino.

—¿Y usted quién es, señor mío?

—Doctor Teodoro Vilardebó —respondió el médico tras hacer una breve inclinación ante el cónsul—, a su servicio.

El rostro de Carvalho Batista amenazó explotar otra vez.

—¡Usted! —aulló—. ¡Usted es el responsable de todo esto! —y señaló hacia afuera.

—No, señor; yo no fui.

La sencilla respuesta de Vilardebó pareció desarmar por completo al cónsul.

—¿Cómo que no? ¡El periódico lo dice!

—El periódico miente y tergiversa mis declaraciones, Su Excelencia. Por cierto, declaraciones hechas bajo presión de un impertinente reportero. Ustedes sufrieron una epidemia de fiebre amarilla en Río de Janeiro.

—Es verdad, perdí un primo hermano en esas tristes circunstancias.

—Lamento oír eso, Su Excelencia. Pero en el estado actual de los conocimientos médicos, conocimientos que ni usted ni toda la fuerza política o militar de su imperio pueden cambiar, la aparición de fiebre amarilla en Montevideo diez días después de la llegada a puerto de un buque procedente de Río de Janeiro establece la posibilidad de que la enfermedad haya venido a nuestra ciudad desde la suya. Pero eso es un hecho médico fortuito y nadie debería responsabilizar al digno pueblo del Brasil por nuestra desgracia.

—Tiene usted razón, doctor —murmuró el cónsul, con rostro muy serio—. Le presento mis excusas por lo que he dicho.

Luis de Herrera sonrió disimuladamente y miró con admiración al médico. Había creído que convencer al brasileño sería más difícil, pero la intensa franqueza de ese hombre que hablaba en forma clara, enérgica y mirando a los ojos a su interlocutor, había hecho suficiente lo dicho.

—El verdadero responsable, Su Excelencia —intervino entonces el coronel—, es un individuo que pertenece al periódico, el reportero mencionado por el doctor, el cual está plenamente identificado. Nosotros nos encargaremos de él. Problemas con la prensa, Su Excelencia, como ustedes también han tenido en más de una oportunidad.

—Así es, en verdad —dijo el cónsul, ya más tranquilo—. Si el señor coronel me asegura que se encargará personalmente de esta situación, resolviendo este equívoco, entonces creo que puedo estar tranquilo.

—Puede estar tranquilo, que yo me encargaré personalmente. Ahora, para mejor resolver la presente confusión, así como para proveer a la seguridad de los compatriotas de Su Excelencia, le ruego disponga que sus funcionarios confeccionen y me entreguen, a la brevedad, una lista completa de todos los súbditos del Imperio que se hallen en Montevideo en carácter de residentes, transitorios o permanentes. Y, por favor —agregó Herrera antes que el cónsul pudiera objetar algo—, no olvide a todos los pasajeros del *Marqués de Corumbá* que hayan desembarcado en el puerto.

Cerca de las dos de la mañana, Vilardebó y Rymarkiewicz se tomaban un descanso, sentados en la azotea del Hospital de Caridad. Por orden del primero, los doctores Ordóñez y Carreras habían ido a sus respectivos hogares para descansar, permaneciendo ellos dos en el hospital. Velasco no había vuelto a aparecer. La ciudad estaba absolutamente silenciosa. Hacía más de dos horas que el tumulto frente a la legación imperial había sido disuelto. En la oscuridad bajo las estrellas, Rymarkiewicz fumaba un cigarro, echando el humo hacia lo alto, y Vilardebó bebía a pequeños sorbos de una copa llena de vino chileno.

—Realmente, Teddy —dijo el polaco—, me resultó llamativo ver un fraile indio y otro negro. En verdad, es admirable cómo vuestra sociedad ha superado la intolerancia y los prejuicios entre razas.

—Max —murmuró Vilardebó mirándole con gesto de cansancio—, no metas tu enorme y sucio dedo en una llaga demasiado dolorosa.

—Está bien —replicó Rymarkiewicz.

Permaneció callado durante algunos minutos; luego volvió a hablar:

—Ya es primero de marzo, ¿no?

Vilardebó miró su reloj.

—Hace dos horas.

—¿Qué pasará de aquí al treinta y uno de marzo?

Vilardebó suspiró.

—Habrá que esperar a que llegue ese día.

Rymarkiewicz asintió con la cabeza, miró las estrellas y susurró:

—Habrá que esperar.

La muerte amarilla

La mañana del domingo primero de marzo de 1857 el sol se levantó tímidamente sobre la ciudad de Montevideo. En el cielo resplandeciente de
azul no había ni una nube; tampoco soplaba la más leve brisa. Las calles,
polvorientas y resecas, se veían desiertas. Algunos perros callejeros vagaban
por los alrededores de la Plaza Constitución, en dirección al mercado,
situado más allá de la Puerta de la Ciudadela. Esta, vestigio permanente
del formidable baluarte colonial, permitía ver desde la calle Sarandí el
terreno del mercado, absolutamente despejado, vacío, sin un movimiento
que denunciara la presencia humana.

Al norte de la ciudad, sobre la calle Cerrito, frente a la legación brasileña, humeaban aún numerosas antorchas de las que esgrimieron los manifestantes la noche anterior. Brasas esparcidas y moribundas palidecían al
recibir los rayos del sol, enfriándose, desgranándose en cenizas. Manchas de
sangre coagulada en el pavimento, aceras, muros y paredes, algunas de gran
tamaño, se resecaban aun más al crecer el calor del día. Todos los policías
se habían retirado, incluso el destacamento que permaneciera de guardia
toda la noche, con órdenes de volver a su cuartel al despuntar el alba.

En el puerto, salvo algunos perros sueltos, no se veía a nadie en los
muelles. Los buques fondeados se balanceaban suavemente al influjo de
ondas que agitaban las aguas de la bahía. Sus tripulaciones no se veían,
dormidas aún, o escondidas.

En toda la extensión de la ciudad no se oía el rodar de ruedas de
carreta, ni cascos de caballo, mula o asno alguno conducidos por un ser
humano.

Montevideo dormía aún, aletargada en su costumbre pueblerina, vera-
niega y dominical; o se ocultaba y estremecía de horror y de miedo ante la
presencia invisible, no invitada e indeseable de la muerte amarilla. Los más
asustadizos y supersticiosos la imaginaban ya como un demonio mons-
truoso, un fantasma cadavérico de color enfermizo que recorría veloz y
silenciosamente las calles de la ciudad para cebarse en sus habitantes.

A las siete en punto de la mañana las campanas de la Iglesia Matriz
iniciaron un resonante tañido fúnebre que llenó la ciudad de una tétrica
melodía que se podía oír desde la cima del cerro hasta más allá de la Estanzuela. Al influjo del lúgubre repique, prolongado por más de veinte minutos, numerosas personas se congregaron en la plaza frente a la iglesia. En
silencio, en orden, sin gritos ni corridas y, sobre todo, sin exteriorizaciones
de alegría de ningún tipo, entre quinientas y seiscientas personas quedaron reunidas ante la puerta principal de la Matriz. Formaban un grupo
humano quieto, silencioso, levantándose apenas algún que otro susurro.
En su indumentaria predominaba el color del luto. A las siete y media de
la mañana sonaron cuatro toques de campana, retumbantes y espaciados.
Instantes después cuatro féretros fueron sacados del augusto templo, car-
gados por familiares y amigos. Cuatro carruajes aguardaban en fila sobre la
calzada, cada uno guiado por un cochero engalanado de impecable traje
negro. Se colocaron los féretros en los carruajes, el del escribano Aguirre
en primer lugar. Cinco minutos después, al son de las campanas, el cortejo
fúnebre inició la lenta marcha hacia el cementerio nuevo, en la costa del
Río de la Plata, más allá del Gasómetro.

De las autoridades hablaron solo el presidente Pereira y el ministro Requena, quienes destacaron la trayectoria de servicio profesional
del escribano Javier Juan María Aguirre, como funcionario de sucesivos
gobiernos, que se había mantenido firme en su puesto aun en los años
más difíciles de la Guerra Grande. Sus discursos fueron breves. Había otros
muertos, uruguayos desconocidos, de los cuales nada había para decir desde el punto de vista de las autoridades nacionales. Pero las familias de ellos
podían resentirse si se les ignoraba en el acto fúnebre en el que habían

sido incluidos, unidos en una misma muerte al viejo y leal funcionario gubernamental, por el accidente fatal de la incipiente epidemia.

El vicario apostólico José Benito Lamas condujo el servicio religioso, que incluyó a los cuatro difuntos indistintamente. A una distancia de aproximadamente diez metros, fray Ventura oía la admonición del vicario. Dirigió a todos su invitación a preferir estar en la casa del luto, como dijera el sabio Salomón, antes que en la casa del banquete. Las palabras del sabio incitaban a poner en el corazón que aquello es el fin de todo ser viviente, lo que debe mover a las personas a vivir vidas piadosas. La invitación recordaba a todos que un día pueden abrirse, inesperadamente, las puertas de la eternidad y llamarnos a rendir cuentas ante Dios. Fray Ventura levantó la mirada hacia el sol, que ascendía en el cielo y calentaba la tierra y sus habitantes, ya a aquella temprana hora. El dolor de cabeza que comenzara la noche anterior, cuando salieron en el carruaje del coronel Herrera desde el Hospital de Caridad rumbo a la legación brasileña, continuaba pese a su confianza en que el descanso nocturno lo atenuaría. Al inicio había atribuido el dolor a la angustia de la situación. En la mañana pensó que tal vez los rayos del sol estaban ocasionándole el malestar. Podía echarse la capucha sobre la cabeza, lo que no estaría mal visto a pesar del momento y lugar, por ser él un religioso. Miró en derredor, vio a pocos metros unos cipreses y optó por refugiarse de los rayos del sol bajo su sombra. Su hermano César, apercibido de inmediato, fue a él, con las manos unidas ocultas bajo las mangas del hábito.

—¿Está todo bien? —susurró.

—Me duele un poco la cabeza, desde anoche.

—¿No has ido a ver al doctor?

—¿No te parece que los doctores están muy ocupados, con lo que está sucediendo?

—¿No te parece que, con lo que está sucediendo, deberías consultar al doctor si te duele la cabeza?

—¿Y si hacemos oración?

—No cambies de tema. ¿Volviste a tener un escalofrío como el de la otra noche?

—No.

—De cualquier manera, yo creo que deberías...

Fray Ventura codeó a fray César. A diez metros de allí, el padre Ferretí les observaba con gesto adusto. Todos los religiosos y el pueblo atendían a un fraile capuchino que, subido a una pequeña tarima de madera, dirigía un responso declamando con voz tonante:

—*Misereatur vestri omnipotens Deus et dimissis peccatis vestris, perducat vos ad vitam aeternam.*

—Amén —respondió la concurrencia.

—*Indulgentiam, absolutionem et remissionem peccatorum nostrorum, tribuat nos omnipotens et misericors Dominus.*

—Amén.

—*Kyrie eleison.*

—Kyrie eleison.

—*Christe eleison.*

—Christe eleison.

—*Kyrie eleison.*

—Kyrie eleison.

Caminando de regreso a la iglesia de San Francisco, fray Ventura comentó en voz baja:

—¿Lo entenderían?

Fray César le miró. Iban por la calle de las Piedras, pasando junto a los antiguos manantiales de agua dulce. Ya toda la concurrencia se había dispersado al regresar del cementerio, y el padre Ferretí, camino a la residencia del vicario Lamas, había ordenado que fueran a la Casa de la orden. El moreno fraile dijo:

—¿Si lo entenderían? ¿Quién y qué? ¿Y a quién?

—La gente, todas las personas del cementerio; toda esta población de Montevideo, tan católica y cristiana. Al hermano Rubertino, a sus palabras, a su canto: «Dios Todopoderoso tenga misericordia de vosotros y, perdonados vuestros pecados, os lleve a la vida eterna»; «El Señor omnipotente y misericordioso nos otorgue el perdón, absolución y remisión de nuestros pecados». A todo esto dijeron «Amén», pero, ¿entendían a qué le estaban diciendo «así sea»?

—Yo creo que sí lo entendieron. Si había algunos que saben latín, esos lo entendieron.

—César, hablo en serio. Toda la concurrencia repitió *«Kyrie eleison, Christe eleison»*, «Señor, ten piedad de nosotros, Cristo, ten piedad de nosotros». Pero si no saben lo que dicen, si no lo sienten, si no es un grito agónico arrancado de lo profundo de sus almas, si no saben que piden piedad al Señor, que ruegan a Cristo por el perdón de sus pecados, ¿recibirán de Dios piedad y perdón?

—La bendición del sacramento, ¿no se comunica *ex opere operato*, independientemente de la fe del que recibe el sacramento? ¿No enseña eso la Iglesia?

—¿El cántico del cementerio fue un sacramento?

—No —respondió fray César—, pero sabes a lo que me refiero. Los laicos que hoy cantaron el amén al responso, también lo hacen al recibir los sacramentos, y así reciben la virtud del Altísimo. Eso enseña la...

—La Santa Madre Iglesia —cortó fray Ventura—, ya lo sé. Pero, ¿no debería haber en ese hombre y en esa mujer un movimiento de su esencia, en el que sus pensamientos entiendan, su alma sienta, su libre albedrío elija recibir la virtud del Altísimo? ¿No deberían ese hombre y esa mujer pararse ante Dios y con sinceridad hacer acto de contrición por sus pecados? ¿No sería eso suficiente para que Cristo otorgara el perdón a las personas que sacudieran su corazón y alma con tal revolución?

—Hoy te ha dado por la teología —murmuró fray César—. ¿Son tuyas esas ideas?

—En parte, sí. Pero tal dicen también los protestantes.

Fray César se detuvo delante de su hermano y le puso una mano en el pecho.

—En el nombre de Jesucristo, Ventura, hermano mío —le dijo, asustado—, ¿has tenido contacto con los protestantes?

—Sí —replicó fray Ventura con naturalidad—, la oportunidad anterior que estuvimos en Montevideo. Hablé varias veces con miembros de la casa Lafone.

—¿Lo sabe el padre Ferretí?

—Claro que no —dijo fray Ventura con vehemencia—, ni siquiera te lo había dicho a ti, menos al padre Ferretí. Y espero que él siga sin saberlo —y miró significativamente a fray César.

—Por supuesto —exclamó este al percatarse de la mirada, y lanzó una carcajada—. No soy alcahuete de los curas —agregó—, aunque algún día tal vez sea uno.

Fray Ventura sonrió. Distraídamente, se llevó la mano a la cabeza, que le seguía doliendo. Una súbita debilidad le hizo tambalear y debió aferrarse al brazo de su hermano.

—Ventura, ¿qué ocurre? —se alarmó aquel.

—No sé, de improviso me sentí débil. Tal vez el ayuno.

—¿Desde cuándo?

—Ayer en la mañana.

—Ya no falta mucho —le alentó fray César—, no exijas más a tu cerebro, al menos por ahora. No has comido.

Fray Ventura meneó la cabeza.

—No sé —susurró—, quizás muchas personas se enfrenten a la muerte en los próximos días. Deberíamos pensar en estas cosas.

—Claro que sí. Luego de la misa, hablaremos con el padre Ferretí. Verás que te sientes mejor.

La misa dominical en la iglesia de San Francisco se desarrolló a templo lleno. A la religiosidad habitual de los pobladores de Montevideo se unía el estado de alarma y pánico por los hechos del día anterior. Muy pocas personas pudieron ver el aspecto de los cuatro fallecidos, víctimas de la fiebre amarilla, incluso entre los propios deudos. Los médicos habían recomendado que los velorios se desarrollasen a féretro cerrado, y así se había cumplido. Como los cadáveres fueron bendecidos por los sacerdotes en el Hospital de Caridad, inmediatamente después de producida la muerte, los féretros tampoco se abrieron durante los servicios religiosos. La ignorancia y el secreto alentaban el misterio, que excitaba la imaginación popular. Como casi nadie sabía cuál era el aspecto de un muerto por fiebre amarilla, las opiniones, comentarios y especulaciones acerca del tamaño de la cabeza, la posición de los ojos, el número de brazos y piernas, el tamaño de la lengua, la hinchazón del vientre, la posición de los genitales y mil cosas más se multiplicaron hasta lo inaudito. Las pocas pulperías que permanecieron abiertas hasta las tres o cuatro de la madrugada congregaron a individuos de toda extracción social y cultural, entre los que circularon rumores inverosímiles sobre la enfermedad y sus consecuencias. Al nacer el nuevo día dichos rumores ya corrían como versiones confirmadas que, aunque contradictorias e imposibles de demostrar, no por eso dejaban de ser creídas por un populacho ignorante, supersticioso y atemorizado.

Esa mañana, en la iglesia ubicada en la esquina de las calles Zabala y de las Piedras, como había sucedido en el cementerio, y como seguramente estaba sucediendo en la Iglesia Matriz, en la Iglesia del Cordón y en otras, decenas y hasta cientos de rostros medrosos atendían expectantes lo que cantaba el sacerdote oficiante:

Te Deum laudamos te Dominum confitemur

aeternum Patre omnis terra veneratur

Y lo que seguía.

Aunque no entendieran nada.

Fray Ventura, sentado en segunda fila al frente de la nave lateral, junto a otros frailes capuchinos, prestaba vaga atención al oficio sagrado. El dolor de cabeza persistía y había agregado otros dolores, fundamentalmente en el cuello y la espalda. La debilidad que sintiera camino a la iglesia iba en aumento y ahora además se insinuaban las náuseas. Estaba arrebujado en su hábito, con las manos ocultas en las anchas mangas, y seguía sintiendo frío. Un leve temblor, un escalofrío muy tenue, se apoderaba de su cuerpo cada pocos minutos. Inclinó la cabeza y cerró los ojos; casi de inmediato un zumbido muy fuerte retumbó en sus oídos y el mundo exterior se desdibujó. Cuando despertó, si es que había estado dormido, la misa había concluido. Los feligreses se levantaban de sus asientos en medio de murmullos y los frailes se retiraban en total silencio. Fray Ventura, puesto de pie, inició la marcha hacia la puerta lateral de la nave, pero tras dar unos pocos pasos fue presa de un escalofrío sumamente violento. El dolor de cabeza pareció exacerbarse hasta lo indecible, acompañado de mareos e intensas náuseas. Luego vino un profuso vómito negro. Fray Ventura se desplomó aparentemente exánime, oyendo cada vez más distante su propio nombre, gritado por la voz desesperada de su hermano César.

Ninguno de los médicos concurrió a los servicios religiosos la mañana de ese domingo. A diferencia de los pobladores de Montevideo, quienes hablaban de «los sucesos terribles» del día anterior como de un hecho singular acontecido en una jornada fatídica, los facultativos sabían que ese era apenas el principio de un azote que castigaría la ciudad durante un tiempo imprevisible.

Vilardebó y Rymarkiewicz, que habían pernoctado en el cuarto de guardia del Hospital de Caridad, fueron despertados muy temprano, antes de las seis de la mañana. Tres pacientes empeoraban a pasos acelerados. Otro había fallecido durante la madrugada sin que las monjas que guardaban vigilia junto a los enfermos lo notaran. Once hombres y cuatro mujeres habían desarrollado ictericia; ardían de fiebre, y la mayoría estaban comatosos. Algunos deliraban. Entre las seis y las siete de la mañana varios carruajes llegaron al hospital, trayendo nueve personas de ambos sexos aquejadas de fiebre alta, postración, vómitos y hemorragias. Dos de ellos eran jóvenes y fornidos mozos; y venían tres niños, uno de apenas cuatro años de edad. Doce familias más solicitaban la presencia de un médico de forma urgente, por enfermos aquejados de cuadros similares a los que allí se estaban viendo. Un poco antes de las siete de la mañana el doctor Vilardebó convocó a sus colegas los doctores Carreras, Ordóñez y Vidal. Se valió para ello de los servicios de un joven sargento de policía, de unos veinticinco años, antiguo ordenanza en el campo sitiador del Cerrito durante los últimos dos años de la Guerra Grande. El sargento Jaime Laguna había permanecido toda la noche en el hospital, por orden de su comandante, a disposición del doctor Vilardebó. Dormía aún sobre un sillón, en un cuartucho contiguo al cuarto de guardia, cuando una monja lo despertó. En cuanto recibió el encargo, montó en su caballo y partió al galope en busca de los médicos.

Francisco Vidal fue el primero en presentarse, pues también había pernoctado en el hospital. Al recibir seis de los llamados, que ya ascendían a diecisiete, partió en su carruaje rumbo a la Aguada. Diez minutos después Ordóñez salió hacia el barrio nuevo, entre el mercado de la Ciudadela y la calle del Ejido, y casi enseguida Carreras fue más allá del Cordón. A las familias residentes en el casco original de la ciudad, próximas al hospital, se les pidió que acarrearan por sus propios medios a los enfermos, rumbo al nosocomio. A media mañana las carretas comenzaron a converger hacia el Hospital de Caridad. Sobre las once se presentó el sargento Laguna y entró directamente a la sala en momentos en que un hombre joven vomitaba una catarata de sangre negra y, al tiempo, sin poder controlar sus esfínteres, defecaba materias negras de increíble fetidez. Acostumbrado a ver cuadros horribles durante la guerra, cuando era apenas un mocito, el sargento permaneció impertérrito. Vilardebó sostuvo la cabeza del enfermo de costado mientras vomitaba. Cuando cedieron los vómitos, le hizo beber rápidamente una pócima, urgiéndole que la mantuviera en la boca sin tragarla. Cinco minutos después, calmado el infeliz, lo apoyó suavemente en su cama y le permitió descansar. Luego tomó al policía del brazo y lo sacó de la sala.

—Dígame, sargento.

—No está, doctor; ni en el consultorio, ni en su casa particular.

Vilardebó apretó las mandíbulas.

—Doctor —continuó Laguna—, ¿quiere enviar una nota a la Jefatura, para que la policía busque al doctor Velasco?

El médico suspiró.

—No, sargento —respondió—, déjelo; permitamos que su conciencia le hable.

—Sí, señor.

Vilardebó ya se iba cuando el sargento le detuvo.

—Doctor, por favor, lo olvidaba. En la Aguada encontré al doctor Vidal. Requiere su presencia allí de inmediato.

El médico frunció el ceño.

—¿Mi presencia? ¿Qué puede haber pasado ahí que él no pueda manejar?

—Se veía preocupado y nervioso, señor. No sé con qué se encontró allí.

Veinte minutos después, el doctor Vilardebó llegó al lugar donde le esperaba Vidal. Era una calle común de suburbio: calzada pavimentada de piedras desiguales, aceras inexistentes, casas de un solo piso, de ladrillo blanqueado a la cal, techos de madera o paja y ventanas con postigos de madera. En cada esquina había un farol, a vela de sebo; la iluminación a gas no había llegado aún a ese humilde barrio. El carruaje de Vidal, detenido a mitad de cuadra, enmarcaba al joven médico, cuya vista estaba fija en una casa modesta, cruzando la calle, totalmente cerrada. Algunas personas, no más de tres o cuatro, contemplaban medrosos desde la esquina. Vilardebó se apeó del carruaje y dijo al mulato Mostaza:

—Quédate aquí, Nicanor.

—Sí, doctor.

Laguna desmontó, entregó las riendas de su caballo al cochero de Vilardebó y fue tras el médico. Cuando se reunieron, Vidal dijo:

—Allí, doctor; en esa casa vive una familia. El hombre trabaja en un saladero próximo al puerto, tiene esposa y tres hijos. El padre de la mujer, un viejo soldado que sirvió junto a don Frutos, vive con ellos.

—¿Cómo sabe todo eso, doctor?

—Los vecinos —respondió Vidal—. Hace dos días que no ven a ningún miembro de la familia. Según me dijeron, el anciano había estado aquejado por unas fiebres, y también los niños.

—Bien —murmuró Vilardebó—. Sargento Laguna, tendremos que forzar la entrada de esa casa.

—¿Qué quiere que haga, doctor?

—Nada, hombre. Usted es la autoridad policial presente; le estoy informando.

Laguna asintió, adelantó una mano y dijo:

—Después de usted, señor.

Los tres hombres cruzaron la calle, bajo la mirada atenta de un grupo de vecinos que se habían agregado a los de la esquina. Vilardebó miró brevemente en esa dirección. Al final de la calle, a unos doscientos metros, podía verse la playa interior de la bahía, y a lo lejos el puerto, surtos allí varios barcos, con sus velas arriadas bajo el sol de la mañana. Junto a la entrada de la casa, Vilardebó tanteó el rústico picaporte y la puerta se abrió. Entonces miró a Vidal.

—¿Estamos absolutamente seguros de que nadie entró?

—Los vecinos juran que nadie se ha acercado a esta casa —respondió el médico más joven.

Vilardebó empujó la puerta, que se abrió rechinando con gran ruido. El sol estaba aún camino al cenit. En el estrecho zaguán penetró una flecha de luz en la que bailaban miríadas de partículas de polvo; iluminó una mano en el suelo, con la palma hacia arriba, contraída y amarillenta. Los tres hombres entraron, aguardando unos instantes a que sus ojos se acostumbraran a la penumbra interior. La mano pertenecía a una mujer joven, de unos treinta años, que yacía boca arriba, con los brazos hacia atrás, como si al caer hubiera intentado tomarse la cabeza. Hilillos de sangre seca surgían de nariz y oídos. Sobre el abdomen de la mujer descansaba el cuerpo de una niña de unos nueve años, echada boca abajo. Ambas tenían la piel amarilla. Examinándolas rápidamente, Vilardebó comprobó que estaban muertas. Los tres se miraron, en silencio. La siguiente puerta estaba cubierta por una cortina. El sargento Laguna desenvainó el sable y corrió la cortina con la punta del arma. Pasaron a una sala grande con una mesa larga de madera deslustrada y seis sillas, también de madera. Completaban el humilde mobiliario un armario rústico, una cocina a leña totalmente ennegrecida y dos grandes latones, a medias llenos de agua. Las paredes eran oscuras, y el aspecto del lugar, pobre y miserable. Allí no había nadie. Dos puertas más se abrían, una de ellas a un patio. Pasaron por la otra hacia un cuarto, en el que vieron una cama matrimonial, dos camas pequeñas y una cuna. En una de ellas yacía un niño de alrededor de cinco años, boca arriba, con el rostro contraído, todo amarillo; muerto, como constató Vidal. El dormitorio comunicaba con un cuartucho en el que solo había un camastro ocupado por el cadáver maloliente de un anciano, con la amarillenta piel cubierta de estigmas hemorrágicos. Volvieron sobre sus pasos y salieron al patio; allí encontraron al jefe de familia, un hombre de cerca de cuarenta años, caído boca abajo. Sostenía entre sus brazos a un pequeño de entre uno y dos años; ambos ictéricos, ambos muertos.

Quedaron varios minutos allí de pie, en silencio, petrificados, con la vista fija en ese padre enfermo que intentó hasta el final proteger a su hijo de algo desconocido, contra lo cual todos estaban inermes. Tal vez cinco minutos después, Vilardebó suspiró ruidosamente y dijo:

—Sargento Laguna.

—Ordene usted, doctor —musitó el policía con voz ronca.

—Vaya a la municipalidad. Notifique la situación para que dispongan de los cuerpos.

—Sí, doctor —y se fue, casi feliz de poder largarse de allí.

Cuando Laguna se hubo ido, Vilardebó miró a Vidal. El joven médico contemplaba al hombre y al niño, y así permaneció varios minutos.

Cuando por fin miró a su colega de más edad, además de su expresión de horror tenía los ojos anegados en lágrimas.

—¿Qué es esto, doctor? —exclamó—. Es... es como una de las plagas de Egipto. Dios parece habernos enviado el ángel de la muerte al interior de nuestras casas. ¿Es que le hemos desafiado, como el faraón ante Moisés? ¿Nuestra nación ha insultado a Dios, para que caiga sobre nosotros tal castigo?

Vilardebó, ceñudo, apretó las mandíbulas. Meneó la cabeza, se encogió de hombros y, cuando se disponía a decir algo, desde la calle llegó el tronar de ruedas de una carreta que detenía su marcha frente a la casa. De inmediato se escuchó a alguien gritar:

—¡Doctor Vilardebó! ¡Doctor Vilardebó!

Los dos médicos corrieron hacia el frente y encontraron a fray César, que contemplaba aterrado los cadáveres de la mujer y la niña.

—¡César! ¿Qué ocurre?

Fray César miró con ojos velados a Vilardebó. En un instante pareció despertar y comenzó a gritar:

—Doctor, es Ventura. Se desmayó, vomitó sangre negra, y su piel... y su piel...

Antes que fray César dijera más nada, Vilardebó había corrido a su carruaje; trepando al mismo gritó al mulato Mostaza:

—Nicanor, al convento de San Francisco.

Fray Ventura abrió los ojos lentamente. Las imágenes llegaron antes que los sonidos. Lo último en venir fue el recuerdo de quién era y qué había sucedido. La sensación general de malestar era inaudita; el dolor de cabeza y los dolores musculares en todo el cuerpo eran muy intensos. Intentó mirar hacia la derecha, pero al instante se apoderó de su cabeza un indecible mareo. Las náuseas le obligaron a cerrar los ojos un instante; al abrirlos, allí estaba el doctor Vilardebó.

—Teodoro —susurró fray Ventura con un formidable esfuerzo.

—Estoy contigo, Buenaventura —susurró el médico—, toma, bebe esto —y, levantando un poco su cabeza, le hizo ingerir un líquido caliente y dulzón.

—Teodoro —repitió fray Ventura—, estoy... muriendo.

Vilardebó no contestó; controlaba el pulso del fraile. Al otro lado de la cama estaba el vicario Lamas, que miraba con gesto de asombro al médico y al fraile, sucesivamente. Salvo el doctor Rymarkiewicz, un extranjero bohemio que fuera amigo de Vilardebó en París y le llamaba con la extraña abreviación «Teddy», ni Lamas ni nadie había oído jamás que alguien se dirigiera al médico por su nombre de pila. Para absolutamente todos, Vilardebó fue siempre «el doctor». Lo que Lamas no sabía era que nadie tampoco llamaba al fraile por el nombre original, Buenaventura, que le puso su madre india. Para todos él era simplemente Ventura y, además de fray César Alfonso, solo el médico, su «hermano y amigo blanco», tenía el beneplácito del fraile indígena para dirigirse a él por ese nombre casi secreto. Vilardebó dejó de controlar el pulso de fray Ventura, apoyó las manos en las rodillas y quedó callado.

—¿Está lento? —musitó el fraile.

El médico asintió en silencio. Fray Ventura levantó entonces su brazo izquierdo, lentamente, quejándose del esfuerzo y el dolor. Cuando lo tuvo ante sus ojos, iluminado por la luz de la ventana, vio su piel cobriza trocada en un amarillo verdoso. Dejó caer el brazo, soportando con estoico silencio el dolor que eso le provocó. Luego, tolerando apenas el mareo, miró hacia la izquierda. Vio al vicario Lamas junto a él, quién le sonrió brevemente, pero continuó el movimiento. En un rincón penumbroso de la habitación vio dos formas ataviadas con el hábito de San Francisco. No le costó reconocer al padre Federico Ferretí y a su hermano César, ambos de rodillas. Enseguida escuchó sus voces comenzar:

—*In nomine Patris, et Filii, et Spiritus Sancti...*

Luego cerró los ojos.

Muchas veces, a lo largo de los últimos diez años, fray Ventura se había preguntado cómo podía ver un lugar, ver un hecho, contemplarlo mientras se desarrollaba, sin haberlo realmente presenciado y sin nunca haber estado allí. Bueno, a decir verdad, el once de abril de 1831 él, fray Ventura, había estado en ese lugar, el potrero de Salsipuedes, en las puntas del Queguay. Ese día había nacido. Durante toda su infancia, su familia había celebrado su cumpleaños ese día. Y, en los últimos diez años, ese día Ventura Meléndez había rememorado, con más intensidad que el resto de los días del año, la masacre de su pueblo. Durante años, el relato detallado, casi colorido, del padre Gutiérrez había llenado su mente. Y, al dormir, las imágenes relatadas cobraban vida una y otra vez, como una persistente pesadilla. Pero ahora fray Ventura está en coma, muriendo de fiebre amarilla, y su pesadilla se torna más real, más aterradora, más deforme y cruel.

El cielo violeta del crepúsculo, cargado de negros nubarrones, aún encendidos por los rayos del sol poniente, esparce una lóbrega penumbra sobre la tierra. ¿Había dicho el padre Gutiérrez que ese fuera un día nublado? ¿A medias nublado? ¿Llovía? ¿O resplandecía gloriosamente el sol, indiferente a las desgracias de la tierra? No importa, en sus pesadillas las nubes siempre están al oeste, enrojecidas desde abajo por el sol. Por entre los agrestes pajonales de las orillas, el arroyo corre susurrante y la pradera verde se extiende por todo en derredor como un desierto inconmensurable. Y, de improviso, el silencio apenas perturbado por el rumor de las aguas se ve roto por el estampido de los disparos. Los fogonazos de pistolas y carabinas se entrecruzan en todas direcciones y resplandecen con roja y maligna satisfacción. El sueño cambia en forma rápida, aleatoria, porque es un sueño comatoso, surgido de una mente torturada y abrasada por la fiebre infernal de una enfermedad desconocida. Ahora, una tranquila toldería charrúa es repentinamente atacada por una carga de caballería: miles de jinetes, sable en mano, despanzurran mujeres, degüellan niños, aplastan viejos bajo los cascos de los caballos. Luego ve una aldea pacífica y laboriosa, rodeada por completo por la artillería: veinte, veinticinco cañones apuntan hacia el centro y hunden el asentamiento indígena en un tornado furioso de humo, hierro y fuego. Queda apenas un gran cráter en la pradera oriental, muda de asombro. Después, cientos de indígenas, familias, clanes, encabezados por sus caciques, concurren alegres y esperanzados, confiando en la promesa de uno al que los hombres blancos llaman «presidente». Concurren a un encuentro en el que la risa se convierte en alaridos y la esperanza en terror, que termina a sablazos, puñaladas, balazos de pistola y fusil. Hombres muertos, mujeres cautivas, niños arrancados de los brazos de sus madres. Hombres blancos riendo, hombres blancos borrachos, hombres blancos matando, como los cerdos de Gadara que se precipitaron al mar según la Biblia: habitados por demonios.

Los demonios de Salsipuedes persiguen al indio Ventura desde hace diez años. Toman la forma de dos hombres. A uno lo conoció cuando era niño, antes que el gobierno de Montevideo lo desterrara a las lejanas costas del Brasil. Había visto de lejos a Fructuoso Rivera, don Frutos, antes que el padre Gutiérrez le contara la verdad; antes de saber de qué era responsable, entre otras cosas, el héroe de la patria, el caudillo del pueblo. El otro también aparece allí, siempre. Ese que a partir de aquel día había asumido el exterminio de los charrúas con furia y pasión casi fanáticas, muriendo en su ley cuando Ventura era apenas un niño. El coronel Bernabé Rivera mira el campo de matanza con escrutadores ojos negros, desde el fondo de un rostro enmarcado por cabello crespo, patillas y bigote de profundo azabache. Allí están otra vez, tío y sobrino, parados en medio de un campo cubierto de charrúas muertos, revolcados en su sangre. Los demonios tienen rostro y también nombre: el nombre del odio, el desprecio y el rencor hacia el hombre blanco, cuyo Dios enseña el amor y el perdón, tan desconocidos y nunca practicados por quienes le predican.

Pero es un sueño, un mal sueño, porque Ventura está en coma, muriendo.

Despertó repentinamente, despejado al instante, sudoroso, sin ningún dolor en ese momento. Algunas palpitaciones acompañaron su despertar, pero cesaron casi enseguida. Estaba oscuro, era seguramente de madrugada, y cantaban los grillos. En el silencio irrumpió, de súbito, el lejano canto de un gallo y fray Ventura movió un momento la cabeza hacia la ventana, que miraba al oriente. Los postigos abiertos, tal vez para que el aire nocturno refrescara su cuerpo afiebrado, le permitieron ver un tenue resplandor en el este, más allá de las casas de la ciudad sumida en sombras. Otro sonido rasgaba el silencio. Fray Ventura miró hacia la izquierda: sobre una mesa de noche, un cabo de vela de sebo se consumía lentamente, lanzando destellos azulados cada vez más débiles. Una palangana de cerámica descansaba en la mesita, rodeada de gotas de agua. Al verla, fray Ventura identificó esa sensación de contacto en su frente: un paño frío, aún húmedo, que alguien había mojado recientemente en el agua de la palangana. A la escasa luz vio, boca abajo en el suelo, a fray César. Sus brazos estaban extendidos hacia adelante, con las palmas hacia abajo. No dormía. Sus susurros expresaban las intensas oraciones a las que estaba entregada su alma. En el rincón junto a la puerta un bulto oscuro sobre una silla respiraba lenta y pesadamente. Levantando apenas un poco la cabeza, fray Ventura reconoció al doctor Vilardebó. Descansó sobre la almohada y cerró los ojos. Recordó haberle dicho una vez al padre Ferretí que en la vida solo podía estar seguro del amor de Dios y de la fidelidad de Cristo, pero que siempre habría de recelar de la naturaleza humana, a causa de sus veleidades e inconstancia. Sin embargo, estaba obligado a reconocer en la nobleza y lealtad de fray César, su hermano de crianza, y en la entrega e interés humanitario del doctor Vilardebó, su «amigo blanco», honrosas y felices excepciones a esa regla. Luego se le quedó la mente en blanco un momento, y enseguida aparecieron imágenes de la última parte de su sueño.

Y abre los ojos con sobresalto, antes que se materialice ante su espíritu el rostro descrito y nunca visto del coronel Bernabé Rivera. Sin quererlo, rememora una visita hecha dos años atrás al cementerio nuevo, en el transcurso de la cual se topó, casi por azar, con el mausoleo de Bernabé Rivera. Recuerda, con tanta indignación ahora como entonces, las palabras de un pérfido poeta, ensalzando al héroe caído:

Acércate oh pueblo oriental! Con respetuosa planta al lugar de los sepulcros en él reposan los restos de Bernabé. Llega, y sin atreverte a pisar la tierra que ocupan derrama sinceras lágrimas en holocausto al militar valiente, al virtuoso ciudadano, fiel esposo, tierno padre y leal amigo.

Y recuerda que al girar había quedado petrificado, al ver una arenga dirigida nada menos que al indio charrúa:

Yndigena Salvage! Yndomito habitador de los deciertos!
He aqui tu victima! Erizado tu cabello y cubiertos tus miembros
de un sudor frio, ven, y temblando, lancese de tu pecho el funebre
alarido del dolor con mas fuerza que alla al inmolarla, lanzaste el horrible
grito de la carniceria.

Y recuerda que al finalizar la lectura, antes de irse, había escupido sobre el mausoleo.

Porque no estaba seguro de que nadie le veía pues si no habría orinado sobre esa tumba.

_____

Los días pasaron y, mientras pululaban por toda la ciudad los casos de fiebre amarilla y se multiplicaban los decesos por la enfermedad, en el primer piso del convento de San Francisco, en una habitación cuya ventana daba al oriente, fray Ventura Meléndez agonizaba, negándose a morir. Encendido en fiebre, ictérico, cubierto de sufusiones hemorrágicas, alimentado cucharada a cucharada por el padre Ferretí, Ventura resistía. Su hermano de crianza ayudaba al sacerdote, mojaba una y otra vez en agua fresca el paño que ponía luego sobre su frente, y también lo limpiaba estoicamente de su orina y excremento

El doctor Vilardebó pasaba varias veces al día a verlo y le administraba pócimas contra la fiebre y los vómitos, haciendo que las tragara, con paciencia y cuidado. El médico iba demacrándose día a día y era evidente su cansancio. Estaba agotado de atender, día y noche, a los infelices que caían a montones, tocados por el fantasma de la muerte amarilla, el cual sobrevolaba las calles de Montevideo a su antojo.

La amistad profunda entre fray Ventura y el doctor Vilardebó venía de los últimos días de la Guerra Grande, antes que el médico emigrara a Río de Janeiro. Vilardebó había atendido al entonces novicio por una fiebre y catarro intestinal muy severos, luego que tres facultativos declinaran asistirlo por ser Ventura de raza indígena, y charrúa. Incluso, en atención a la pobreza general de la orden en Montevideo, y la particular del padre Ferretí, tutor y mentor de Ventura, el doctor Vilardebó había renunciado a cobrar honorarios. En una de sus visitas, el médico, sabiendo que el muchacho estaba ya enterado de los sucesos de 1831 y 1832, particularmente de lo acontecido el día de su nacimiento, le contó el relato recibido de primera mano del sargento mayor Benito Silva, respecto a charrúas encontrados en Río Grande. El joven novicio no dejó de notar la solidaridad, desinterés y nobleza del facultativo, quien en una oportunidad expresó opiniones muy radicales sobre aquellos hechos, que emocionaron el idealista corazón del indio.

Por su parte, Vilardebó venía del fin de un matrimonio breve, malogrado por la viudez. Su ánimo, apesadumbrado hasta lo indecible, halló en el alma fogosa del novicio, encendido en una fe ingenua pero sincera, las palabras de consuelo y fortaleza que no había hallado en ningún otro lado. Cuando el doctor Vilardebó curó al novicio Ventura, las largas veladas de charla habían cristalizado en una amistad honda, sólida y franca, que se mantuvo por años, y que persistía. Vilardebó velaba durante horas el sueño comatoso y agitado de Ventura, junto al padre Ferretí y a fray César, mientras el fraile indio deliraba.

La noche del cuarto día, fray Ventura Meléndez tuvo su última pesadilla.

Los primeros días de enero de 1847, las baterías de la Defensa y el Cerrito se enfrentaron ocasionalmente con disparos de cañón que no respondían a estrategia alguna de ataque, distracción o intimidación. El resto de ese año la calma caracterizaría las relaciones entre los bandos en pugna. En ese sitio llevaban ya casi cuatro años en los que llegaban a pasar muchos meses sin que ni un cañonazo, ni un disparo de fusil o pistola alteraran la tranquilidad de sitiados ni sitiadores. Fue un año de mucha diplomacia, con participación de los ministros del Imperio del Brasil, la Francia y la Inglaterra, así como legados de Juan Manuel de Rosas, de Urquiza y otros gobernadores de la mesopotamia argentina, e incluso del Paraguay. Un año en que las mediaciones diplomáticas, las gestiones de algunos caudillos y hombres principales de Montevideo y del Cerrito, así como los reiterados llamados a la conciliación nacional, permitieron avizorar un pronto fin para la Guerra Grande. Final que no llegaría, malogradas las negociaciones, por lo que la guerra continuó casi cinco años más. Pero 1847 había sido un año, si no de paz, por lo menos de tregua armada. Incluso los pobladores de Montevideo llegaron a pasearse frente a la vista de las tropas acantonadas en el Cerrito, sin que se produjeran incidentes de ningún tipo. Esto hizo que aquel año fuera más cruel aun para quienes, como Ventura y César, perdieran seres queridos a consecuencia de la desdichada ocurrencia de defensores y sitiadores de enfrentarse en estúpidos duelos de artillería aquel fatídico enero.

Luis Antonio de Meléndez, viejo y tozudo español que habitaba ese mismo pedazo de tierra desde su arribo a la Banda Oriental, cincuenta y dos años atrás, cuando apenas contaba cinco años de edad, no había querido abandonarlo ni ante Artigas, ni ante Lecor, ni ante ninguno de los que habían alguna vez avanzado sobre Montevideo. En otros tiempos, la propiedad de Meléndez había quedado siempre por fuera de la línea del sitio, lejos de los peligrosos cañonazos y disparos de mortero. Nunca le había tocado estar en tierra de nadie, entre dos fuegos, ni tampoco ahora. Pero durante el Sitio Grande la línea exterior de baterías, peligrosamente instalada cerca de su vivienda, había llevado a varios oficiales de la Defensa a insistir en que procurara una morada temporal más segura. Pero el porfiado hombre se negó reiteradamente, apoyado por doña Ramona, su esposa, que compartía con él la terquedad de carácter que, a la postre, les costó la vida.

Los muchachos, ambos de quince años de edad, volvían a su casa luego de una arriesgada carrera hasta la pulpería más cercana, a un quilómetro aproximadamente, en procura de carne, yerba, azúcar y algo de harina. Esa mañana las baterías exteriores de la Defensa habían estado intercambiando disparos desde temprano con la batería Artigas del Cerrito. Ni Ventura ni César supieron nunca quién inició el combate; tampoco pudieron jamás enterarse de cuál fue el cañón, ni quién el artillero. Estaban a menos de cien metros de la casa, saltando de árbol en árbol y cubriéndose tras muros y paredones cada vez que un crujido bitonal y estridente anunciaba la llegada de una bomba de artillería. Ventura lo vio otra vez, en el curso de su pesadilla de agonía terminal, con inusitada claridad, tal como la impresión horrenda de aquel aciago día que nunca más se borraría de su mente.

La casa tenía dos plantas de ladrillo encalado, recubrimiento de mármol blanco en toda la planta baja y techo de tejas rojas, con siete ventanas abiertas al frente, tres de ellas a un balcón de la planta alta. Aquella hermosa vivienda colonial dotada de cochera y cobertizo, rodeada de un amplio terreno enmarcado por un muro con verja de hierro forjado, estaba allí ante los ojos de ambos muchachos, un instante. Y al segundo siguiente, tras ese restallido grave y potente que caía del cielo como un rayo de la ira de Dios, todo se había convertido en una furiosa bola de fuego y humo, polvo y escombros, oscuridad y muerte. La casa entera se derrumbó por la fuerza del impacto; esa construcción de dos pisos, cinco salas y seis habitaciones, edificada ochenta años atrás, dejó de existir en apenas un instante. Ventura la vio de nuevo, como tantas otras veces en sus pesadillas. Como la vio aquel día, con los ojos enormemente abiertos de horror, sorpresa e incredulidad; la vio desplomarse lentamente, envuelta en llamas, lanzando columnas de humo y grandes marejadas de polvo. Petrificados de espanto por un tiempo que ninguno de los dos supo cuánto fue, ambos muchachos reaccionaron solo cuando llegaron al lugar soldados de la defensa, bomberos y médicos militares que iban de desastre en desastre, buscando heridos que rescatar.

Cerca de treinta personas aparecieron de la nada en un tiempo mínimo, en completo desorden, gritándose unos a otros, arriesgándose insensatamente entre las ruinas incendiadas, bajo los escombros que seguían desprendiéndose y cayendo. Así hasta la llegada de un teniente coronel de infantería y un capitán médico que asumieron juntos la dirección de las operaciones de rescate. Parados aún a cincuenta metros del lugar de la calamidad, Ventura y César quedaron allí, mirando y llorando, sin atinar a nada por mucho tiempo. Tres horas después, apagado el fuego, los soldados se ocuparon de terminar de derruir lo poco que había quedado en pie. Los cañones habían callado rato ha. Tres cuerpos sacados de la ruinas descansaban en la calle, uno junto al otro. Los cadáveres de Luis de Meléndez, su esposa Ramona y la que había sido fiel sierva de ambos durante toda su vida, la negra Nicasia. Al esposo de Nicasia, el humilde negro Adalberto Alfonso, se lo habían llevado, pues aún vivía. Murió una semana después, sin nunca haber salido del coma provocado por las heridas recibidas en la tragedia.

Por último, Ventura vio una vez más en su sueño, su pesadilla, el rostro de sus padres adoptivos, contraído por una muerte violenta. Los únicos padres que había conocido, los que representaban toda su niñez, toda su vida hasta ese momento, se habían ido, arrancados de la vida. Como se había ido esa casa donde su infancia transcurrió en paz, rodeado de amor, de felicidad, sin haber sabido jamás lo que era ser segregado por su raza y condición. Vio esos cadáveres que yacían en la calle, frente a los restos de su hogar.

Y despertó gritando con desesperación, sobresaltando terriblemente a fray César, que velaba su sueño.

—◈—

La mañana del quinto día, a fray Ventura le comenzó a remitir la fiebre. Despertó a eso de las diez. Se sintió despejado; no había dolor de cabeza, ni náuseas, ni dolores en el cuerpo. Al mediodía tuvo hambre y pidió para comer; le trajeron verduras y una lonja de pan. Como quedó con hambre, pidió algo más; entonces le trajeron un pedazo de carne hervida. Comió la mitad y tuvo que dejar el resto por haberle despertado náuseas. Por la tarde se sintió con fuerzas suficientes para levantarse de la cama y se acercó a la ventana. Fray César requirió la presencia del doctor Vilardebó, el cual había estado desde la mañana atendiendo enfermos en la zona de la Aguada. Como fray César no informó a Vilardebó de las buenas noticias, el médico vino rápidamente, temiendo lo peor. Rymarkiewicz le acompañaba. Al ver sentado en un sillón junto a la ventana a fray Ventura, que le saludaba con buen ánimo y sonriente, Vilardebó no dio crédito a sus ojos. Hizo que el fraile se acostara, le examinó concienzudamente y, por fin, dijo dirigiéndose a Rymarkiewicz:

—Su cuerpo está venciendo la enfermedad.

—¿Cuál será la causa? —inquirió el polaco—. ¿Su raza indígena? ¿Algo en su alimentación quizás, que podría ayudar también a los demás?

Vilardebó meneó la cabeza.

—No lo sé —murmuró— son demasiadas preguntas y no tenemos respuesta para ninguna de ellas.

—Es verdad, no tenemos respuestas. Tal vez algún día, dentro de cien o ciento cincuenta años, el hombre tenga respuestas para esta enfermedad y para muchas otras.

—Pero necesitamos esas respuestas ahora, Max —gimió Vilardebó.

—Pero no las tenemos, Teddy, no las tenemos.

El médico uruguayo miró a fray Ventura.

—Estás recuperándote, Buenaventura. No sabes lo feliz que eso me hace, amigo mío.

—Lo sé, Teodoro —sonrió fray Ventura—. Lo sé.

—Yo también me alegro por usted, fray Ventura —terció Rymarkiewicz—. Ojalá Dios multiplique casos de recuperación como el suyo ahí afuera.

—¿Qué está pasando ahí afuera? —inquirió el joven fraile.

Vilardebó meneó la cabeza.

—Otro día te contamos, Buenaventura. Ahora tienes que recuperarte.

Al sexto día, la ictericia comenzó a borrarse de la piel de fray Ventura. Las sufusiones hemorrágicas dejaron de aparecer y las todavía presentes se volvían verde amarillentas y se extinguían poco a poco. El enfermo ya no vomitó más, la diarrea negra desapareció y se normalizó su tránsito intestinal. También empezó a orinar en abundancia, con orinas sumamente oscuras, lo que el doctor Vilardebó interpretó como una respuesta del organismo, que expulsaba los nocivos tóxicos de la enfermedad. La fiebre tampoco volvió, y el vigor sustituía paulatinamente a la debilidad. Al séptimo día, en plena convalecencia, fray Ventura caminó por los pasillos del convento y llegó a la iglesia, donde pasó largo rato de rodillas, dando gracias a Dios, sin merma de sus fuerzas. Al octavo día, la piel de fray Ventura había vuelto a tener su tinte normal; el fraile gozaba ahora de una sensación general de bienestar.

La tarde de ese día, el noveno de la epidemia, el fraile indio subió al mirador de la azotea del convento, acompañado de su hermano César, el doctor Vilardebó y el sargento Laguna, que raramente se separaba del médico. En el mirador aguardaban el padre Ferretí, el vicario Lamas y el doctor Rymarkiewicz. Todos le recibieron con sonrisas y muestras de simpatía y aprecio. Pero fray Ventura no pudo prestarles demasiada atención. Algo le impactó, no bien vio la ciudad desde lo alto del mirador.

Desde el casco original de Montevideo, en la península que cierra la margen oriental de la bahía, y extendiéndose hacia el este, el norte y el oeste hasta las faldas del cerro, numerosas columnas de humo negro y espeso ascendían al cielo azul de marzo en gruesas y furiosas volutas. Allá donde la vista alcanzaba podían verse los fuegos rojos y rabiosos que originaban dichas columnas de humo, unas treinta o cuarenta, las cuales daban a Montevideo el penoso aspecto de una ciudad bombardeada por abrumadoras fuerzas enemigas, y desolada.

—Alimentamos el fuego con alquitrán —explicó el doctor Vilardebó, parado junto a Ventura—, intentamos purificar el aire de Montevideo para detener la epidemia.

—¿Qué ha pasado desde que yo enfermé, Teodoro? —susurró fray Ventura—. ¿Ha muerto alguien más después del escribano Aguirre y los otros tres?

El médico suspiró profundamente; se tomó con ambas manos de la baranda, como si sintiera vértigo ante el dato que iba a revelar.

—En estos nueve días —contestó—, desde el inicio de la epidemia, han muerto ciento veintisiete personas.

Fray Ventura también se asió de la baranda; permaneció así un momento, mirando esa ciudad azotada por una plaga terrible. De súbito, algo apareció en su mente, un pasaje de la Biblia, y lo verbalizó antes de darse cuenta que lo hacía en español, y no en latín:

—*Y el humo del tormento de ellos sube para siempre jamás.*

Vilardebó suspiró otra vez, y comentó:

—Tal vez, sí, tal vez este sea el Apocalipsis para Montevideo.

CUATRO

Cuarenta grandes

incendios

Temprano, el lunes dos de marzo, mientras el fraile indio Ventura Meléndez se hundía en la gravedad creciente de su enfermedad, quienes le querían se sumían en la desesperación. El carruaje del coronel Luis de Herrera bajó por la calle Zabala, y se detuvo un poco más allá de la esquina con la calle de las Piedras, pasando la iglesia de San Francisco, hacia el antiguo Barracón de Marina. El agente que conducía se apeó y permaneció firme junto al vehículo, con el fusil cruzado ante el pecho. El coronel Herrera se apeó también, en el momento en que el sargento Jaime Laguna desmontaba y ataba las riendas de su caballo a un palenque, junto al muro del convento. Mientras aguardaba, Herrera miró en derredor: la calle, polvorienta y mal empedrada, estaba desierta. Del cercano puerto venían ruido de voces y estruendo de cajas, apiladas en carretas. De cualquier manera, pensó el Jefe de Policía, el nivel de ruido no era el habitual para un lunes; aunque fueran las siete de la mañana apenas, era lunes. En el resto de la calle Zabala, hacia el sur y hasta donde alcanzaba la vista, no había un alma. Una vez junto a Herrera, Laguna dijo:

—¿Señor?

—Sí, sargento, avísele que estamos aquí.

—Enseguida, mi coronel —murmuró el joven clase y golpeó la puerta del convento.

Instantes después abrió la puerta un fraile viejo y calvo, de barba blanca y mirada apagada. Así que vio al sargento le franqueó el paso; la puerta se cerró. Cinco minutos después salió el doctor Vilardebó, acompañado por el sargento Laguna, quien informó a Herrera que el médico, luego de atender enfermos hasta por lo menos las tres de la mañana, había pasado el resto de la noche velando a su amigo indio, el fraile Ventura. Con los ojos hinchados de sueño y aspecto demacrado, Vilardebó saludó al Jefe estrechándole la mano.

—Venga, doctor, por favor —dijo Herrera—. Suba, hablemos en el camino.

En tanto el agente de policía conducía el carruaje por Zabala hacia el sur, seguidos por Laguna en su caballo, el coronel Herrera abrió un gran pliego delante de Vilardebó.

—Ganemos tiempo, doctor —dijo Herrera—, quiero mostrarle algo.

—¿Qué es eso? —masculló el médico, mirando ceñudo el pliego.

Herrera terminó de desplegarlo y Vilardebó vio un plano de Montevideo.

—Es una copia del plano elaborado por el capitán Cardeillac. Quiero que vea algo que...

—Ese plano es de 1849 —murmuró Vilardebó—, en estos ocho años Montevideo ha cambiado; ha crecido.

Herrera abrió los brazos.

—Su eminencia sepa disculparme si no estoy actualizado —exclamó—. Pero, a los efectos de lo que quiero mostrarle, este plano es adecuado.

Vilardebó apretó las mandíbulas.

—Perdone usted, coronel —dijo—, es que estoy muy cansado.

—No, está bien; tiene razón. Montevideo crece demasiado rápido. El ejército se disponía a trazar un nuevo plano de la capital, pero, con la fiebre amarilla azotando la ciudad, ese proyecto deberá esperar. Ahora vea —Herrera hizo correr su dedo índice sobre el plano, cubierto por decenas de cruces y cerca de una docena de círculos—, me propongo esto...

Media hora después, el coronel Herrera se hallaba junto al doctor Vilardebó y el sargento Laguna en un campo abierto, sobre la costa del Río de la Plata, cercano a la usina del gas, a la vista de la ciudad de Montevideo, extendida al oeste y el norte. Encaramado a una tarima de madera, de aproximadamente medio metro de altura, Herrera dirigía la palabra a una aglomeración de cerca de doscientos policías que, reunidos ordenadamente en apretadas filas, escuchaban con suma atención a su Jefe. El médico observó atentamente a esos hombres: más allá de los uniformes, bien cuidados y relativamente pulcros, del brillo de las insignias en los birretes y de los sables en sus vainas, conformaban una comparsa humana que denunciaba su baja condición social. La mayoría negros y mulatos, curtidos por el sol y los vientos; miserables que en tiempos de paz portaban armas como policías, porque no eran capaces ni sabían ganarse la vida haciendo otra cosa. Infelices que debían en todo tiempo obedecer las órdenes de sus jefes, aunque eso implicara riesgo personal. Y en esta nueva lucha que enfrentaba la ciudad en la que eran policías, el riesgo era imprevisible e imposible de mensurar.

—...No podrán moverse del lugar que les será asignado el día de hoy —les decía el Jefe—, hasta que todo termine. No sabemos cuándo habrá de terminar. La única responsabilidad de cada grupo será mantener el fuego encendido. Vuestros clases, sargentos y cabos estarán con ustedes. Se les proporcionará cada día el alquitrán necesario para alimentar los fuegos. Tendrán también lo necesario para levantar tiendas de campaña donde pernoctar y todos los días habrá ración suficiente para todos los integrantes de cada grupo. No habrá relevos para que puedan ir a vuestras casas; no tenemos personal suficiente para eso. Estarán allí hasta que llegue el pampero y limpie el aire de la ciudad, o hasta que la fiebre amarilla se haya ido de Montevideo. Vuestras familias serán alimentadas y yo me comprometo —alzó aun más la voz—, yo me comprometo a que vuestros sueldos sean pagados puntualmente, entregados a cada uno de ustedes, o a vuestras familias, según lo que cada uno decida.

Al promediar la mañana, cuarenta grupos de cuatro policías cada uno habían sido distribuidos en otros tantos puntos diferentes de la ciudad, desde las escolleras a la entrada de la bahía hasta más allá de la Estanzuela y los Pocitos; al norte, en la Aguada, y de allí a los campos suburbanos del noreste, y hacia el Cerro, hasta sus faldas. Los oficiales y clases recorrían los distintos puntos a caballo, dando órdenes y organizando la distribución de tiendas, víveres, agua y combustible. Mientras tanto, el coronel Herrera y su oficiales más cercanos, seguidos por ochenta jinetes de la policía, recorrieron a caballo el cinturón periférico de la ciudad. Comenzaron en la costa sur sobre las aguas del Plata, siguieron hacia el este hasta los Pocitos, giraron luego rumbo a la zona norte, más allá de los barrios establecidos. Como una invasión de hunos, sembraron la destrucción a su paso. Entregaban a las llamas cuanto rancho y casucha de madera y paja encontraban en zona de basurales, pantanos y miasmas. El fuego devoró lo que constituía la única habitación de las familias más menesterosas y paupérrimas de Montevideo. Muchos infelices protestaron enérgicamente, pues les resultaba imposible comprender que la muerte de unas pocas personas en la zona privilegiada de la ciudad hiciera ineludible que sus humildes viviendas fueran entregadas al fuego. Hubo conatos de resistencia a la labor del Jefe y sus hombres, y en varias oportunidades los jinetes desenvainaron amenazadoramente los sables, pero en cada ocasión los detuvo Herrera, quien procuraba calmar a los desgraciados. Para ello, también les prometía tiendas de campaña y víveres hasta que pudieran ser ubicados en otras moradas. Varias decenas de hombres, desocupados y vagos conocidos, fueron destinados a integrar los grupos responsables de mantener encendidas las fogatas, para liberar de esta manera a muchos policías que estaban descontentos por la tarea desagradable y aburrida que les había tocado en suerte.

Pasado el mediodía, el doctor Vilardebó, transitoriamente llegado a su casa sobre la costa de la Estanzuela, subió al amplio balcón del tercer piso y miró hacia Montevideo. La imagen le horrorizó, encogió su corazón apocado por el desastre que él sabía, entre muy pocos en toda la ciudad, que estaba apenas principiando.

Cuarenta columnas de humo muy denso y oscuro subían al firmamento, y a estas se agregaban las humaredas de los ranchos incendiados. El olor peculiar del fuego de alquitrán llenaba el aire, aun en esa zona alejada, abierta, casi descampada. Un fino polvillo negro cubría pisos, paredes, muebles y ropas. Vilardebó comprendió por qué sus criadas, encargadas de la limpieza, protestaban cuando él llegó. El tizne del alquitrán quemado parecía caer como una muy fina llovizna, impregnándolo todo. Picaba la nariz, y el aire que se debía respirar olía mal, y olía fuerte. El atribulado médico no sabía cómo ese humo de alquitrán podía ayudarles a detener la epidemia, ni estaba seguro de que lo hiciera. Soltó las manos de la baranda y se miró las palmas: estaban ennegrecidas. Se encogió de hombros. No sabía cómo eso podía ayudarles, pero tampoco sabía qué otra cosa hacer.

El resto del día lunes los enfermos siguieron afluyendo hacia el Hospital de Caridad. Al anochecer, la capacidad del hospital estaba ocupada casi al cincuenta por ciento. Todos los pacientes tenían similar cuadro clínico; no había personas enfermas de otra cosa, o con otro diagnóstico. Lo único que evitaba, al momento, que la ocupación de camas del nosocomio fuera mayor eran la muertes. El domingo habían fallecido nueve pacientes, todos con diagnóstico de fiebre amarilla; el lunes, cuando era noche cerrada, la cuenta de fallecimientos acaecidos en el hospital llegó a doce. El doctor Carreras hizo el recuento de muertes habidas en diferentes barrios de Montevideo, hombres, mujeres y niños fallecidos sin haber llegado al Hospital, en algunos casos sin asistencia médica: el número total al finalizar el tercer día de la epidemia ascendió a treinta y siete. Ni médicos, ni sacerdotes, ni monjas ni auxiliares pudieron formular comentario alguno ante el resultado del recuento, enmudecidos de consternación.

Por la noche las estrellas brillaron gloriosamente, una vez más. La esplendente luna llena proyectaba sobre Montevideo su pálido fulgor, más fantasmal que nunca. La ciudad capital, la ciudad puerto, sumergida bajo esa luna lóbrega, parecía volverse cada vez más la ciudad cementerio, a los ojos de dos observadores. De pie, quietos y silenciosos en la azotea del Hospital de Caridad, Vilardebó y Rymarkiewicz contemplaban Montevideo sin hablar, viendo y oyendo. La iluminación a gas había sido encendida, pero al mirar más allá, hacia la periferia de la ciudad, podía comprobarse que el antiguo alumbrado a vela de sebo no. La recolección de residuos, en cambio, a cargo de la policía no se había cumplido; Vilardebó apretó las mandíbulas al ver esto. Luego deslizó lentamente la mirada hacia todos los barrios de Montevideo al alcance de la vista. El cielo estrellado era aun más oscuro, empañado por cuarenta columnas de humo originadas en toda la ciudad. Sobre la tierra, resplandecían por todas partes con furia y estrépito las inmensas fogatas, sembradas por decenas en toda la urbe. Los gritos y quejidos de algunos enfermos cercanos a las ventanas llegaban por momentos a los oídos de ambos médicos, mudos de espanto ante la tragedia extendida a sus pies. Durante esos instantes de pesadilla, pareció que las quejas lastimeras no emergían del hospital, sino que subían de todas las casas, de todos los lechos de dolor y enfermedad, de todos lados. La ciudad cementerio pareció entonces, más que nunca antes, la ciudad infierno.

La mañana del martes tres, Vilardebó salió muy temprano del cuarto de guardia. Informado de cuatro muertes habidas durante la madrugada en el hospital, salió por la calle 25 de mayo, a eso de las siete. El mulato Mostaza, fiel cochero, estaba allí con su carruaje, pronto. Debieron aguardar unos quince minutos a que apareciera Rymarkiewicz, descamisado y con sus inamovibles botas de montar, quien terminó de acomodar su indumentaria una vez en camino. El sargento Laguna, con ojos legañosos de sueño, les seguía en su caballo. Volvieron al cabo de cuatro horas, tras recorrer el Paso del Molino y los caseríos dispersos en las faldas del Cerro. Encontraron siete muertos, víctimas de la fiebre amarilla, y debieron enviar quince enfermos al hospital. Dejaron otros nueve en sus casas, allí donde las familias parecían lo suficientemente continentes como para atenderlos. Al entrar por la puerta de la calle 25 de mayo, desde uno de los pasillos un viejo sacerdote le llamó:

—Doctor Vilardebó.

Obtenida la atención del médico, el anciano cura señaló la puerta de una sala; luego dio la vuelta, alejándose con cabeza gacha. Cuando Vilardebó y Rymarkiewicz entraron, allí estaba el doctor Francisco Vidal. Tenía en brazos el cuerpo de un niño, un chiquillo de quizás seis meses de edad. El experimentado ojo clínico de ambos médicos les permitió comprobar de inmediato que el bebé, completamente amarillo, estaba muerto. Vidal levantó hacia ellos sus ojos llorosos. Con expresión de desaliento y voz trémula de dolor, dijo:

—Doctor, no pude hacer nada —Vidal cerró los ojos y las lágrimas manaron— no pude hacer nada por ellos; nada, doctor. ¡Dios! no pude hacer nada —gritó zapateando con furia el suelo y apretó el cuerpito sin vida contra su pecho.

Tras un solo instante de silencio, Vilardebó murmuró con voz ronca:

—Doctor Vidal, ¿los padres del niño?

—El padre, allí —Vidal señaló con la cabeza un rincón; sobre una cama yacía un cuerpo cubierto completamente por una sábana blanca, manchada de sangre—, la madre se fue hace un rato —prosiguió Vidal con creciente desesperación—, pues le avisaron que su padre estaba en cama con fiebre; y también su madre, y su hermano mayor, y sus otros hijos, y...

—¡Doctor Vidal! —tronó Vilardebó.

Vidal respingó y apretó fuerte los ojos y la boca.

—Lo siento, doctor —dijo—, lo siento. La pobre mujer vio morir a su esposo, pero no al niño. Ella misma estaba demacrada, con fuertes dolores de cabeza y algo de fiebre, pero debió irse para ver al resto de su familia.

Vilardebó asintió; entonces Rymarkiewicz se adelantó.

—Déme, doctor —dijo, y extendió los brazos para tomar el cadáver del niño—. Démelo, yo me haré cargo. Ahora me voy. Nos vemos luego, Teddy —dijo a Vilardebó, una vez el cuerpo en sus brazos.

—Sí —replicó él.

Cuando Rymarkiewicz hubo salido, Vilardebó observó a Vidal.

—Doctor —masculló—, comprendo su impotencia y desesperación. Pero debe usted...

—Lo sé, doctor —le interrumpió Vidal—, debo controlar las emociones de mi alma. No debo comprometer mi sensibilidad con las tragedias de los pacientes que atiendo, para mejor atenderlos —soltó una risita—.

Recuerdo perfectamente lo que me enseñaron en París; incluso recuerdo que me pareció fácil cosa cuando lo dijo aquel presumido profesor de toga, en aquel augusto anfiteatro. Me gustaría ver al tipo aquí, ahora.

—Eso no es necesario, doctor Vidal, solo tiene que mirarme a mí.

Vidal levantó sus ojos hacia el rostro adusto y ceñudo de Vilardebó.

—Tiene razón —susurró—, a usted no se le mueve un pelo de su impoluta cabellera. ¿Cómo lo hace?

—¿Cómo hago qué? —sonrió con tristeza Vilardebó—. ¿Cree que no siento nada, que mi corazón está petrificado? ¿Cree acaso que mi alma no se estremece de horror ante este mal que tanto sufrimiento causa? ¿Que no está lacerada de dolor por esta gente que muere sin que podamos ayudarles? ¿Cree que no me sacudo interiormente de furia, de ira e indignación por esta maldita enfermedad y por nuestra propia ineptitud, nuestra incapacidad para hacer algo realmente útil por las víctimas? —Vilardebó inspiró profundamente—. ¿Acaso cree, mi querido amigo, que no ruego a Dios día y noche para que un milagro celestial nos ayude y se detenga ya el mal, el padecimiento y la muerte? Pues se equivoca, doctor Vidal, se equivoca si considera que no sufro, por no ver dolor ni desesperación en las facciones de mi rostro.

Vidal bajó la cabeza; al cabo de un momento murmuró:

—Tal vez sea mi juventud e inexperiencia.

Tras considerarlo un segundo, Vilardebó replicó:

—Tal vez; o tal vez sea otra cosa.

—¿A qué se refiere?

Vilardebó tomó asiento frente a su colega más joven.

—Es la segunda vez que lo conmueve profundamente ver la muerte de un niño pequeño.

Vidal asintió varias veces.

—Creo que usted lo sabe; tengo esposa y una hija muy pequeña en Las Piedras. Solo me separo de ellas cuando vengo a cumplir mi guardia en el Hospital de Caridad, lo que hago dos veces por mes. El sábado, cuando esto comenzó durante mi guardia, decidí permanecer en Montevideo. Imaginé que serían necesarios más médicos, por lo que resolví quedarme.

—Noble decisión. ¿Se la comunicó a su esposa?

—Lo hice.

—¿Cuál fue su respuesta?

—Me escribió: «Eres médico; cumple tu deber».

—Noble mujer.

—Sí. Agregó: «pero por favor, cuídate; vuelve a nosotras».

Vilardebó se pasó una mano por el rostro; miró al joven facultativo unos instantes.

—Comprendo cómo se siente, amigo mío. Como es obvio, no voy a recomendarle que traiga a su familia a esta ciudad, aunque así la tendría cerca. Pero, lamentablemente, debo pedirle que permanezca aquí, donde sus servicios profesionales son imprescindibles.

—Doctor Vilardebó, cuente conmigo —contestó Vidal con una inspiración que pareció brindarle fuerzas.

Pasado el mediodía, una visita no esperada ni deseada llegó al Hospital de Caridad. En plena labor de asistencia a enfermos graves, Vilardebó alzó su cabeza, llamado por una religiosa. Al señalar la monja hacia la puerta de la sala, el médico vio allí a un individuo bastante gordo y medio pelado. Dando rápidas indicaciones al doctor Carreras, que le asistía, caminó furibundo hacia la salida. Una vez en el pasillo, exclamó:

—¡Castellanos! ¿Qué hace aquí?

Laguna estaba detrás de Vilardebó, de pie. La furia del médico hizo comprender al joven policía que aquel sujeto no era bienvenido. Con discreción, apoyó la mano derecha en la empuñadura del sable. Castellanos lo notó, esbozó una media sonrisa nerviosa y dijo:

—¿Guardia de corps, doctor? La importancia de su persona va en aumento.

—No diga idioteces —replicó Vilardebó—. Tranquilo, sargento —ordenó a Laguna—, esto lo arreglo yo.

—Como usted diga, doctor —respondió en voz baja Laguna, soltó el sable y se alejó unos pasos, vigilando siempre a Castellanos.

Vilardebó se volvió hacia el periodista.

—Ahora, ¿qué quiere? —le espetó.

—Por favor, doctor —dijo Castellanos con voz meliflua—, no esté iracundo. Solo quiero mostrarle un molde.

—¿Un molde? ¿De qué está hablando, hombre?

—Vea —el periodista desenrolló unas hojas de papel rústico, plantó una página ante las narices de Vilardebó y prosiguió—, es el número de *La Nación* que saldrá a la calle esta tarde.

El médico leyó rápidamente, sin dar crédito a sus ojos: *La Nación* se aprestaba a informar a la población de que la epidemia de fiebre amarilla, iniciada tres días atrás, había cobrado ya la vida de más de trescientos habitantes de Montevideo. Mirando a Castellanos, que permanecía allí, impávido, con su estúpida sonrisa, Vilardebó balbuceó:

—¿P... pe... pero es que se volvió loco?

—La población debe ser informada —retrucó el periodista, ahora impetuoso—. Ayer le busqué, doctor; quería saber el número de víctimas. Es la información mínima que puede brindar para hacer saber al país lo que está aconteciendo en la capital. Vine tres veces al hospital; las tres veces me atendió una monja diferente, a cada una de las cuales encargué le avisaran de que deseaba hablar con usted. Como no contestó a mis requerimientos... ¿Por qué no contestó a mis requerimientos, doctor?

—Nadie me avisó.

—¡Ah! Pero las religiosas prometieron que le avisarían, las tres. ¿Tienen monjas mentirosas aquí?

Vilardebó bajó los hombros.

—Está bien, sí me avisaron, el mentiroso soy yo.

—Ajá, bien —murmuró Castellanos—. Le decía, como no contestó a mis requerimientos, esbozamos un estimativo propio de la cifra de víctimas...

—¿Un estimativo? ¿Basado en qué? ¿Usted cree que murieron trescientas personas en estos tres días?

—¿Cuántos murieron, doctor? Vamos, no le pido un número exacto, simplemente una cifra aproximada.

El médico sostuvo la mirada del periodista unos instantes:

—Cerca de cincuenta personas —dijo por fin.

Castellanos arqueó las cejas, se repuso, sonrió ampliamente y exclamó:

—Muchas gracias, doctor —y se fue de allí.

Al anochecer, un grupo de nueve a diez hombres cercó al doctor Ordóñez en uno de los corredores del Hospital de Caridad. Varias mujeres lloraban, algunas de ellas a gritos; en las últimas horas habían muerto otras ocho personas por la fiebre amarilla, entre ellas dos niños y tres mujeres. Celestino Ordóñez, un anciano médico que había curado las heridas de los soldados de Lavalleja durante la guerra con el Brasil, miraba sin comprender y con alarma a esos hombres que airadamente reclamaban explicaciones por la muerte de sus familiares. Era imposible dar tales explicaciones, como no fuera que habían fenecido víctimas de un flagelo que nadie podía curar. Como el silencio del viejo facultativo exasperaba más a los dolientes, sus gritos subieron de volumen. Mientras algunos sacerdotes y frailes se acercaban para calmar los ánimos, una monja fue por el doctor Vilardebó. Enterado del escándalo, el médico corrió al lugar, seguido de Rymarkiewicz, no sin antes dar apresuradas indicaciones al sargento Laguna. Vilardebó llegó y se puso frente al arrinconado Ordóñez, y levantó los brazos procurando calmar a la gente. Eran ya cuarenta y pico personas, por la afluencia de familiares de enfermos que aún vivían, si bien agonizaban en las camas del hospital.

—Calma y silencio —gritó Vilardebó, con Rymarkiewicz a su lado—. No somos vuestros enemigos; estamos aquí para ayudarles.

—Ustedes no ayudan a nadie —gritó una mujer llorosa—. Nuestros hijos mueren; todos mueren. ¿Dónde está vuestra ciencia?

Varias voces iracundas la apoyaron. Vilardebó elevó la suya para contestar.

—Nuestra ciencia consiste en luchar para aliviar el sufrimiento de los enfermos.

—No es suficiente aliviar el sufrimiento de los enfermos —exclamó un hombre—. Cúrenlos, que no mueran.

—No podemos curar esta terrible plaga —terció Rymarkiewicz—. Hacemos todo lo que podemos. A nadie dijimos que podíamos curar la enfermedad; a nadie prometimos que salvaríamos la vida de quienes contrajeran la fiebre amarilla.

La mención de la enfermedad por su nombre erizó los pelos de la concurrencia. Tras un espantado silencio de varios segundos, alguien susurró:

—¿Quién es ese tipo?

Y otro contestó:

—Es un médico de Europa.

—¿De Europa? ¿Y él tampoco puede curar a los enfermos? ¿Para qué lo queremos aquí entonces?

—Echemos al extranjero —sugirió alguien.

En ese momento llegó el sargento Laguna con un piquete de gendarmes. Sable en mano, tomaron posiciones entre los médicos y la gente. Al verlos, los hombres y mujeres contuvieron sus ímpetus. Entonces Vilardebó avanzó, cruzando la línea de policías.

—Doctor —susurró Laguna nervioso.

—Está bien, sargento, tranquilo —miró a todos y comenzó a hablar en voz alta—. Sabemos que ustedes no confían en el auxilio de nuestra ciencia. Como dijo el doctor Rymarkiewicz, no podemos curar este terrible mal. Pero no tenemos opción, ni nosotros, ni ustedes. Podemos mitigar los padecimientos de quienes contraen la... la enfermedad. Eso hacemos, y eso haremos, en tanto Dios nos dé fuerzas. Ustedes son testigos de que aquí hemos estado, día y noche junto a los enfermos.

—Es verdad —susurró alguien, en medio de un gran silencio.

—Proseguiremos atendiendo a los que contraigan el mal —continuó Vilardebó— sin movernos de aquí más que para acudir junto a quienes no puedan llegar al hospital. Es nuestro compromiso, nuestro juramento y nuestra vocación. ¿Qué más podemos ofrecer? Nada, pero tampoco nada menos. Solo pedimos vuestra ayuda, vuestra comprensión y vuestra paciencia. Cuiden a sus enfermos y nosotros los cuidaremos con ustedes. Lloren a sus muertos y lloraremos juntos. Nada más hay que podamos hacer, sino esperar y rogar que Dios se apiade de esta ciudad y libre a Montevideo de este castigo.

Un minuto después, en un silencio solo rasgado por el llanto, todas las personas se dispersaron y se alejaron de allí. Rymarkiewicz se arrimó entonces a Vilardebó.

—Brillante discurso, Teddy —dijo—. ¿Has pensado en dedicarte a la política?

—No fue un discurso, Max —contestó Vilardebó sin mirarlo—. Habló mi alma.

Al llegar la mañana del viernes seis de marzo, el séptimo día de la epidemia de fiebre amarilla en Montevideo, el doctor Carreras se presentó ante Vilardebó. Este desayunaba mate y galleta en el cuarto de guardia del Hospital de Caridad, acompañado por Rymarkiewicz, quien a su vez tomaba un enorme jarro de café negro muy caliente. Aníbal Carreras, un cuarentón alto, enjuto, siempre bien trajeado, de gruesas patillas y enormes mostachos, viejo simpatizante del general Venancio Flores, se veía demacrado y desprolijo como los otros médicos, si bien más descansado, pues cada noche se retiraba a su residencia del Paso del Molino para reposar y estar con su familia. Vilardebó pensó que no debía criticarlo por eso; si él hubiera tenido familia, reflexionó, quizás hubiera hecho lo mismo. Los únicos que quedaban en el hospital eran él mismo, Rymarkiewicz, cuya esposa estaba en Buenos Aires, y Vidal, que había determinado no regresar a Las Piedras hasta que todo hubiera acabado. Además, entre estos tres médicos se turnaban para salir a recorrer la ciudad, por la madrugada, a los efectos de atender a aquellos enfermos o familias que demandaban asistencia y no podían o no querían esperar hasta la mañana.

—Buenos días —dijo Carreras, dando un paso al interior del cuarto de guardia. Miró gravemente a sus dos colegas, quienes devolvieron el saludo, echó un vistazo a una hoja de papel que sostenía en la mano y se dejó caer luego en una silla.

—¿Doctor Carreras? —le invitó a hablar Vilardebó.

—Cien, doctor —susurró.

—¿Perdón?

Carreras suspiró.

—Cien muertos, doctor Vilardebó, llegamos a cien muertos. Y eso fue, según la hermana Ignacia, a las cuatro de la mañana. Ahora el número de fallecidos ha subido a ciento cinco —Carreras arqueó las cejas y se puso en pie—. Ciento cinco muertos, Dios nos ampare. Con permiso —y se retiró.

Con la mirada velada, Vilardebó rompió un pedazo de galleta y se lo metió en la boca. Rymarkiewicz sorbía café a tragos, sin hablar. De pronto irrumpió el sargento Laguna.

—¡Doctor, el Jefe!

—¿Qué ocurre, sargento? —Vilardebó se puso de pie con lógico sobresalto.

—¡El Jefe, doctor! ¡El coronel Herrera! —repitió Laguna.

—¿Pero qué le pasó, hombre? ¿Él también enfermó?

—No me lo parece, señor. En vez de amarillo, está rojo, pero creo que es de furia. Muy peligroso, doctor. El Jefe Herrera, cuando está furioso, se transforma en un individuo sumamente peligroso.

Vilardebó miró a Rymarkiewicz, abriendo los brazos, cuando inopinadamente Luis de Herrera irrumpió en el cuarto de guardia. Se veía realmente enojado, desencajado de ira y respirando en forma agitada, con el rostro colorado, y no por inclinaciones políticas. Miró a Vilardebó y sonrió con ferocidad.

—Doctor, necesito sus servicios profesionales; lo necesito en la Jefatura de Policía, ahora —prorrumpió explosivamente; entonces vio a Rymarkiewicz—. El médico polaco, ¿verdad?

—Sí, señor —contestó Rymarkiewicz ceñudo.

—Venga usted también, por favor. Vendrá muy bien un testigo proveniente de una nación europea.

—Coronel, ¿qué ocurre? —terció Vilardebó.

Herrera volvió a mostrar una sonrisa feroz.

—Lo descubrí al macaco, doctor —replicó—. Yo siempre supe que es un taimado, un politicón traicionero al servicio de ese imperio de pacotilla que apoya su bota sobre nosotros pero se arrodilla ante la Inglaterra; un digno representante de esa corte de bellacos de Río de Janeiro que siempre...

—Pero coronel, ¿qué descubrió?

—Vamos —apremió Herrera—, tienen que verlo. Vamos a la Jefatura de Policía.

Veinticinco minutos después los dos médicos estaban con el coronel Herrera en un sótano de la Jefatura, ubicada en el edificio del Cabildo. El sargento Laguna se mantenía próximo a la escalera. El sitio era lúgubre, con paredes de ladrillo oscuro, recubiertas de telarañas y manchas de humedad, piso de tierra, techo de vigas y tirantes de madera con aun más telarañas. Unos ventanucos a ras del techo que daban a los fondos del

Cabildo ofrecían una iluminación pobre pero suficiente, para lo que había que ver.

Ocho cadáveres malolientes y desnudos estaban dispuestos uno junto al otro en el piso. Vilardebó y Rymarkiewicz se agacharon con naturalidad junto a los cadáveres, mientras Herrera permanecía a distancia, cubriéndose boca y nariz con un pañuelo. Los dos médicos se miraron, examinaron brevemente los cuerpos y unos minutos después se incorporaron.

—¿Qué opinas, Max?

—¿Siete días de muertos? —contestó Rymarkiewicz mirando los cadáveres.

—Yo diría que más; diez días, o doce.

—Sí, estoy de acuerdo —dijo el polaco observando nuevamente los cuerpos—. ¿Y la causa de muerte?

—Parece evidente, ¿no? La piel está desintegrándose, pero aún pueden reconocerse la ictericia y los estigmas hemorrágicos.

Entonces Herrera se adelantó.

—Estas personas murieron de fiebre amarilla, ¿no es así? ¿Es ese vuestro diagnóstico?

—Efectivamente, así es —respondió Vilardebó mirándole— ¿Puedo preguntarle, coronel, dónde encontró estos cuerpos?

—Claro que puede, y le voy a contestar. La legación brasileña me entregó el sábado próximo pasado por la noche la nómina de pasajeros del *Marqués de Corumbá*, desembarcados en el puerto de Montevideo hace ya casi dos semanas. ¿Recuerda, doctor, la lista de súbditos del imperio que solicité al cónsul? Lo inesperado de mi solicitud —prosiguió Herrera al ver que el médico asentía— no les permitió alterar la nómina de pasajeros. En los siguientes dos días, los hombres de mi servicio de información ubicaron y corroboraron identidades de todos los pasajeros del vapor brasileño... excepto de ocho de ellos.

En ese momento se abrió una puerta en lo alto de la escalera que conducía al sótano. Alguien bajó pesadamente los escalones de madera, protestando enérgicamente con acento portugués. Cuando llegó abajo, todos pudieron ver a Su Excelencia Luiz de Carvalho Batista, cónsul imperial ante el Estado Oriental, desencajado de ira y sudoroso, seguido por un capitán y tres soldados que le custodiaban. Cuando vio a Luis de Herrera, el cónsul fue hacia él.

—Señor coronel —dijo, furibundo—, ¿puede usted ofrecerme explicaciones sobre la causa de este atropello? ¿Por qué he sido traído a la Jefatura de Policía? Tengo inmunidades, ¿lo sabía? ¿Cree usted que puede arrestar al legado imperial de Su Majestad Pedro II?

—Su Excelencia no ha sido arrestado. Está en la Jefatura de Policía en carácter de invitado.

—¡Invitado! No fue eso lo dicho por el capitanejo este que envió por mí. Por cierto, un oficial muy impertinente al que espero sepa usted castigar por su falta de consideración hacia mi persona.

Herrera miró al aludido, sonrió y dijo:

—Excelente trabajo, capitán. Usted y sus hombres pueden retirarse.

—Sí, señor —dijo aquel y se fue con los tres soldados.

De cejas arqueadas y con los ojos muy abiertos, el cónsul imperial vio retirarse a los hombres y luego miró a Herrera. Este se había sentado; observaba a los médicos, mientras explicaba:

—Estos ocho son los pasajeros del *Marqués de Corumbá* que se nos habían perdido. Inclusive, los macacos los dejaron vestidos y con sus documentos de identidad entre las ropas; parecían querer facilitarnos las cosas —Herrera tomó un paquete de sobre una mesa y lo arrojó al cónsul—. Aquí tiene, Su Excelencia; la documentación de sus ocho compatriotas muertos —dijo y, dirigiéndose al médico, luego prosiguió—. Como usted dijo, doctor Vilardebó, ellos son los que trajeron la fiebre amarilla desde Río de Janeiro a Montevideo. Cuando enfermaron, sus nobles y liberales paisanos los encerraron en los sótanos de la legación; creemos incluso que los dejaron morir sin recibir auxilios médicos de ninguna especie. Parece —continuó, mirando a Carvalho Batista, que le observaba pálido y de boca abierta— que al Imperio del Brasil, al que poco le importan las reclamaciones uruguayas de ningún tipo, siempre con la amenaza de sus fuerzas de mar y tierra pendiente sobre nuestras cabezas, al Imperio, digo, le interesa no obstante su imagen y reputación. No se preocupan por la opinión del concierto de naciones civilizadas cuando amenazan con el envío de sus barcos de guerra a Montevideo cada vez que nuestro gobierno amaga resentirse de cumplir alguno de los tratados que nos han impuesto. Pero, en su retorcida manera de pensar, no están dispuestos a aceptar que ellos sembraron la muerte amarilla en la capital del pequeño Estado Oriental del Uruguay. Aunque eso sea un hecho médico fortuito, como usted dijo la otra noche, doctor, un hecho por el que nadie debería responsabilizar al digno pueblo del Brasil.

Mientras hablaba, Herrera se había puesto de pie y caminó hasta enfrentar al cónsul imperial, a pocos pasos de su rostro.

—¿Cómo llegaron estos cuerpos a la Jefatura de Policía, coronel? —dijo Vilardebó tras una pausa.

—Los hombres de mi servicio de información son elegidos personalmente por mí —explicó Herrera—. Todos son antiguos soldados del batallón de cazadores, muy bien entrenados en maniobras y tácticas que usted ni siquiera imagina. Pueden, por ejemplo, penetrar en una residencia custodiada, por la madrugada, y robar ocho cuerpos sin ser vistos ni oídos.

—¿Usted... usted envió hombres de madrugada a la legación imperial? —dijo, con la boca aun más abierta, Carvalho Batista—. ¿Entraron a la legación... a robar?

Herrera sonrió.

—A robar *cadáveres*, Su Excelencia. Cadáveres que usted ordenó ocultar, muertos por una enfermedad de la que usted no nos informó.

—Tal vez —terció Vilardebó, mirando fijo al cónsul—, si nos hubiera informado, habríamos podido tomar previsiones; o tal vez nada habría cambiado. De todas maneras, Su Excelencia, *debió* avisar de estos enfermos para que pudiéramos estar prevenidos, y además por humanidad hacia sus propios compatriotas, para que fueran atendidos. No informar de esto por cuestiones de política internacional, para que el Imperio del Brasil no fuera sindicado como responsable de nuestra epidemia, ha sido criminal.

—Un crimen al lado del cual el robo de cadáveres de la legación es una nimiedad.

—No me interesa —exclamó indignado el cónsul imperial—. Usted ordenó la violación del terreno de la legación; ese es un delito que no quedará impune.

—¡Escuche, macaco miserable! —gritó Herrera acercándose amenazadoramente a Carvalho Batista, quien retrocedió amedrentado—. ¿No ha oído lo dicho por el doctor? ¿Cree que me importa un rábano lo que usted diga u opine?

—Le importará —gritó a su vez el cónsul— cuando toda la fuerza del imperio respalde una enérgica protesta ante su gobierno por esta cadena de atropellos.

Herrera sonrió de nuevo, distendiéndose visiblemente. Acercó la silla al cónsul.

—Su Excelencia, tome asiento.

—Estoy bien así, gracias —replicó Carvalho Batista con suficiencia.

Herrera tomó al cónsul y lo arrojó con violencia sobre la silla. Acercó su rostro al del aterrado diplomático y dijo:

—A mí me gusta así, con sus fofas posaderas apoyadas en la silla. Ahora, óigame bien, representante y legado de todos los macacos de este perro mundo...

—Señor mío, no...

—¡Silencio! Escuche bien: usted cree que me asustará hablándome de reclamos, reivindicaciones y protestas del Imperio ante el gobierno del Uruguay, a causa del trato a que es sometido. Sin embargo, vea usted, Su Majestad Pedro II nunca sabrá otra cosa más que el alto concepto que el gobierno del Estado Oriental tiene de usted. El emperador recibirá la nota de condolencias del gobierno uruguayo, por la pérdida de un excelente diplomático, ciudadano probo y hombre de bien.

—¿Me va... me va a matar? —balbuceó Carvalho Batista, ceñudo y acobardado.

Herrera se enderezó, casi ofendido.

—¿Qué dice, Su Excelencia? Al contrario, le voy a proteger; voy a cuidarle, transformándome en su sombra. En cada uno de los hombres de mi servicio de información usted verá mi rostro vigilándole. Vea, Su Excelencia, usted no saldrá de Montevideo mientras dure la epidemia de fiebre amarilla. Tampoco podrá enviar ningún tipo de correo a Río de Janeiro, ni a ningún otro punto del territorio del Imperio. Ni siquiera podrá hablar, ni enviar cartas, a ningún súbdito brasileño residente en Montevideo ni en otra parte del Uruguay. Si muere en Montevideo por la fiebre amarilla, el emperador recibirá la nota de condolencias del gobierno uruguayo que le mencioné. Si intenta abandonar Montevideo, el emperador recibirá una nota de condolencias por usted. Si intenta contactar, de palabra o por carta, con algún compatriota suyo, dentro o fuera de nuestras fronteras, el emperador recibirá una nota de condolencias por usted.

Herrera hizo una pausa teatral, y luego tronó:

—¿He sido claro?

El asustado cónsul asintió.

—Muy bien; entonces puede irse.

Cuando el brasileño puso el pie en el primer escalón, Herrera lo llamó.

—Su Excelencia, recuerde: ni siquiera unas líneas escritas en papel rústico. Lo sabremos; mis hombres pertenecían al batallón de cazadores. Mejores soldados que los brasileños —concluyó con una incongruente sonrisa—. Que tenga buenos días.

La partida del cónsul imperial marcó el inicio de varios minutos de silencio completo. Silencio que finalmente rompió el doctor Vilardebó:

—Coronel —dijo, con un matiz de incredulidad en la voz—. ¿Usted... usted acaba de amenazar de muerte al legado diplomático del Brasil?

—En absoluto —contestó Herrera, y miró a Rymarkiewicz—. Doctor, ¿usted me escuchó amenazar de muerte a Su Excelencia el señor cónsul?

—Coronel —respondió el polaco, con una sonrisa cómplice—, ¡hombres como usted necesitamos cuando tuvimos que luchar por la libertad de mi querida Polonia!

El presidente Gabriel Antonio Pereira corrió los cortinados de la amplia y abierta ventana, en la planta alta. Miró con curiosidad la calle desierta, que se sumía paulatinamente en las sombras de la noche. Observó con atención el farol más cercano, en cuyo interior una llama alimentada a gas arrojaba una brillante luz que disipaba la oscuridad creciente. Miró luego sus manos: tenía ocupada la izquierda por un vaso de vidrio vacío y en la derecha sostenía una botella de vino nacional, cosecha 1855. Sonrió sin humor, pensando que exactamente una semana atrás, a esa misma hora, había estado allí mismo, en esa sala, compartiendo una copa de vino con el mismo acompañante que ahora se acomodaba, otra vez, sentado en un sillón. Siete días atrás ambos se habían dado el lujo de tomar un vino español, cosecha 1851. En realidad, el vino pertenecía a Pereira, y Herrera se había dado el lujo de balde. Ahora bebían un vino inferior, de cosecha reciente, y Pereira se preguntaba por qué lo había escogido. Sentía como si esa elección reflejara una decadencia de la economía de su gobierno, o de sus finanzas personales, y sabía que eso no era así. Por lo menos no todavía. Luego miró hacia afuera otra vez y entendió por fin qué era lo que estorbaba su ánimo, provocándole esa indefinible sensación de malestar, que es más molesta cuando no se acierta a reconocer la causa. Una semana atrás, las multitudes recorrían las calles, por los festejos del carnaval. En ese alegre bullicio no habían faltado quienes exteriorizaran sus opiniones políticas, de forma agresiva y desafiante. Ahora, la fiebre amarilla campeaba por sus respetos en toda la ciudad, y las calles, deshabitadas de día, de noche parecían un yermo. La muerte, caminando a su antojo por Montevideo, se percibía allí afuera; se respiraba, casi. Pereira se volvió y fue a sentarse cerca de Luis de Herrera, que bebía tranquilamente su vino. El presidente le miró unos instantes; se sirvió, sorbió un trago de líquido rojo y dijo:

—Don Luis, se lo ve muy tranquilo.

—¿Tengo razón para inquietarme, señor presidente?

—Bueno, además del hecho de que puede enfermar de fiebre amarilla y morir, como cualquier montevideano normal y corriente...

—Riesgo conocido y aceptado —murmuró Herrera con suficiencia.

—...puede usted quedar en el centro de un torbellino diplomático descomunal, si el legado imperial comunica a la corte de Río de Janeiro las arbitrariedades cometidas contra él hoy en la mañana, en la Jefatura de Policía. Si el Imperio presenta una de sus simpáticas notas de protesta, acompañada por la presencia aun más simpática y fraterna de sus buques de guerra en la bahía de Montevideo, me temo, don Luis, que deberé inmolarle a usted, políticamente hablando. Y créame, le descuartizaré hueso por hueso, si el caso lo requiere; políticamente hablando, por supuesto.

—Por supuesto —repitió Herrera.

—No lo tome a mal, don Luis, pero digo que lo descuartizaré, pues pocos problemas tengo para que además usted me provoque un conflicto con los macacos.

—Señor presidente, esté tranquilo. El legado imperial quedó muy asustado. No dirá una palabra.

Pereira lo miró un momento.

—¿Y si intenta huir de Montevideo? El *Marqués de Corumbá* aún está fondeado en el puerto. ¿Y si procura llegar a bordo qué? ¿Le sacará usted del interior de una nave de bandera brasileña? ¿Y si intenta enviar correspondencia por medio de un civil, súbdito brasileño, residente aquí en Montevideo?

—Y si, y si —repitió Herrera con insolencia—. ¿Y si Su Majestad el emperador Pedro II visita Montevideo y el cónsul le llora en la falda?

Pereira apretó las mandíbulas.

—Coronel Herrera —dijo con dureza—, no le permito que me hable de esa manera.

—Le ruego me perdone, señor presidente —replicó Herrera de inmediato—, lo siento. Le suplico que esté tranquilo. Carvalho Batista está vigilado; no intentará nada. Y si lo intenta... —no terminó la frase.

Pereira le miró ceñudo.

—¿De verdad está dispuesto a matarlo?

Herrera suspiró.

—No nos adelantemos a los hechos —murmuró—. Mis hombres tienen orden de detenerlo si intenta algo raro. Luego yo me entenderé con él. De lo que pase después, siempre podemos echarle la culpa a la fiebre amarilla.

Pereira palideció y miró para otro lado. Permaneció callado. Tras unos minutos, Herrera habló:

—En cuanto al *Marqués de Corumbá*, deberíamos tomar medidas. Incluso creo que los señores legisladores podrían facilitarnos las cosas con una ley de urgencia que faculte a la Junta Sanitaria para incrementar los controles de carga y pasajeros de los barcos que siguen llegando a puerto.

—Ya había pensado en eso —contestó el presidente—. Inclusive, el ministro Requena sugirió desviar los barcos hacia la Isla de Ratas y desembarcar allí los pasajeros. Lo haríamos con el pretexto de preservar la salud y la vida de los viajantes llegados a nuestras costas, dada la epidemia en la ciudad. Pero nos permitiría aumentar los controles, e incluso instrumentar una disimulada cuarentena. Ahora, me temo que deberemos proceder por decreto del Ejecutivo. En cuanto a la sanción de una ley sanitaria de urgencia, eso no será posible por el momento.

—¿Y eso por qué? —inquirió Herrera.

—Porque las cámaras sesionaron hasta el miércoles. Ese día se dieron cita no más de quince diputados; senadores, unos pocos. El resto de los legisladores ha salido de Montevideo, aparentemente con intención de no regresar a la capital hasta que la epidemia de fiebre amarilla haya terminado. Los legisladores restantes tomaron la muy patriótica decisión de suspender las sesiones de las cámaras, lo que se hizo efectivo ayer y continuará mientras la situación no cambie. Tengo entendido que hasta el último senador, y todos los diputados, abandonaron Montevideo.

Herrera se puso de pie y caminó hasta la ventana.

—Ya veo —dijo—. Hoy me sucedió algo similar con el Poder Judicial: el juzgado está sencillamente cerrado. Ni jueces, ni fiscales, ni funcionarios de ninguna jerarquía: cerrado. Los policías de guardia parados fuera informaron de que ayer no fue ningún juez en todo el día. Anoche, todos los funcionarios restantes se fueron. Trancaron las puertas y ya no volvieron. He debido arreglar personalmente el envío de presos a los juzgados de Pando, Las Piedras y Canelones, pues si los retengo más tiempo sin someterlos a la Justicia me veré obligado a liberarlos.

Pereira tomó una hoja de papel de su escritorio, la entregó a Herrera y dijo:

—Olvidé decirle, don Luis. El Poder Judicial había comunicado ya su decisión de suspender audiencias. Me temo que ellos también se han ido.

Herrera miró al presidente.

—Sin legislación y sin justicia. ¿Cómo está el Ejecutivo?

Pereira sonrió atractivamente; mirando a Herrera dijo:

—Aquí me tiene usted, señor coronel.

—No.

—No, en realidad; el doctor Joaquín Requena aún permanece en Montevideo. Y es el único. Doroteo García está hace dos días en su quinta de La Paz y el general San Vicente se fue a la costa del río Santa Lucía.

Herrera tomó asiento.

—¿Qué hará usted, señor?

—No sé, amigo mío. Mi hijo Julio se fue ya a nuestra quinta del Miguelete y se llevó a mi nieta Dolores. Mi nuera en cambio permanece aquí, contra la voluntad de su esposo. Porfía en ayudar a los enfermos;

recorre las casas atendiendo y auxiliando a las víctimas de la fiebre amarilla —Pereira sonrió—. Incluso mi nieta quería quedarse. La pequeña Dolores tiene un corazón especial, el cual pienso viene del ejemplo de nobleza y desinterés de su madre. Pero creo que esa maravillosa joven no permanecerá aquí por mucho tiempo. El esposo reclama su salida de Montevideo con suma insistencia.

—Creo, señor presidente, que usted también debería considerar salir de la ciudad. Esto va mal, y se pone cada vez más feo. He hablado con el doctor Vilardebó hace poco rato otra vez. Los muertos por la fiebre amarilla ascienden ya a ciento diez.

El presidente Gabriel Pereira asintió, suspirando en silencio. —Ciento diez muertos —repitió—. Dios nos ampare.

CINCO

Las calles de

Montevideo

Cae la tarde del domingo ocho de marzo de 1857. En lo alto del convento de San Francisco, en la confluencia entre la calle de las Piedras y la calle de Zabala, sobre el mirador, fray Ventura Meléndez respira el aire de Montevideo, saludablemente saturado de humo y hollín. Recién ha salido de su celda, en cuya cama estuvo postrado los últimos siete días, muriendo de una enfermedad que finalmente fue derrotada por el vigor juvenil y silvestre de su naturaleza indígena. Fray César Alfonso, su hermano de crianza, le acompaña. Junto a él se encuentra su mentor, su maestro y antiguo tutor, el padre Federico Ferretí, el bondadoso capuchino que le recogiera cuando, diez años atrás, los blancos volvieron a matar a sus padres. También están allí el vicario apostólico de Montevideo, José Benito Lamas, quien acompañó a su viejo y querido amigo, el padre Ferretí, durante la enfermedad de su discípulo; el doctor Teodoro Vilardebó, que ya lleva nueve días de lucha contra la fiebre amarilla, con magros resultados; y su amigo polaco, el doctor Maximiliano Rymarkiewicz, que aún no pudo comunicar a su esposa, que le espera en Buenos Aires, las aciagas causas de su retraso. Finalmente, está allí el sargento de policía Jaime Laguna, a quien el coronel Luis de Herrera ordenó casi ocho días atrás que no se separara del doctor Vilardebó. El joven no comprende sino con el correr de los días el motivo de dicha orden, pero desde el primer momento la ha cumplido bien.

Fray Ventura aferra la baranda del mirador, con ambas manos. El doctor Vilardebó, también asido, le informa de que en nueve días han muerto ciento veintisiete personas, víctimas de la plaga que bajó del barco brasileño y que, de un modo aún ignorado, contagió y sigue contagiando a los moradores de Montevideo. El indio Ventura escucha solo lo necesario, mientras mira esas negras y monstruosas columnas de humo, gruesas como un carruaje, subir interminablemente hacia el firmamento azul pálido. Y escucha. Escucha el estrépito de las llamas, como un trueno constante que inunda la ciudad y recorre las calles, con su fragor de bajas frecuencias. Un estruendo retumbante que alcanza cada piedra de la urbe y cada ser vivo que la habita, y todo lo hace temblar. Tiemblan las casas, sus paredes, sus puertas y ventanas; tiembla la llama de sus velas y faroles, enloquecida por las ventiscas cruzadas que soplan en la ciudad para tomar el lugar del aire hervido por cuarenta grandes incendios, el cual asciende en otras tantas columnas de humo; tiemblan sus moradores, cada músculo, cada nervio, mientras corre la sangre, acelerada por el miedo y el horror; y tiembla cada fibra del corazón, porque la muerte amarilla anda en las calles. Con parsimonia y sin apuro, invisible, camina, se detiene, prosigue, mira y elige su víctima, y entra en las casas, cerradas a cal y canto, como si de un ladrón se tratase, o de un asesino. Pero este asesino es imposible de detener; no puede saberse por dónde ni cómo ni cuándo entra, hasta que ha sembrado en la carne mortal el fatídico germen de la muerte amarilla, y se va. Y a los pocos días alguien muere, o toda una familia. Nada puede detenerlo, excepto Dios. Pero rezan los curas y oran los frailes; ruegan las monjas y el pueblo devoto y aterrado suplica: y nada sucede. Los enfermos se multiplican, y se apilan los muertos, y los cadáveres ya no tienen los apropiados oficios: responsos, letanías y doblar de campanas. Los religiosos están cansados y fray Ventura no es el único que ha enfermado. Algunos de ellos, incluso, se cuentan ya entre los muertos.

Vilardebó mosquea, sacude la cabeza y trata de despejarse de una reflexión deprimente. Su amigo indio, Buenaventura, está hablando. Escucha y reconoce palabras de la Biblia. Fray Ventura lo dice en lengua vernácula. El médico mira al vicario Lamas, temeroso de una reprimenda a su hermano indio, recién recuperado, vuelto del umbral de la muerte. Pero el vicario no oye, absorto en la contemplación de esas descomunales columnas de humo que encierran bajo una cárcel de rejas hirvientes la ciudad de Montevideo. Vilardebó oye, sabe incluso de qué habla y a qué se refiere el fraile indio:

—Y el humo del tormento de ellos sube para siempre jamás.

El médico suspira y dice:

—Tal vez, sí, tal vez este sea el Apocalipsis para Montevideo.

Pero fray Ventura no contesta, súbitamente taciturno. Vilardebó no sabe siquiera si le ha oído. Algo extraño ilumina su mirada. Fray Ventura aprieta las mandíbulas. El médico no sabe qué es lo que pasa por la mente del fraile indio. Tampoco lo sabe su hermano César, que le mira extrañado y con alarma. Nadie más habla ni hace comentarios. El calor de la tarde parece arrancar vapor de las calles desiertas y quita las ganas de formular observaciones de ningún tipo. Frente a la victoria que representa la convalecencia de fray Ventura, hay ciento veintisiete derrotas que están ya bajo tierra. Los primeros en mausoleos o tumbas primorosamente labradas; los siguientes en túmulos progresivamente más rústicos y descuidados; hasta llegar, y ya se había llegado, al hacinamiento irreverente e insensible de la fosa común, al rápido olvido de un sepulcro sin lápida ni epitafio, sin flores ni lágrimas resignadas de amorosos familiares y amigos, en la aglomeración suculenta de órganos y humores en putrefacción, cada vez más resecos en la tierra caliente bajo el tórrido sol de marzo.

Las perspectivas no son buenas. Nada agradable e interesante espera a esos hombres, momentáneamente rescatados de la rutina de auxiliar a las víctimas de la plaga por la novedosa excepción de una cura. Es una recuperación obrada por el curso benigno de la naturaleza, en la que pareciera no haber intervenido ni la ciencia de los doctores ni la piedad de los implorantes hombres y mujeres de Dios. Se trata de una cura que a nadie más parece servir. Otra vez, en un momento más, todos volverán a luchar contra la fiebre amarilla, cada uno a su manera; luchas estériles, según parece.

Pero fray Ventura mira esa ciudad desde la que se gobierna todo el Uruguay desde hace veintiocho años. Desde Montevideo se gobernó también, tácitamente, la Banda Oriental en la época de la colonia, bien que Buenos aires era la capital del virreinato. Mira esa ciudad desde la que hace veintiocho años se toman decisiones que afectan a todo el territorio del

Estado Oriental del Uruguay y desde la cual parten órdenes que afectan a todos sus habitantes: blancos, negros e indios. Mira la ciudad de Montevideo, azotada por la plaga que mata y avanza sin que nada parezca poder detenerla, y cree comprender. Esa comprensión brilla en sus ojos, como brilló hace pocos días la fiebre, y arrebata sus pensamientos a conclusiones insólitas, que le parecen lógicas; pero no las comparte por el momento.

Ya llegará el tiempo.

Además, el silencio mortal de la tarde se interrumpe, poco a poco y cada vez más, por un chirrido grave y seco que desde varios puntos crece y se aproxima.

_____

El doctor Vilardebó se asoma por la baranda y escruta la calle de las Piedras. Unos metros hacia el oeste comienzan a salir varias personas, ancianos y algunas familias con niños; ha finalizado el oficio vespertino en la iglesia de San Francisco. Cerca de cincuenta personas se reúnen frente a la iglesia. Sus cuchicheos llenan la calle, hasta un momento atrás vacía. El médico mira hacia el oeste y no da crédito a sus ojos. A cuatro cuadras de distancia, una macabra procesión sale de la calle Maciel y toma por la de las Piedras en dirección a ellos. Son las carretas que parten del Hospital de Caridad llevando los cadáveres de las víctimas de la fiebre amarilla rumbo al cementerio. Vilardebó da un manotazo en el hombro a Rymarkiewicz, que se acerca a mirar. El polaco abre grandes los ojos.

—¿Y van a pasar por aquí? —susurra.

Vilardebó no contesta. Mira extasiado la pavorosa caravana. Abren la marcha tres carretas con féretros de madera oscura lustrada, un féretro por carreta, con herrajes de dorado brillo y tapas atornilladas, que lucen grandes crucifijos. El médico esboza una media sonrisa irónica: son los fallecidos de familias pudientes y acomodadas de la ciudad. Detrás siguen cuatro carretas más, cada una con dos ataúdes de madera rústica, sin pulido ni lustrado, sin herrajes de ningún tipo, con tapas simplemente claveteadas. Cierra el cortejo una carreta de abultada carga, cubierta por una gran lona

de cuero que, no obstante, no logra ocultar brazos y piernas de los cadáveres allí apilados: los de los pobres e indigentes, marginados de la sociedad, tocados ellos también por la mano democrática de la muerte amarilla.

—Teddy, ¿van a pasar por aquí? —insiste Rymarkiewicz.

Antes que Vilardebó conteste, el sargento Laguna se acerca y susurra:

—Doctores, por favor, miren allá.

Señala la calle de Zabala, hacia el sur, visible desde lo alto del mirador. Al divisar lo indicado por el policía, el doctor Vilardebó cree estar a punto de sufrir un soponcio. Diez carruajes abiertos trasladan a otros tantos enfermos, seguramente hacia el Hospital de Caridad. Mucha gente acompaña a los enfermos, silenciosos y angustiados. No tantas personas van con la comitiva fúnebre. Escasos deudos, callados y llorosos todos ellos, se atreven a acompañar semejante séquito. Estos están más cerca del cruce de calles, pero vienen más lento. Caballos viejos de cabeza gacha tiran cansinamente de las carretas, conducidas por taciturnos cocheros, negros o mulatos ellos, los típicos operarios de tan desagradables menesteres. El vicario Lamas, advertido, se asoma a ver. Al notar el encontronazo que va a tener lugar allí mismo, abre muy grandes los ojos y exclama:

—¿Y van a pasar por aquí?

—Monseñor —exclama a su vez Rymarkiewicz—, ya lo he preguntado dos veces.

—¿Por qué no tomó hacia el sur la procesión fúnebre? —tercia Ferretí—. Es el camino más corto al cementerio.

—No sé, padre —replica Vilardebó—. En los últimos días ha habido problemas con el traslado de los cadáveres hacia el cementerio. La población se espanta, los niños lloran, las mujeres gritan y se desmayan al ver a los difuntos; los hombres también se aterran, pero para ocultar su miedo a algunos les da por ponerse pendencieros. Algo parecido sucede con los carros que trasladan enfermos hacia el hospital. Supongo que quienes organizaron hoy el cortejo fúnebre, buscaron esta parte de la ciudad por ser la zona del puerto, así como de saladeros y oficinas de comercio.

Esperan que un domingo a la tarde las calles estén desiertas; lo mismo deben de pensar quienes traen enfermos al hospital.

—Y se van a encontrar acá —exclama el padre Ferretí—, justo frente a la puerta de la iglesia, y a la hora en que los fieles salen de la misa vespertina.

—Sargento Laguna —casi grita Vilardebó al oír esto—, vaya a buscar al coronel Herrera, por favor. Que venga con cuanto milico tenga a mano.

Cuando Laguna baja las escaleras del mirador, abajo en la calle se oyen los primeros alaridos de mujer. Vilardebó y Rymarkiewicz se miran.

—Ya empezó —murmura el polaco.

—Vamos.

Mientras los médicos y los sacerdotes corren hacia abajo, fray Ventura se asoma displicentemente por la baranda. Ve a dos o tres mujeres desmayadas; el resto es un desconcierto creciente.

La topada de la caravana de muertos con la comitiva de enfermos de fiebre amarilla, en la esquina de Piedras y Zabala, frente a la puerta de la iglesia de San Francisco, aquella tarde del domingo ocho de marzo de 1857, fue memorable. Los cristianos arrojados a la arena del circo en la Roma imperial vieron acercarse los leones con mayor ecuanimidad. Como si de una manada de leones, tigres o algún otro animal salvaje y voraz se tratase, los feligreses que hablaban todavía frente a la iglesia vieron el acercamiento simultáneo de las dos comitivas y quedaron paralizados de terror. Los gritos femeninos, seguidos del desmayo de una vieja y dos jovencitas, más el ataque de nervios de varias de ellas, más el llanto inmediato de todos los niños, sacudieron a la cincuentena de fieles. Los feligreses retrocedieron hacia las puertas cerradas del templo, arrastrando a las mujeres desmayadas y empujando a las histéricas, hasta quedar todos pegados a las paredes de la iglesia. Allí estaban, como condenados contra el paredón, esperando la descarga fatal de un pelotón invisible e inexistente, cuando Vilardebó y Rymarkiewicz salieron a la calle, seguidos por el vicario Lamas y el padre Ferretí. En ese momento se produjo la llegada de ambos séquitos al cruce de calles.

El cochero del primer carruaje fúnebre, estúpidamente absorto en las personas que veía apretujadas contra la pared de la iglesia, observándole con ojos desorbitados, continuó la marcha sin mirar a la derecha. El primer carro camilla, que llevaba a un anciano ya ictérico y grave, salió repentinamente de la calle Zabala y su caballo atropelló al carruaje fúnebre. El desafortunado animal se quebró ambas patas delanteras, mientras el carruaje sufría un terrible sacudón que lo acercó a la gente estaqueada contra la iglesia. El mulato que guiaba el carruaje fúnebre, un pobre hombre carente de imaginación para darse cuenta de qué causaba el terror de aquellos, cayó al pavimento empedrado, no sufriendo daños. El que sufrió daños fue el féretro, que también cayó sobre el pavimento, rajándose la cubierta y asomando medio cadáver. El rostro reseco del infeliz quedó con sus ojos vacíos, aureolados de amarillo, fijos en la gente, y tanto hombres como mujeres aullaron de horror. No faltó quien se orinó en las faldas, y quien también en los pantalones.

Más desmayos, vómitos, convulsiones histéricas, corridas por Zabala hacia el puerto, tropezones y rodadas sobre las piedras de acera y calzada; heridas que sangran, mujeres petrificadas, y otras que lloran, y hombres acobardados que golpean las puertas de la iglesia. Quieren entrar, refugiarse al amparo de Dios, de la Cruz, de alguien o algo que los proteja de la muerte amarilla que reina a su gusto, como tirano insensible, incompasivo e incomprensible. Los deudos de los muertos ven el revuelo, con la indiferencia que dan el cansancio y la resignación. Luego advierten la presencia de los enfermos y recién piensan en sí mismos, en la eventualidad, aún real y posible, de contagiarse ellos también de un mal fatal. Los familiares de los enfermos ven la comitiva fúnebre y al instante enloquecen al ver en esos féretros el futuro inmediato de sus seres queridos, aún vivos y sufriendo una agonía cruel. Levantan la voz de inmediato. Todos gritan, todos chillan, todos claman: «¿por qué vienen por aquí?» Los deudos de los muertos también reclaman con exaltado gesto: «¿por qué vienen por aquí?» Los hombres y mujeres de la iglesia gritan también, uniéndose a los demás: «¿por qué vienen por aquí?» Los infelices cocheros de ambas comitivas, reclamados por la gente, asustados y sin saber qué responder a esas personas que les gritan en forma amenazante, miran a sus respectivos encargados. El encargado de los cocheros que llevan a los vivos grita al encargado de los cocheros que llevan a los muertos: «¿por qué vienen por aquí?» El otro responde con la misma pregunta. Los deudos de los fallecidos se solidarizan con los pobres infelices que conducen los carruajes y gritan a la otra comitiva la misma pregunta. Los familiares de los enfermos hacen causa común con los negros y mulatos asustados que llevan las carretas y gritan lo mismo a los del cortejo fúnebre. Los de la iglesia gritan lo mismo a las dos comitivas. El griterío sube de volumen y de tono; se cruzan insultos, maldiciones, amenazas, puños crispados en alto. Las damas enarbolan como garrotes sus parasoles cerrados y los caballeros se quitan las levitas, arremangándose las camisas. La trifulca se arma en cualquier momento.

Entonces aparece por la esquina de Misiones el coronel Luis de Herrera, seguido de treinta jinetes y cuarenta gendarmes a pie. Impresiona escuchar el ruido coordinado de cascos de caballo sobre el empedrado. Más impresiona el zapateo ordenado de los infantes que vienen a paso ligero con carabina terciada. Más imponente aun es la presencia del Jefe de Policía, en lo alto de su cabalgadura. Su persona, y la fuerza que le sigue, llaman de inmediato al silencio. Los fieles de la iglesia de San Francisco son dispersados con amable firmeza. Luego, algunos agentes recogen el féretro caído y lo colocan nuevamente sobre el carruaje. Mientras el cortejo fúnebre continúa su camino, la comitiva de enfermos queda detenida por una línea de policías; el caballo quebrado es sacrificado con limpieza, mediante disparo de revólver, y sustituido provisoriamente por un animal de la policía. Una vez que el séquito funerario se ha alejado dos cuadras, los carros con enfermos reanudan la marcha hacia el hospital.

Media hora después, el coronel Herrera se acercó al lugar donde permanecían Vilardebó y Rymarkiewicz, solos ya, atónitos aún, contemplando el inimaginable escándalo y su limpia resolución.

—¿Han visto, doctores? —dijo Herrera simplemente—. Ahora resulta que la policía también debe dirigir el tránsito de vehículos por las calles de Montevideo.

Luego montó su caballo y se fue de allí.

El lunes por la mañana las calles de Montevideo mantienen la calma dominical. Desde temprano, el calor creciente aprieta las calles empedradas y los caminos polvorientos. En parte es responsable el mismo el sol, que asciende en un cielo azul desprovisto de nubes, y en parte los grandes incendios que lanzan a la atmósfera ciclópeas columnas de humo, visibles desde quilómetros a la redonda, estigmatizando a Montevideo como ciudad condenada, invadida por la plaga. Pocos montevideanos salen de sus hogares la mañana de ese lunes en procura de adquirir lo mínimo para el sustento de sus familias; algunas señoras, pocas y muy corajudas además. El Mercado Principal, entre las murallas a medio derruir de la vieja Ciudadela, habitualmente bullicioso y multitudinario, está casi vacío. Apenas un carnicero y un verdulero, solitarios bajo las inmensas paredes de granito gris, vestigios de las previsiones militares de la urbe colonial, aguardan a sus clientes, que en escasísimo número llegan a comprar lechugas, cebollas, apios, tomates, y tal vez algo de carne fresca, si hay; y si no hay, charque, si es posible. Apenas otro verdulero queda, que ofrece su mercadería en la esquina de Soriano y Convención, sobre la acera, en rústicos cajones de madera. La trae en una carreta, desde las quintas de la Unión; una yunta de bueyes tira de la carreta, que queda detenida allí mismo, junto a los cajones. Los bueyes defecan a gusto. El que se arrima a comprar agarra un tomate para examinarlo, revisa la lechuga, sopesa las berenjenas y absorbe en tanto el inconcebible aroma de la bosta fresca, recién emitida y allí a la mano.

Las criadas y las pocas señoras de la casa, valientes todas ellas al recorrer las despobladas vías de tránsito de la ciudad condenada, se agitan inquietas. Las frutas y verduras se acabaron rápidamente, y también la carne; de pescado ni hablemos, y menos de aves de corral. Además, no hay pan ni leche.

Y otra circunstancia causa alarma creciente entre las mujeres que andan de un lado a otro por las silenciosas calles, buscando el mínimo alimento para llevar a la mesa familiar: es el primer día que los aguateros no vienen a la ciudad. No están en el Mercado Principal, ni sobre la Plaza Constitución; no hay ninguno en la zona del puerto, y ni siquiera al Fuerte han venido para abastecer los tanques del Presidente de la República, suponiendo que Gabriel Pereira todavía esté en la Casa de Gobierno. Las señoras no lo saben. Y si el agua no viene a la ciudad, ¿qué hará la ciudad condenada?

Un chirrido viene por la calle Rincón. Se asoman las señoras por la esquina del Fuerte y quedan petrificadas. Se aproxima una comitiva de camillas, trayendo enfermos hacia el Hospital de Caridad. Doblan por Treinta y Tres hacia el norte, buscando 25 de Mayo para llegar a destino, y las pobres mujeres, santiguándose, corren por la circunvalación del Fuerte y se meten por Alzáibar hacia el sur, para dispersarse luego.

El Cabildo está cerrado; hace ya cuatro días que las cámaras no sesionan. La justicia, paralizada por falta de jueces y fiscales. La sede del Alto Tribunal de Justicia está cerrada, y el coronel Luis de Herrera se ha llevado a los policías de guardia para ocuparlos en otras tareas, donde son más necesarios. Tampoco se han recogido los residuos, y los basurales crecen. La policía, siempre según el coronel Herrera, ha debido atender otras labores, y la recolección de residuos, irregular desde una semana atrás, lleva ya tres días sin cumplirse. Hoy lunes, además, a la paralización de las funciones públicas se ha agregado el cese de la actividad portuaria. Los barcos, desde el sábado siete de marzo en la mañana y según decreto del Poder Ejecutivo, desembarcan pasajeros en la Isla de Ratas, al oeste de la Bahía de Montevideo. No hay tampoco movimiento de carga y descarga. Los buques mercantes se desvían a otros puertos, sobre todo Maldonado y Colonia, cuando no optan por dirigirse a Buenos Aires. Los muelles están desiertos y silenciosos.

Tampoco ha abierto ese día la Sala de Comercio. Toda la actividad comercial y bursátil de la ciudad, en baja paulatina durante la semana anterior, se ha detenido por completo. La Sala de Cambios permanece cerrada; también la Agencia Mauá. Nadie se acerca en todo el día, tampoco, a las

grandes puertas de madera de los locales mercantiles y bancarios para preguntar si abrirán a alguna hora, o cuál es la causa de la no apertura; nadie hace preguntas estúpidas.

La policía había estado ese día realizando tareas ingratas y peligrosas. No menos de cien agentes y clases seguían aún, sin relevo posible, manteniendo encendidas las enormes fogatas que pretendían purificar el aire. Toda la madera y paja de los ranchos periféricos de la ciudad había sido quemada. En algunos casos la acarreaban a las fogatas, en otros las incendiaban en el mismo lugar donde se levantaran las precarias moradas de los más pobres e indigentes, que seguían esperando su nueva ubicación mientras pernoctaban en tiendas de lona y cuero. Agentes de policía, jornaleros de la municipalidad y algunos soldados del ejército seguían distribuyendo alquitrán para alimentar los grandes fuegos. Luego de limpiar sumideros en la costa del Río de la Plata durante toda la mañana, cerca de ciento cincuenta agentes pasaron las primeras horas de la tarde desecando las zonas pantanosas del norte de Montevideo, sobre la costa este de la bahía. Los basurales, por indicación del coronel Herrera, deberían esperar al día siguiente. Las nubes de moscas que zumbaban en determinadas y precisas zonas de la ciudad marcaban el siguiente trabajo de la fuerza policial, atareada sin descanso desde el inicio de la plaga.

Todos los saladeros de la zona portuaria y aquellos que seguían la línea costera de la bahía hacia la Aguada fueron clausurados ese día. Esto se hizo no sin las protestas airadas de los obreros, que veían cerrarse su fuente de trabajo y, por lo tanto, de ingresos para la manutención de sus familias, y eso por tiempo indefinido. No estaban esos jornaleros en condiciones de comprender las disposiciones de emergencia de la Junta Sanitaria que, actuando en conjunto con la policía, instrumentaba todas las medidas que parecían adecuadas para limitar la extensión de la epidemia. En algunos casos las protestas habían sido violentas, obligando al coronel Herrera a dar paso a sus capitanes de caballería, quienes en tales casos avanzaron amenazadoramente sobre los obreros. Lograron siempre una disuasión efectiva, sin que llegaran a verificarse incidentes violentos. No dejó de notar el Jefe de Policía en todos esos tumultos la presencia distante, atenta y observadora de periodistas de *La Nación*, *El Comercio del Plata*, y hasta de *La Tribuna* de Buenos Aires; incluso vio a un desconocido con una caja cuadrada apoyada en un trípode, que se cubría la cabeza con un trapo negro. Cuando uno de sus capitanes le informó de que se trataba de un fotógrafo británico, procuró con mayor ahínco moderar a la tropa, que no sentía ningún tipo de remordimiento al reprimir a los obreros a sablazo limpio, ni cuidado ante la presencia de los periodistas. No dejaron de aprovechar la presencia de la prensa los saladeristas, fuertes empresarios varios de ellos, perjudicados por la medida de la policía. Luego de quejarse con vehemente elocuencia ante el Jefe, agregaron a sus quejas varias amenazas de demanda judicial. Tras aclarar que las demandas deberían aguardar a que hubiera tribunales de justicia funcionando nuevamente, Herrera se retiró, no sin antes comentar a sus hombres que nunca había oído tantos nombres de abogados, que no sabía que hubiera tantos abogados en Montevideo y que esperaba que, entre tanta complicación que traía, la fiebre amarilla les hiciera el favor de limpiar la ciudad de tantos «dotores». Oficiales y tropa festejaron el chiste del Jefe, y hasta hubo algún milico bruto y sin imaginación que, por quedar bien, lo vitoreó.

Al final del día, el único saladero que quedó en funcionamiento fue el de Lafone, que, por su ubicación en la parte más remota de la costa norte de la bahía y por su sistema de volcado de residuos directamente a las aguas de la misma, no se consideró necesario clausurar. Ni esa noche ni la mañana siguiente faltaron artículos en la prensa que acusaban al gobierno de no haber cerrado el saladero de Lafone por otro argumento más poderoso que esos: el constituir la casa Lafone la industria más fuerte e influyente de Montevideo y tener al gobierno agarrado del cogote por una deuda aún no saldada, para la cual no se avizoraba liquidación.

Esa misma tarde, apenas aflojó el calor del día, fray Ventura Meléndez salió del convento de San Francisco; fray César Alfonso le acompañaba. Ventura había expresado su deseo de recorrer la ciudad, sin agregar más. Desde su recuperación seguía taciturno; hablaba poco y nada, y daba lacónicas respuestas a cada pregunta que le era formulada. Pero se veía bien, de buen color. Había comido ese día con buen apetito, y también el anterior, por lo que el padre Ferretí no vio motivo alguno para impedirle una caminata que seguro sería vigorizante. Eso sí, el viejo sacerdote no estuvo de acuerdo en que se fuera solo y comisionó a su hermano César para acompañarlo en todo momento. Pese al optimismo del padre Ferretí, fray César vigilaba receloso a su hermano, pues notaba en él algo extraño, o por lo menos inusual. No comprendía sus silencios, ni creía que esta nueva parquedad en el habla fuera parte de la convalecencia, bien que no era parte de su naturaleza, aunque indígena. Incluso llegó a preguntarle si no le causaba disgusto que él, César, le acompañara en la caminata, a lo que Ventura había sonreído, exclamando casi en forma divertida: «por supuesto que no». Y en ese fugaz instante casi llegó a parecerse al Ventura de siempre, el de antes de padecer fiebre amarilla.

Ese lunes, el indio Ventura había pasado mucho tiempo entregado a sus oraciones en la capilla; más de lo habitual, más que los otros frailes. También había dedicado largas horas a la lectura de la gran Biblia del convento, una Vulgata Latina, que se decía había sido traída al Nuevo Mundo doscientos años atrás, que había entrado en América por Caracas realizando un largo periplo a lomo de burro para terminar en Montevideo en 1810, en vísperas de la emancipación. Pero fray César miraba receloso a su hermano Ventura mientras este leía la Vulgata, pues él, César, había descubierto en la celda de su hermano una Biblia en español, una antigua traducción según la versión de Casiodoro de Reina. Al hablarlo con Ventura, este le había respondido: «¿No te dije ya que he tenido contacto con los protestantes de la casa Lafone?», a lo que fray César, aterrado, no había sabido qué responder.

Y ahora están los dos de pie sobre el empedrado de la calle, en la esquina de Piedras y Zabala, allí donde la tarde anterior tuvo lugar el macabro encuentro de vivos, muertos y enfermos casi muertos, disuelto elegantemente por la policía. Esa esquina en particular ha permanecido tranquila y desierta todo el día. Fray Ventura toma por Zabala hacia el sur, remontando el repecho a paso firme y vigoroso. Fray César lo sigue con marcha enérgica que oculta su incertidumbre. No hablan durante tres cuadras. Al llegar a la esquina de Rincón, fray Ventura mira hacia la derecha; ahí a pocos metros se alzan las paredes de la Casa de Gobierno. Ventura señala hacia allí y dice: «vamos». César le sigue. En completo silencio, entran en la circunvalación del Fuerte. Tuercen por la esquina de Solís y cruzan, primero fray Ventura, que camina por la acera de enfrente para mejor contemplar la fachada del edificio. Casi frente a la desembocadura de la calle Washington está el portón principal de acceso, abierto. No hay nadie. De pie exactamente delante del portón puede apreciarse el amplio patio interior; no se ve un alma allí. Ventura repite: «vamos», y cruza decidido hacia el portón, con fray César, asustado, que corre tras él y trata de detenerlo. Fray Ventura no hace caso. Apenas pone un pie en la línea de los quiciales del portón, un sargento del ejército sale de alguna parte y les corta el paso.

—Alto —exclama, con la mano en la culata del revólver.

Fray César se asusta aun más al ver al hombre, pronto a desenfundar el arma. Es que el sargento, un veterano que ha visto mucho en la Guerra Grande, sabe que cualquiera puede echarse sobre el cuerpo un hábito de San Francisco y esconder cosas desagradables bajo el mismo. Levanta ambas manos con las palmas hacia adelante y prorrumpe nervioso:

—Tranquilo, buen hombre, solo somos dos pacíficos religiosos recorriendo la ciudad para auxiliar a las víctimas de esta mortífera plaga.

Pero el hombre se ve desconcertado. No se trata solo de, en apariencia, dos frailes capuchinos. Tiene delante de sí a un negro y un indio vestidos como frailes, y eso lo confunde. Mira hacia atrás rápidamente y vigila otra vez a los recién llegados. Su mano no se aparta del revólver.

—Quédense allí —ordena, y vuelve a mirar hacia atrás; no viene nadie a darle apoyo, pero él tampoco llama para que alguien venga. Tal vez no hay nadie adentro y el pobre hombre tiene la nada envidiable consigna de custodiar la residencia del Presidente de la República, solo—. ¿Qué es lo que quieren aquí?

Mira a fray César al formular la pregunta, tal vez porque es el que ha hablado, demostrando conocer el idioma español, o tal vez porque le resulta más natural hablar con un negro, integrante habitual de la sociedad montevideana desde más de cien años atrás, que con un indio que quizás ni siquiera le entienda. Pero fray César mira a Ventura, le palmea la espalda y exclama:

—¿Oíste la pregunta? ¿Qué es lo que queremos aquí?

Fray Ventura deja de atisbar hacia el interior, mira a los ojos al sargento y dice con voz clara y fuerte:

—¿Está Su Excelencia el presidente Gabriel Antonio Pereira aquí?

Fray César cree estar a punto de caerse al suelo. El sargento de guardia arquea las cejas pronunciadamente.

—¿Quién pregunta y para qué? —dice atropelladamente.

—Fray Ventura Meléndez, de la orden de los capuchinos de San Francisco de Asís. Debo hablar con el presidente.

El sargento vuelve a mirar hacia atrás; mientras, fray César murmura con frenesí:

—Ventura, ¿te volviste loco?

—Vea, fraile —dice el sargento—, el Presidente de la República está aquí, efectivamente. Pero me temo que atiende asuntos de estado cuya complejidad e importancia nos trascienden a usted y a mí... ¿Qué pasa? —dice el hombre al ver la media sonrisa de fray Ventura.

—Me llama la atención su lenguaje cuidadoso y de seleccionadas palabras; digo, para ser usted un simple sargento.

—Fui educado en el convento de San Francisco —replica el sargento, entre neutro y torvo—. Como le decía, no creo que Su Excelencia el señor presidente pueda recibirle a usted ahora, ni hoy, ni mañana ni en toda la semana. Si gusta, puede traer a la secretaría de guardia una solicitud por escrito para una entrevista con Su Excelencia. Si Dios quiere y la fiebre amarilla lo permite, tal vez pueda usted ser recibido antes de finales de este año —el simple sargento sonríe y concluye—. ¿Qué le parece?

—Que tal vez sea demasiado tarde, ¿no cree usted, sargento?

—No lo sé, dígamelo usted. ¿Qué puede decir que sea importante un indio metido a cachorro de cura?

Ahora el sargento sonríe con ferocidad, habiendo reencontrado su lugar de blanco dominante. Con impecable ecuanimidad, Ventura responde:

—¿Está usted puesto aquí en la puerta para juzgar eso, sargento? —un dejillo de desprecio tiñe el tono del fraile indio.

—No, señor —reacciona el sargento con dureza—, estoy aquí para decirle que deben ustedes retirarse de inmediato.

La mano vuelve a apoyarse en la culata del revólver. Fray César avanza y toma a fray Ventura de ambos brazos.

—Que ya nos vamos, faltaba más —dice César, pero fray Ventura no se mueve—. ¿Fray Ventura?

El fraile indio sonríe de pronto y dice:

—Muchas gracias, sargento.

Siguen la circunvalación, toman Alzáibar y doblan enseguida para entrar por Sarandí en dirección al Mercado Principal. Fray César camina agitado, pero Ventura va tranquilo. En cuatro cuadras llegan a la esquina de la Iglesia Matriz. Cruzan la calle Ituzaingó y penetran en la Plaza Constitución; andan apaciblemente bajo los árboles, susurrantes al influjo de una brisa vespertina. El sol ha caído ya tras la masa de la Iglesia. La plaza en sombras está inundada de una claridad uniforme que permite apreciar detalles en las calles, en las casas, en el aire mismo. Las torres de la Iglesia se levantan como manos implorantes, pero por todo su entorno ascienden hacia el firmamento decenas de columnas de humo que se pierden en las alturas de un cielo desvaído de azul. El Cabildo, antiguo ayuntamiento y actual sede de las cámaras legislativas, permanece con sus puertas cerradas. Alguien ha escrito con pintura blanca en su fachada: «EL PUEBLO ABANDONADO A SUS BENEMÉRITOS REPRESENTANTES». Encima de la inscripción luce un dibujo impúdico. La Iglesia también está cerrada, pero manos más devotas, respetuosas y piadosas han encendido centenares de candiles en las escalinatas, dejando apenas un sendero central de un par de metros de ancho. También hay muchas flores en los portales del augusto templo; no se sabe si como forma de ofrenda a Dios, o porque alguien considera a la Iglesia un magnífico monumento mortuorio para la población de Montevideo. Fray Ventura mira todo alrededor. No hay nadie en las calles. Tampoco vieron a nadie desde que salieron del convento, excepto al sargento de guardia en la Casa de Gobierno. En torno a la plaza no se ve persona alguna; nadie en los umbrales de las casas, nadie tampoco atisbando, oculto tras de la cortinas, en las pocas ventanas abiertas. Ventura suspira y dice en voz alta:

—¡COMO *está sentada sola la ciudad populosa! La grande entre las naciones se ha vuelto como viuda, la señora de provincias es hecha tributaria.*

Fray César lo mira y lo señala.

—Es esa Biblia protestante, ¿verdad? —exclama—. Ahora te ha dado por abandonar el latín y pronuncias las palabras sagradas en idioma español.

—¿Cómo entendería el pueblo si no?

—Sí, ya sé. Lo dijiste el día que te pusiste enfermo. Resulta que el Santo Padre, los Concilios y el Magisterio de la Iglesia están equivocados al mantener la liturgia en latín. Pero a mí me han enseñado que es nuestro trabajo y responsabilidad enseñar al pueblo las leyes y doctrinas del Señor.

—¿Y lo hacemos, hermano mío?

—Yo... ¿quiénes somos nosotros para juzgarlo? Crucemos —César señala la casa del vicario— y hablemos con el vicario Lamas.

—¿No puedes juzgarlo tú mismo? ¿No puedes darme una opinión tuya, propia, personal?

—Claro que puedo. Pero no sé si debo, si estoy autorizado, si no acarrearé consecuencias a quien me escuche... eh... ¿Quieres una opinión? La ciudad populosa de que habla el profeta Jeremías era Jerusalén.

—Lo sé —replica Ventura.

—Ajá. No creo, en primer lugar, que se pueda aplicar ese pasaje de las Santas Escrituras a Montevideo. Montevideo no puede considerarse grande entre las naciones, pero no es por eso que el pasaje no es aplicable. El profeta Jeremías habla de la ciudad de Jerusalén, la cual quedó desolada por la guerra, a causa de los pecados de sus habitantes. Montevideo está desolada por la plaga de fiebre amarilla...

Fray César queda cortado, con los brazos abiertos, agitándose en el aire.

—Continúa, hermano mío —le alienta Ventura, con una sonrisa—. Montevideo está desolada por la fiebre amarilla, ¿a causa de...?

Ambos frailes se miran a los ojos un largo momento.

—¿Para qué querías ver al presidente? —susurra fray César.

—¿Has leído el Viejo Testamento?

—Por las llagas de San Francisco, ¡qué escriturario que estás! Claro que leí el... ¿qué tiene que ver?

—Los profetas que denunciaban el pecado del pueblo, ¿no hablaban primero con los reyes?

César lo mira con horror.

—Estás loco, hermano mío. La fiebre amarilla no te mató, pero te recalentó los sesos. ¿Te crees profeta?

Fray Ventura lo mira fijo; brilla en sus ojos una luz extraña que a fray César no le gusta.

—No estoy loco, hermano mío querido —dice—. Solo busco respuestas. Busco entender las desgracias de este país y la mía propia.

—¿Tu desgracia? ¿La muerte de tus padres y los míos, hace diez años?

Tras un instante de silencio, fray Ventura dice:

—Volvamos al convento.

—Por supuesto, volvamos. Hablemos con el padre Ferretí, a ver si te endereza las ideas.

Fray Ventura se para delante de su hermano y le pone una mano en el pecho.

—Todavía no —ruega.

—¿Todavía no, qué? —pregunta fray César, que retuerce sus facciones—. ¿Debo dejar crecer estas ideas locas? ¿Hasta cuándo?

—Dame unos días, por favor, César. Solo unos pocos días, hasta que se aclaren mis pensamientos. No hables con el padre aún; no aún. Déjame elevar mis plegarias, para que el Espíritu del Señor ilumine mi alma.

Fray César lo mira suspicaz; al final, vence el amor fraternal que siente por ese indio, al que conoce como su hermano desde que tiene memoria.:

—Está bien —dice, dejando caer los hombros—; volvamos.

Dos días después, a la caída de la tarde, cuando el sol se aproximaba al horizonte occidental, atalayado por el Cerro de Montevideo, el puerto había retomado una intensa actividad, pero no la usual. Una fragata de bandera británica, surta desde dos semanas atrás frente al puerto del Buceo, había entrado en la bahía junto a un vapor de la misma nacionalidad. También habían llegado un barco de bandera francesa y otro español. Apenas pasado el mediodía, el intento de ingreso a la bahía de un vapor de bandera brasileña fue impedido por dos cañoneras uruguayas, lo cual generó una tensa situación. Quedó resuelta por la mediación del legado británico, con sus maletas prontas y emperifollado para el viaje, y por la llegada de un buque perteneciente a la Marina de los Estados Unidos de América, cuyo capitán aceptó embarcar a todos los ciudadanos brasileños que desearan abandonar Montevideo, contra la presentación del respectivo pasaporte.

Muchas personas se agolpan en los muelles; muchísimas. El puerto de Montevideo se ha convertido en una auténtica babilonia de nacionalidades e idiomas: ingleses, franceses, españoles, italianos, norteamericanos, portugueses, y también brasileños, paraguayos, chilenos y argentinos están abordando. Los grandes buques europeos cargan pasajeros, pero casi ninguno partirá hacia ultramar. Se dirigen a Buenos Aires la mayoría; otros a Río de Janeiro, y hasta hay un buque francés que pone proa a Valparaíso, vía Estrecho de Magallanes. Las lanchas de cabotaje salen completas, cargando sobre todo argentinos y paraguayos rumbo a los puertos de Colonia, Buenos Aires y Paysandú.

Miles de extranjeros han transformado el puerto montevideano en un hormiguero; huyen de la ciudad condenada. La fiebre amarilla, incontrolable, ha matado a noventa y tres personas en un solo día: ayer, martes diez de marzo. Ciega a las nacionalidades y a las inmunidades diplomáticas, ha matado a varios extranjeros, incluyendo funcionarios de las legaciones de Inglaterra, España y los Estados Unidos de América. Un hijo del embajador de la Confederación Argentina también ha enfermado, pero se recupera, según sus médicos. Es fácil determinar si hay recuperación: si no ha muerto al quinto o sexto día y la fiebre entra en remisión, probablemente sanará. También han muerto varios funcionarios pertenecientes al personal de guardia de la legación diplomática del Imperio del Brasil, pero Su Excelencia Luiz de Carvalho Batista goza de buena salud. Los ciudadanos extranjeros residentes en Montevideo y alrededores han entrado en pánico. Toda la ciudad es presa del pánico y de una conmoción que crece como el agua que se agita en un caldero y burbujea hasta el hervor. Montevideo está en ebullición. La muerte amarilla se ha salido de cauce, barre la ciudad y la arrasa. Las víctimas literalmente caen a montones; mueren como moscas. Los extranjeros se van. No hacen más que seguir a sus cónsules, los legados de sus respectivos gobiernos. Todos los diplomáticos extranjeros se van. Y en el puerto están, despidiendo a los embajadores, el presidente Gabriel Antonio Pereira y su ministro, el doctor Joaquín Requena, canciller. Luis de Herrera les acompaña.

Uno a uno han sido despedidos. Primero el británico, luego el español, después el argentino, el italiano, el francés, el estadounidense, el chileno, el paraguayo; hasta un representante comercial del zar de Rusia, llegado una semana atrás, escapa despavorido del Uruguay. Para él, Montevideo es Uruguay, no conoce más, y cree que Uruguay está perdido por la plaga. Curiosamente, un diplomático ha faltado.

El presidente Pereira inclina la cabeza hacia el coronel Herrera.

—No vino el macaco —murmura.

—Por supuesto —murmura a su vez Herrera—, Carvalho Batista sabe que mientras dure la plaga en Montevideo solo podrá abandonar la ciudad en un cajón de madera.

—¿No intentó nada?

—Claro que lo intentó. Preparó sus maletas de madrugada. El asistente que tenía el encargo de traer su equipaje al puerto llegó hasta el portón de la legación, y volvió adentro para ver a Su Excelencia con un mensaje de uno de mis hombres.

—¿Un mensaje?

—Una bala de fusil sin detonar y una nota en la que le invito a familiarizarse con el plomo. Fue suficiente. Incluso, vi al hombre aquí en el puerto esta tarde. Me vio y se apresuró a asegurarme que está despidiendo a sus compatriotas que parten. El macaco sabe que hablo en serio.

Pereira no hace comentarios. Ya los primeros buques zarpan, lanzando volutas de humo de sus calderas y sonando sus bocinas para despedir a muy escasas personas que lloran en los muelles, más por sí mismos que por los que se van. Unos instantes después, Herrera dice:

—¿Y ahora, señor? ¿Qué sigue?

Pereira suspira.

—Creo que seguimos nosotros —dice; guarda silencio un momento y aprieta las mandíbulas—. De los miembros del gobierno nacional, solo el doctor Requena y yo hemos quedado en la ciudad. Él parte mañana rumbo a su quinta en las afueras de Las Piedras, donde ya está su familia. Así me lo ha anunciado. Por mi parte, planeo esperar en Montevideo hasta el domingo, pero, si la plaga sigue recrudeciendo sin límite, también partiré. Aún tengo un país que gobernar.

—Es verdad, señor —murmura Herrera, la vista fija en las aguas de la bahía.

—Es así, amigo mío; si el domingo la situación no ha cambiado, seguiré el consejo que usted mismo me dio el viernes próximo pasado.

—Me place, señor —susurra Herrera.

—¿Qué hará usted, coronel? —pregunta Pereira al cabo de un minuto.

Herrera se vuelve hacia el presidente.

—Permanecer aquí en la ciudad, señor presidente —contesta mirándole a los ojos—. Si yo me voy, la fuerza policial se disgregará por ausencia de mando. Sin autoridad policial presente, Montevideo caerá en la más completa anarquía —Herrera sacude la cabeza—. Eso no pasará mientras yo sea Jefe Político del Departamento de Montevideo.

Ahora le toca a Pereira el turno de decir:

—Muy bien, amigo mío.

En el transcurso de esa tarde de locura, entre tanto revuelo de miles de personas aglomeradas, excepcional en Montevideo, dos personas han tomado un respiro de su agitada, infatigable y arriesgada labor, que llevaba ya doce días. Vilardebó y Rymarkiewicz están allí en el puerto, junto a la base de un muelle de madera enorme y de gran longitud, que penetra en aguas de la bahía. A un lado de ese muelle se encuentra surto un vapor de bandera argentina, el *25 de Mayo*, abordado en esos momentos por ciudadanos argentinos. Un hombre de unos treinta años, sin equipaje, está con los médicos uruguayos: el doctor Mariano Ribeiro, secretario personal de Su Excelencia el embajador de la Confederación Argentina. Sus maletas ya están a bordo, así como el embajador y todo el personal de la legación argentina. Habla tranquilo, por lo tanto, con Rymarkiewicz, a quien conoce desde hace algún tiempo como abogado y como columnista en el mismo periódico bonaerense en que el médico polaco ha hecho de periodista.

Pero vigila de tanto en tanto la pasarela por la que los pasajeros abordan; ni loco quiere quedarse en Montevideo, la ciudad condenada. Con un sobre cerrado en la mano izquierda, estrecha la mano de Vilardebó.

—Hasta pronto, doctor —dice—; Dios les ayude y proteja en vuestra batalla tan desigual contra esta terrible enfermedad.

—Gracias, doctor Ribeiro —murmura Vilardebó gravemente.

Entonces el porteño agita el sobre ante los ojos de Rymarkiewicz y dice:

—Quédate tranquilo, Maximiliano; Gabrielita recibirá tu carta. Ahora – prosigue, guardándola en el bolsillo de la levita—, ¿hasta cuando te quedarás aquí? Permanecer en Montevideo es demasiado peligroso. Y, sin ánimo de ofender al doctor Vilardebó aquí presente, tú... —Ribeiro se encoge de hombros— tú ni siquiera tienes obligación de quedarte a combatir la plaga.

Rymarkiewicz sonríe.

—Tengo la obligación moral del médico —contesta apoyando una mano en el hombro de Vilardebó—, y del amigo. Me basta con saber que Gabriela, mi única familia en este mundo y el ser que más amo sobre la tierra, está segura y a salvo en Buenos Aires. Dile, Mariano, que yo estoy cumpliendo una obligación moral; ella comprenderá.

—Isabel y yo iremos a visitarla a menudo —replica Ribeiro sonriendo a su vez—. Cuídate, amigo mío.

Luego de un prolongado abrazo, Ribeiro corre para abordar su barco.

Ambos médicos quedan allí de pie, en silencio, tácitamente de acuerdo en esperar la partida del vapor, en prolongar un tiempo más el intervalo de descanso, antes de regresar al infierno del hospital, y de las calles, las casas, y todo lugar donde siguen cayendo las víctimas de la plaga. Unos minutos después pasa junto a ellos un señorito elegantemente emperifollado, que carga dos gruesas maletas, apuradito en dirección al vapor argentino. Rymarkiewicz lo ve y codea a Vilardebó.

Cuando éste lo ve pasar, sin poder contenerse llama:

—León.

El señorito gira, ve a Vilardebó y las maletas caen de sus manos. El médico se acerca y el polaco le sigue.

—León, ¿se va? —dice Vilardebó, aunque de inmediato se da cuenta de que es una pregunta estúpida; pero el doctor León Velasco no, y contesta:

—Sí, a Buenos Aires.

Ambos médicos uruguayos, maestro y discípulo, se miran un momento. Pero Vilardebó, entregado por entero a su ciencia y al alivio de los que sufren, todavía no ha entendido lo vil de la naturaleza humana. No parece conocer el despreciable límite que puede alcanzar la fatídica combinación de egoísmo y cobardía.

—Pero... pero León —dice Vilardebó—, la epidemia... la ciudad se hunde en un remolino de muerte. Tenemos que hacer algo, debemos ayudar. Usted es un buen médico; su trabajo sería valioso. La gente sufre, enferma y muere, y nosotros ya no damos abasto. Necesitamos su colaboración.

Velasco baja la vista, nervioso. Revuelve los ojos en todas direcciones, evita a toda costa mirar de frente a Vilardebó. Suena fuerte la bocina del *25 de Mayo*, llamando a los rezagados a abordar. Velasco mira entonces a su mentor, pero no habla, y baja la vista de nuevo.

—¿Qué, León? —susurra Vilardebó.

—No le importa —asevera lentamente Rymarkiewicz; sonríe irónicamente—. No le importa nada. El doctorcito que pocos días atrás declamaba acerca de su dedicación, pasión y entrega a su profesión y a sus pacientes ha visto el riesgo para su piel y su vida, y está heroicamente dispuesto a ponerse a salvo, para beneficio de la posteridad.

Velasco mira a Rymarkiewicz con sorpresa, incredulidad y rencor. El polaco lo nota y dice:

—¿Qué? ¿Tomó usted nota de mi buena memoria? Me acuerdo perfectamente de las idioteces que habló en la casa del doctor, aquí presente.

Velasco tiembla, aprieta las mandíbulas, revuelve aún los ojos, abre la boca, pero nada le sale; es que sabe que no puede, no tiene manera de justificar su pusilanimidad. Vilardebó sigue mirándole, aguardando una respuesta, no sabe bien cuál.

—Vaya, Velasco —rechista Rymarkiewicz con repugnancia—, su barco está por zarpar. Váyase de una vez.

Velasco, con expresión a la vez avergonzada y aliviada, toma sus maletas. Pero, cuando vuelve a enderezarse, Rymarkiewicz continúa:

—Vea si en el camino a Buenos Aires encuentra eso que ha extraviado.

Retrocediendo lentamente, ceñudo, Velasco dice:

—¿A qué se refiere?

—A sus testículos; es lo que le falta para ser un verdadero hombre.

—¡Max! —susurra con desaprobación Vilardebó.

—¿Qué? ¿Qué dije?

Pero Velasco ya se ha ido; corre para abordar el buque que lo alejará de Montevideo.

Amanece un nuevo día. Es viernes trece de marzo. Poco ha cambiado en la ciudad, y nada para mejor. Aislada del resto del mundo por la partida de los diplomáticos extranjeros, seguidos de sus compatriotas, Montevideo se ha transformado en un pueblo olvidado en medio de la nada. Pero hay novedades en la ciudad condenada. Una vez que los hijos de otras naciones la han evacuado, los propios montevideanos comienzan a seguir su ejemplo.

Empieza al día siguiente del gran éxodo de extranjeros que había transformado el puerto en una feria internacional. Las familias más pudientes son las primeras en desocupar sus casas, cargando todo lo que pueden en carretas y a lomo de burro, propios o contratados. El movimiento comienza en la ciudad antigua, el casco urbano donde la urbe tuvo principio; fundamentalmente, en las casonas situadas en las proximidades del Hospital de Caridad. Ese lugar al que afluyen los vivos, enfermos y agonizantes, y del que salen cada día descomunales caravanas de muertos. Ese lugar que está atiborrado de víctimas de la fiebre amarilla y que ya comienzan a mirar con recelo y espanto todas las capas de la población: los ricos, que tienen dónde ir y ya han decidido irse; y los pobres, hacinados en conventillos, que no tienen adonde ir y que procuran vivir el momento. Viven estos sin contar el tiempo que falta para que a ellos también los toque la mano ardiente de la muerte amarilla. Y se preguntan si acaso no es posible hacer otra cosa.

Una caravana de carretas y mulas de carga pasa rechinando por Sarandi. Otra paralela avanza por la calle Rincón. Ambas van en dirección este, hacia los caminos que llevan a las afueras de la ciudad. Son aún la vanguardia, iniciada el día anterior. Forman la punta de lanza de una gigantesca emigración que se viene, mientras los más indecisos terminan por resolverse y los ya decididos seleccionan lo que se llevarán. Procuran carretas y mulas, cuyos dueños, en medio de la desgracia de la ciudad, ven aparecer de pronto la oportunidad de un pingüe negocio. Desde el mirador de la azotea, en la casa del vicario Lamas, los que parten son observados por dos jóvenes frailes: dos capuchinos que han pasado la noche en oración en la Iglesia Matriz y al amanecer han subido a tomar el fresco de la mañana. Fray Ventura y fray César contemplan el espectáculo ofrecido por los que se van, no menos de quince familias que huyen de la epidemia. De pronto, fray Ventura suspira ruidosamente y dice:

—*Ya habían los años de la fructífera encarnación del Hijo de Dios llegado al número de mil trescientos cuarenta y ocho, cuando en la egregia ciudad de Florencia, bellísima entre todas las de Italia, sobrevino una mortífera peste. La cual, bien por obra de los cuerpos superiores, o por nuestros inicuos actos, fue en virtud de la justa ira de Dios enviada a los mortales para corregirnos.*

Fray César lo mira de reojo y comenta:

—No creo que el *Decamerón* de Bocaccio sea lectura apropiada para quien debe impregnar su intelecto con las Santas Escrituras y los escritos de los Padres y Doctores de la Iglesia.

—Sin embargo, mi querido fray César —responde Ventura, sin mirarlo y sin sonreír—, tú también lo has leído. Si no, no habrías podido reconocer las palabras de la Introducción.

César no contesta y la piel azabache de su rostro adquiere un tinte rojo oscuro. Fray Ventura continúa:

—*Muchos hombres y mujeres abandonaron su ciudad, sus casas, sus lugares, sus parientes y sus cosas, y buscaron el campo ajeno o el propio, cual si la ira de Dios, al castigar la iniquidad de los hombres con aquella peste, no pudiera extenderse a cualquier parte.*

Tras un solo instante de silencio, fray César pone una mano en el pecho de Ventura y le dice:

—¿Por qué, Buenaventura?

—¿Por qué qué, hermano mío?

—¿Por qué citas a Bocaccio hablando dos veces de la peste que azotó Florencia como de un castigo por la impiedad de los hombres? ¿Cuál es el paralelo que quieres establecer? ¿Acusas a la población de Montevideo de algún gran pecado? ¿Crees que esta epidemia ha sido ordenada desde lo alto?

Fray Ventura vuelve a mirar la Plaza Constitución; no contesta. Fray César se exaspera.

—De una vez por todas, Buenaventura, mi hermano, ¿me dirás cuáles son los pensamientos de tu mente?

—Pronto —susurra el fraile indio—, pronto.

SEIS

Fantasmas escondidos

En ese momento yo tenía veintidós años ¿saben?

—En ese entonces yo tenía veintidós años, ¿saben? —susurró el viejo mientras cebaba un mate, que alcanzó a un hijo suyo, taciturno y de rostro triste, sentado a su lado—. Era un mocito. Cuando los ingleses desembarcaron en el Buceo, yo estaba en Montevideo. Trabajaba en la fábrica de velas de sebo de Maciel. Desde la ciudad se oyó el intercambio de disparos, que fue cortito. Todavía me acuerdo del cura Pérez Castellano. Tronaba ese hombre en la Matriz. Decía que no había que rendirse, que había que luchar hasta el final, pues así tendríamos el respeto del enemigo. Pero el veinte de enero, cuando la tropa salió a verse la cara con los ingleses, el cura decía que así no, que estaban mal organizados; mal dirigidos. Y resultó que el hombre tenía razón. Yo me quedé subido a la muralla, cerca del portón de San Pedro; mi padre no me dejó ir a pelear. En esos tiempos uno tenía que hacerle caso a su padre, aunque ya fuera mayorcito.

»¿Saben una cosa?, ya hizo cincuenta años que llegaron los ingleses a Montevideo; se cumplieron el mes pasado. Pero uno siempre tenía que hacerles caso a los padres. Mi señor padre no quiso que fuera con la tropa ese día, porque tenía en mucha estima al padre Pérez Castellano y dijo que si el padre no estaba de acuerdo con la acción que yo no iba a tomar parte. Le tenía más confianza al cura que a los oficiales de la milicia. Y, al final, los oficiales se equivocaron y nos costó seiscientos y pico de hombres.

»Se encontraron en el Cardal. Desde la Plaza se oían los disparos y los estampidos de la artillería inglesa. Yo me salía de la vaina por ir a pelear; tenía un fusil a pedernal y un sable. Creía que con eso ya alcanzaba para hacerles frente a los ingleses; pero un sargento de la guarnición, un andaluz canoso ya entrado en años, me decía: "Tranquilo, mozalbete, tranquilo. Ya los tendrás aquí, bajo las murallas; ahí verás sus caras de diablos". No hacía media hora de detenida la pelea, todavía se escuchaban algunas descargas hacia el norte, cuando vimos volver a los nuestros. ¡Ay, padrecitos, qué cuadro! Todos esos hombres, que habían salido formados en filas, con las armas, las lanzas, los fusiles, los trabucos, los sables, muchos de ellos de uniforme, los dragones, la caballería, los cuerpos de infantería —nueva pausa del viejo, para sorber el mate y rememorar— volvían desparramados por los pastos de la cuchilla. Corrían, algunos gritando de furia o de horror; otros sin hablar, mudos, con la mirada perdida. Traían los uniformes hechos jirones, ensangrentados la mayoría, pues quien no estaba herido traía sobre su cuerpo la sangre de algún inglés al que había despachado. Cuando abrieron los portones se nos vinieron. La mayoría se arrojó al suelo a llorar; algunos oficiales entraron como pasmados, repitiendo: "no pudimos, no pudimos", y no decían más nada. Los jefes, los pocos que lograron volver, se fueron de inmediato a buscar al gobernador. Iban coléricos, decían que el Cabildo los había enviado a pelear con los ingleses porque no se le había permitido capitular; decían que el Cabildo provocó un combate fuera de Montevideo para que la derrota de los nuestros fuera un argumento a favor de la capitulación. ¡Fíjense, padrecitos, mi memoria! ¡Cómo me acuerdo de todo eso! Los señoritos del Cabildo no querían una batalla en la Plaza de Montevideo, y eso fue lo que tuvieron dos semanas después. Ahí sí, le dije a mi señor padre que, aunque no le gustara, yo empuñaría las armas contra los ingleses. Entonces él me mostró una pistola de chispa y una espada, y me contestó: "Hijo mío, llegó la hora de probar el honor".

»Pero lo que aquella mañana me dolió terriblemente fue la muerte de don Francisco Maciel, ¿saben? Él era capitán del batallón de infantería veterana. Estuve un rato largo junto al Portón de San Pedro esperando verlo entrar. Después corrí al Portón de San Juan, pensando que tal vez hubiera entrado por allí. Al no encontrarlo, pregunté por él, hasta que un teniente de caballería me dijo: "Ya no busques más, muchacho; Maciel fue traspasado por la espada de un capitán inglés; cayó en una zanja y los soldados enemigos le horadaron a balazos". Entonces me uní al llanto y tris-

teza general en que se sumió toda la Plaza de Montevideo. Dos semanas
después, el tres de febrero...

—Ventura —susurró fray César, mirando a la anciana que yacía en el
catre.

Ventura pareció salir de un profundo ensimismamiento. Miró en derredor la vivienda miserable, de techo de paja y piso de tierra, en cuya única
habitación estaban los catres, las sillas, la mesa rústica y oscura, los toneles
a medio llenar de agua y una rudimentaria cocina a leña, seguramente el
desecho de algún adinerado señor, antiguo patrón del viejo. Una morada
miserable como tantas otras, en las orillas de la ciudad, cercana a los Pocitos. Ventura miró entonces a la anciana, de ojos cerrados y piel amarillenta,
cubierta hasta los hombros por una sucia manta, que súbitamente había
detenido su estertorosa respiración. El hijo del viejo, un hombre de más
de cuarenta años, callado y circunspecto durante la prolongada visita de los
frailes, se lanzó hacia el catre, se arrodilló junto a la mujer y rompió a llorar
como un niño. El viejo permaneció quieto en su lugar, mirando fijamente
a la mujer que le había acompañado durante toda su vida, y que acababa
de morir. Estuvo así muy largo rato, mientras las lágrimas corrían despacio
por sus arrugadas mejillas. Luego se inclinó lentamente, tomó la caldera,
cebó y continuó hablando con voz trémula:

—Como les decía, cuando los ingleses entraron en Montevideo, la
madrugada del tres de febrero...

—Mi pobre viejo cabalgó con el general —dijo la anciana, alcanzan-
do dos platos de guiso a la mesa; fue luego a buscar otro para sí misma y
volvió a sentarse a la mesa—. ¿Quiere alguno de ustedes dos bendecir los
alimentos?

Fray César así lo hizo. Cuando abrió los ojos, vio que Ventura miraba
en derredor. Era la segunda casa que visitaban ese silencioso y tórrido
sábado catorce de marzo. El padre Ferretí, a instancias del vicario Lamas,
había ordenado una recorrida de los arrabales de Montevideo para llevar

compañía, ayuda y consuelo a las víctimas de la plaga y a sus familias. La casa en la que estaban, de dos habitaciones, piso de baldosa y techo de madera sobre tirantería, servía de morada a un antiguo soldado artiguista, hombre de más de setenta años, y a su esposa, devota y generosa anciana que no había aceptado un no al invitarlos a comer. Comenzaron a ingerir el guiso grisáceo y humeante, de arroz y garbanzos con salsa de cebolla.

—Por supuesto —siguió la vieja, con la boca llena de la primera cucharada—, don José todavía no era general cuando mi pobre viejo se unió a sus fuerzas. Eso fue poco antes que el general, que entonces era teniente coronel, venciera a los españoles en Las Piedras. Mi pobre viejo estuvo en ese combate. Él tenía veinticinco años; era sargento de las milicias y estuvo con la división de infantería que atropelló a los godos por la derecha, directamente bajo el mando de don José. Todo esto lo sé porque mi viejo me lo contó. ¡Ah, mi pobre viejo me lo contó tantas veces! —exclamó la vieja con un suspiro—. Aquellos años llenaron todo el resto de su vida. ¡Cómo admiraba al general! Estaba siempre con él; incluso le cebaba mate, mejor que aquel negro, que dicen que todavía está allá en el Paraguay. Mi pobre viejo acompañó al general al Ayuí, y estuvo con él cuando gobernó esta Banda, después que se fueron los porteños. Peleó contra los portugueses, siempre junto a don José, hasta que ya no se pudo más. ¿Saben una cosa? Mi pobre viejo lo quiso seguir al Paraguay, pero el general no se lo permitió; le dijo que tenía que volver, que tenían que esperarlo, porque él iba a regresar. Solo se dejó acompañar por las compañías de lanceros negros —la vieja sacudió la cabeza, masticó con melancolía el guiso y miró a Ventura—. ¿Sabías que don José era muy amigo de los charrúas?

Ventura, tomado por sorpresa por la pregunta de la vieja, balbuceó:

—Ah... ¿sí?

—Eso también me lo contó mi pobre viejo —prosiguió la anciana—. Don José vivió mucho tiempo con los indios cuando era muchacho. Dos veces los godos quisieron ir contra los charrúas, cuando todavía el general era soldado blandengue al servicio de ellos. El coronel Rocamora los quería aplastar, y después Javier de Viana, que era gobernador. Las dos veces no pudieron hacerles nada a los indios, porque el general les hacía

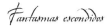

el juego a los godos, los llevaba por acá y por allá y no dejó nunca que los alcanzaran.

Ventura hizo un gesto de discreto asombro, desconocedor hasta ahora de tal hecho de ese hombre. De él sabía que estaba exiliado en el Paraguay desde mucho antes de su nacimiento. Poca cosa más conocía del general José Artigas hasta que, apenas un poco más de un año antes, sus restos habían sido repatriados, por lo cual se había realizado cuatro meses atrás un acto de homenaje por orden del gobierno. Asintió admirado aún, y pensó: así que amigo de los charrúas. Pero la vieja hablaba de nuevo:

—Después que el general se fue para el Paraguay, mi pobre viejo y yo nos casamos. Fuimos a vivir al Durazno. Mi viejo no quería vivir ni cerca de Montevideo; decía que por culpa de los señoritos importantes de acá, se habían venido los portugueses. Quedó resentido para siempre con los señorones de Montevideo. No querían a Artigas, me contó. Lo que pasaba es que el general defendía mucho a los pobres, a los mulatos, a los negros y a los indios. Defendía a los desdichados que había en esta banda; defendía a todos los infelices y desamparados de esta patria de Dios. Les quería dar tierras, quería que se gobernaran ellos solitos. Los señorones de Montevideo no lo quisieron más y los de Buenos Aires tampoco. Entonces hicieron venir a los portugueses. Yo no sé de dónde mi pobre viejo sacó todo eso, pero en aquellos años él siempre anduvo cerca de la gente importante, y eso fue lo que me contó. Cuando en el año veinticinco se armó la guerra contra los brasileros, mi viejo fue a pelear, pero con don Juan Antonio; con Rivera no quiso ir, porque decía que Rivera había traicionado al general.

—¿Cómo fue que vinieron a vivir a Montevideo, entonces? —preguntó fray César con voz suave.

La vieja lo miró, asintió varias veces, mientras revolvía el guiso con la cuchara.

—Porque cuando ya éramos libres —contó— y a Rivera lo pusieron de presidente, se le dio por irse para el Durazno y estar más allá que acá. Entonces nos mudamos a Canelones. Después, cuando empezó la guerra y don Frutos andaba por toda la campaña de correrías, nos mudamos varias veces, yendo de un lado a otro por esos campos de Dios. No vayan a pensar que mi pobre viejo andaba escapando de Rivera. Don Frutos ni siquiera se acordaba de él, pero mi viejo le tenía una aversión implacable. Hace diez años, cuando desterraron a don Frutos para el Río de Janeiro, mi pobre viejo respiró aliviado. Ya teníamos los hijos grandes y hacía años que estaban los cinco en Montevideo; todavía viven, gracias a Dios, y trabajan y nos ayudan. Cuando desterraron a don Frutos, nuestros hijos insistieron en que nos viniéramos acá, para estar más cerca de ellos. Y bueno, nos vinimos —la pobre anciana suspiró, miró con tristeza hacia la puerta de la habitación, en la cual un anciano deliraba en voz baja, en agonía—. No sé para qué, miren —murmuró tras un nuevo suspiro—. Para que mi pobre viejo ahora se me muera, por esta horrible fiebre que le ha mandado Dios a esta ciudad.

—Todavía me acuerdo de cuando éramos niños. Vivíamos en una estancia, como a diez leguas de la villa de Mercedes; mi padre estaba de agregado allí. El dueño de la estancia era un oriental, don Gregorio Castro, un hijo de vascos venidos a Montevideo en la época en que don Joaquín del Pino era gobernador. Mi abuelo también vino de la España; era gallego. Pero mi padre nació aquí, en la Banda Oriental. Como el abuelo era hombre de campo allá en la España, pasó un tiempito corto en la Plaza de San Felipe y Santiago, y en cuanto pudo se fue para la campaña. Hace como ochenta años, ¿sabe? En aquellos tiempos, estos campos eran un enorme desierto. Solo había indios, que corrían de acá para allá, algunos gauchos matreros, y contrabandistas portugueses. Yo me crié conociendo esa vida, ¿sabe, padrecito? Por lo que me contaba mi abuelo, el gallego, cuando yo era chico la campaña estaba igual que cuando él llegó. ¡Inmensos esos campos, padrecito, inmensos! ¡Y llenos de hacienda! Eran incontables; uno podía carnear y comer un animal por día, que no se terminaban. No como ahora, que la guerra nos ha dejado cuatro vacas locas; y eso por culpa de los macacos, que las que no carnearon se las llevaron todas para el Río Grande.

»¡Qué praderas las nuestras, señor! Cuando salíamos a recorrer a caballo para reunir la hacienda, uno corría campo y monte, cruzaba arroyos y trepaba cerros, y parecía que aquello no se acababa nunca. Y todo era del vasco Castro. Y nada de palos y alambres, como ahora que hablan de cercar los campos; no, en aquellos tiempos cada uno sabía cuál era su campo y hasta dónde llegaba su propiedad. El arroyo tal, el cerro cual, la cañada esta o el monte aquel, y ya estaba. Nada de palos y alambres; van a descuartizar la campaña nuestra, que es la mejor del mundo. Todavía me acuerdo, cuando yo era gurí, allá en el Soriano. Cuando salíamos con mi padre y mi abuelo, el vasco Castro venía con nosotros; eran sus campos, y además le gustaba. Es que acá se hizo propietario, pero allá en la España había sido peón. ¡Esas galopadas por la pradera, esas arreadas de ganado por leguas y leguas, esos asados con cuero bajo los árboles, esos fogones en medio del monte, dale mate, asado y vino, y guitarreada toda la noche! ¿Por qué, padrecito, cuando uno ya es mayor, parece que todo lo que vivió de niño fue feliz? Mire mi pobre viejo allí, muriéndose de esa maldita enfermedad; y mi esposa, y mi hijo menor, que no va a conocer esas praderas hermosas de la patria. ¡Ah, si esa guerra del demonio no nos hubiera hecho venir a Montevideo!

»Pero la guerra terminó hace más de cinco años. Dígame, padrecito, ¿por qué no me volví al campo? Tal vez porque después de la guerra estos bellacos no nos dejaron una campaña como la de antes. Sí, ya sé lo que me va a decir, padrecito: debería ir a trabajar, a volver a levantar los campos de la patria. Pero cuando uno ha llegado ya a los cincuenta años y las desgracias han golpeado tanto… Mis hijos mayores sí están allá, todos en el Soriano, al cuidado de la poca hacienda que nos dejaron los macacos, bajo las órdenes del nieto del vasco Castro, que los cobijó a todos. ¿Qué hago yo todavía en Montevideo, dígame?

El hombre guardó silencio un instante, mientras se cubría la cara con las manos. Ventura miró hacia el dormitorio de la humilde vivienda, donde César hacía calladas oraciones, junto a un hombre de cerca de ochenta años, una mujer cuarentona y un chico de unos trece o catorce años, todos sumidos en el sueño comatoso de la fiebre amarilla. Ventura se apoyaba suavemente en el marco de la puerta que comunicaba el dormitorio con la precaria sala de estar. El hombre se apoyaba en el otro. Lentamente levantó la cabeza y continuó:

—Sí, cuando era niño hubo épocas malas, faltaban cosas, a veces no alcanzaba para comer. Pero pienso ahora en aquellos tiempos, cuando yo cabalgaba al lado de mi padre y de mi abuelo, y ellos me enseñaban cosas del campo que ningún maestro de ciudad podía enseñarme, y me parece aquello tan feliz... –

Volvió a callar, bajando la vista; un instante después prosiguió:

—En la estancia siempre había alegría, era como una familia. Solo había enojo cuando llegaban los portugueses a cobrar los impuestos; eran muy prepotentes, atropellaban a los paisanos por cualquier cosa, y les decían cosas a las mujeres. Pero venían a montones, todos a caballo y armados hasta los dientes; no se les podía decir nada.

»Yo llegué a conocer a Artigas, ¿sabía, padrecito? Tenía nueve años, y toda la vida había escuchado que el general José Artigas era lo más grande que teníamos en esta banda, que él peleaba contra los portugueses para expulsarlos de la patria. Pero cuando lo vi pasar por la estancia venía de ser derrotado en Tacuarembó. Iba muy maltrecho, pero ¿sabe qué? marchaba con la frente en alto, montaba su caballo como si hubiera ganado la batalla. Prometió volver, y siguió hacia el norte. Nunca más lo vi. Tiempo después se supo que estaba en el Paraguay, y después nunca más se habló de él, hasta que hace cuatro meses el gobierno hizo todo ese aspaviento en el cementerio, con la urna que trajeron de allá. ¡Ahora se acordaron de él! Años después, un día llegaron los portugueses a la estancia; pero ya no eran portugueses, eran brasileños, y vinieron a decirnos que nosotros también éramos súbditos de Pedro Primero, emperador del Brasil. Pero ellos eran los mismos, cobraban los impuestos lo mismo, y eran deslenguados con las mujeres, y pendencieros. Así hacían en toda la provincia que ellos llamaban la cisplatina.

El hombre dio unos pasos y se dejó caer en una silla. Mirando la nada por la ventana siguió su relato, con el que desgranaba una rememoración necesaria y exorcizaba recuerdos que de tan felices se volvían crueles.

—Yo tenía catorce años cuando don Juan Antonio cruzó el río Uruguay y desembarcó en la playa de la graseada; dicen que venía con treinta y pico de hombres. Uno de los primeros lugares por los que pasó fue la estancia, que ya le dije estaba a unas diez leguas de Mercedes. Cuando llegaron ya eran como ochenta o cien hombres. De la estancia se fue el hijo del vasco Castro con mucha peonada, siguiendo a don Juan Antonio. Ahí nos fuimos nosotros. Mi abuelo dijo que ahora sí, había llegado la hora de aclararles la sesera a los macacos, y se fue con el hijo del vasco. Mi padre lo siguió, y yo, aunque mi madre no quería dejarme ir ni loca, me fui con él. En la estancia quedaron con el viejo Castro hombres, unos pocos vejestorios, y las mujeres para cuidar las vacas; pero se armó una partida de gente armada como de cuarenta hombres. El vasco Castro tenía un hijo mayor que era teniente en las montoneras de Rivera, cuando don Frutos andaba a las órdenes del imperio. El hijo menor, con el cual nos fuimos tras don Juan Antonio, le había prometido a su padre encontrarlo y ganarlo para la causa. Así que allí me fui con ellos. Y mire, padrecito, cómo es la historia. Yo estuve en el Monzón, cuando Rivera se unió a Lavalleja; hasta ahí todo fue entusiasmo y alegría. El entusiasmo nunca se me fue; yo quería ver a mi patria libre de los macacos.

»Pero la alegría se terminó a los pocos meses; en setiembre estuvimos en el Rincón de las Gallinas, con Rivera. Ahí le dimos una zupeca a los del Brasil. A mí, como era muy mocito, me dejaron atrás, pero al final del entrevero pude disparar un par de pistoletazos y después despanzurré tres o cuatro macacos con el sable de un alférez al que habían llevado herido. Pero ahí murió mi abuelo. Estaba viejo para pelear, pero igual quiso ir. En una que tuvimos que replegarnos lo hirieron en una pierna, se quedó atrás y los macacos lo despacharon.

El hombre suspiró, miró hacia el dormitorio y dijo:

—Ahí se me terminó la niñez. No me di cuenta, hasta mucho tiempo después, de que el día que los brasileños mataron a mi abuelo se terminó mi niñez. Y lo poco que me quedaba de esos tiempos felices agoniza en una de esas camas. Pero, además de estar muriéndose mi pasado, allí en ese dormitorio está muriendo mi vida actual, y también mi futuro.

El hombre levantó hacia Ventura unos ojos llorosos y concluyó:

—Pero ahora me doy cuenta, padrecito; ahora sí me doy cuenta.

Y rompió a llorar.

Ventura se acercó y le puso una mano sobre la cabeza.

Pero no dijo nada; juzgó que no había nada que decir.

—⟨⟩—

—Yo estuve siempre con don Frutos —murmuró el viejo con voz trémula, entrecortada por la debilidad—. Seguí a don Frutos desde mis quince años, al levantarse él contra los godos en el año once, junto a toda la campaña de la Banda Oriental. Cuando se pasó con los portugueses, después que el general Artigas se fue al Paraguay, yo me fui para Corrientes. Allí pasé cinco años, padre; cinco años vi pastar las vacas bajo los rayos del sol y me helé de noche en esos campos de Dios. Y me ardía el corazón, y me roía el hígado pensar que en esta banda estaban los portugueses, como venidos para quedarse. Pero más me dolió saber que don Frutos se había pasado con ellos. Yo me enteré, mire, que Lavalleja había cruzado el río, recién allá por junio del año veinticinco. Ahí supe también que Rivera estaba entre los que peleaban contra los brasileros. Entonces entendí que don Frutos había estado con ellos todos esos años ganándose su confianza, para conocerlos, para saberles los puntos flacos; así, cuando sonara la hora de combatirlos de nuevo, los patriotas correrían con ventaja.

El viejo tosió insistentemente hasta casi atragantarse. Escupió un poco de sangre en un tazón de losa que descansaba sobre una mesa petisa, junto a la cama. Pasaba los sesenta años, y sus ojos blancos sin vida delataban una ceguera previa a la funesta llegada de la fiebre amarilla. En esa casa, perdida en los caseríos de la Villa de la Unión, era el único miembro de la familia enfermo del mal. No estaba aún muy grave, pero había bastado para que la despavorida nuera se largara de allí con dos hijos, hallando cobijo en casa de unos parientes, en Pando. Solo permanecían en la casa el hijo del viejo, un empleado del saladero Lafone de casi cuarenta años de edad, con su hija mayor, que atendía al abuelo. Era una morada menos humilde que las anteriormente visitadas ese día, pero tampoco tan grande como para albergar cómodamente a todos. El viejo pugnó por ponerse de costado, ayudado por fray Ventura, que le escuchaba con interés. En tanto, Fray César dialogaba en otra pieza con el resto de la familia. El hijo se acercó al umbral de la puerta que comunicaba ambos cuartos y dijo:

—Discúlpelo, hermano fraile; está viejo y ya solo sabe hablar de sus correrías con los caudillos de la patria —puso un tono peculiar al decir la última palabra.

Fray Ventura sonrió, pero el viejo se irguió apenas en el camastro y ordenó:

—Callate, vos; ya hubieras querido estar en esas gloriosas jornadas, que fueron lo más importante que ha pasado en la historia de esta patria.

—¿Saben ustedes, hermanos frailes, por qué los viejos consideran que las cosas que ellos vivieron son las más importantes de la historia? ¿Acaso las que nosotros vivimos no son también importantes?

Ni Ventura ni César tuvieron tiempo para responder.

—Porque yo, bellaco desnaturalizado, participé en los hechos que libertaron a nuestra patria de los macacos. Ya querrías vos haber estado, como yo, en todos esos entreveros. Yo estuve en el Rincón de las Gallinas, estuve en Sarandí —dijo. Se irguió aun más, apoyándose en un brazo, y alzó la voz—, estuve en Ituzaingó. Después me fui al norte, padre, y me uní a don Frutos —añadió y, aferrando la manga del hábito de Ventura, dirigió sus ojos sin vista a su hijo y se golpeó el pecho—. Yo estuve con Rivera en el Ejército del Norte —y cayó exhausto sobre la cama; siguió hablando con voz un poco más débil—. Yo estuve con Rivera cuando reconquistó las Misiones. Y las Misiones Orientales todavía serían nuestras, si no fuera por los traidores de Buenos Aires que hicieron la paz con el imperio; bien que Rivera lo tuvo a raya al mariscal Barreto, y le hizo firmar un acuerdo que fue de nuestra conveniencia.

—Ay, Rivera, Rivera; discúlpelo, hermano fraile. En esta casa se adora a Dios, pero se venera a don Frutos. Déjeme a mí de Rivera, papá. Yo estuve con él en India Muerta, y me escapé por los pelos. ¿Y se olvida de que, antes de eso, estuve con don Frutos en Arroyo Grande? Dígame, papá, ¿qué hizo Rivera en Arroyo Grande? Se mandó mudar, mientras los federales degollaban a sus paisanos. A mí me salvó el mismísimo Manuel Oribe, que me reconoció, porque si no ahí quedaba, de comida para los chimangos.

El viejo intentó erguirse otra vez; no pudo, y desde su posición gritó:

—A mí no me vengas con esa guerra de políticos y dotores, que se quedaban acá en Montevideo mientras en la campaña los paisanos se mataban, por culpa de los argentinos y los brasileros; orientales contra orientales, ¡vergüenza!

—También fue una guerra de caudillos, papá —murmuró el hijo—. No se olvide de eso.

—Sí, porque no dejaban a don Frutos hacer lo que era bueno para el país; por eso. Rivera sabía lo que necesitaba el país; él sí lo sabía.

—Sí, papá; usted mejor deje quieto a Rivera, que ya está muerto. Déjelo que descanse en paz, y de paso descanse usted, así se recupera.

—¡Que don Frutos sabía, carajo! Fijate si no, vos, descreído; ¿cuál fue una de las primeras cosas que hizo cuando fue presidente? Se fue a pacificar la campaña, que estaba llena de matreros y de indios salvajes que no entendían de ley ni de respeto a la propiedad.

Mirando con grave embarazo a fray Ventura, el hombre trató de parar la charla del viejo.

—Papá, eso no importa ahora. Ya está hecho, déjelo así.

—Claro que está hecho —gritó el viejo—. Está hecho, porque don Frutos lo hizo. ¡Querría ver si estos politicones de ahora tendrían las pelotas bien puestas como para firmar una orden de exterminio contra los charrúas, como hizo Rivera! ¡Ja! Ni Artigas lo hizo. Amigo de los charrúas se decía. ¡Amigo del caos y la anarquía, más bien! ¿Quién terminó con todo eso? ¡Don Frutos!

Ventura oía petrificado, y hasta César se había puesto pálido. Blanco como un muerto, el hijo del anciano parecía a punto de sufrir un soponcio.

—Discúlpelo, hermano fraile —susurró avergonzado—. Es ciego y no ve, es viejo y no piensa. Además, está enfermo.

—¿Qué? ¿Qué pasa? ¿Qué dije? —balbuceó el viejo, sacudiendo sus ojos sin vida en todas direcciones.

—Nada, papá; lo que no debió decir dijo.

———

Había pasado ya la medianoche. Fray Ventura estaba desde por lo menos las diez de la noche en el augusto templo de la Iglesia Matriz. No había cenado; ni agua había bebido. Fray César había insistido una, dos veces tal vez. Conociéndolo, no quiso porfiar más y se fue al convento de San Francisco. Además, sabía que Ventura sería lector al día siguiente, en la misa dominical a la que concurriría el mismísimo Presidente de la República, oficiada por el vicario apostólico José Benito Lamas. César sabía cuán solemne era para Ventura ese encargo y cuánta responsabilidad sentía. Tan serio era para él que no era raro que se pasara toda la noche en la capilla, en oración, antes de la lectura de la Palabra de Dios en lenguaje vernáculo en la misa ante el pueblo. Pero esta vez fray Ventura optó por quedarse en la Matriz. Tres horas atrás, los últimos feligreses se habían retirado; los asistentes cerraron las puertas a las nueve de la noche, y un par de frailes dominicos, llegados de la España un mes atrás, permanecieron en oración hasta las once en punto. Hora y media llevaba Ventura solo, oyendo sin escuchar el silencio nocturno de la ciudad condenada. Se hallaba sumido en la penumbra de un único candelabro, provisto de cinco aromatizadas velas de estearina, de las cuales solo dos estaban encendidas. Arrodillado en la primera banca, vuelto el rostro hacia el altar, miraba muy esporádicamente el rostro del Cristo crucificado, iluminado por una candela allá adelante, en la parte más remota del ábside de la nave central. La mayor parte del tiempo escondía la cara entre las manos, apoyaba la frente sobre un puño o la descansaba sobre la baranda. Su oración era una callada meditación, recuerdos de frases sueltas que habían golpeado su alma. En su mente había pensamientos que hervían con un estruendo tan grande como la firmeza con que estaban sellados sus labios, y como el silencio de los altos, abovedados y oscuros espacios del sublime lugar.

Frases sueltas que había oído ese día, pero no por casualidad; que decían una misma cosa, y no era coincidencia. Que apuntaban a una sola conclusión, a un único epílogo para una historia que lo venía torturando ya muchos años, y no por simple azar.

Esta horrible fiebre que le ha mandado Dios a esta ciudad.

Esta ciudad, la ciudad de Montevideo, era, desde que los godos gobernaban la América, la ciudad cuya clase principal quería imponer su voluntad y gobierno en la Banda Oriental. La ciudad cuya gente principal sabía cómo avenirse para salir bien librados; para que se hiciera lo que ellos querían; para mantenerse arriba, en el poder.

Los señoritos del Cabildo no querían una batalla en la Plaza de Montevideo.

Por eso mandaron mil hombres al Cardal; querían capitular, pero no los dejaban. Los ingleses estaban fuera de los muros y los patriotas habían empapelado las calles de Montevideo: «*No hay interés mas sagrado que la defensa de La Patria. No hay delito mayor que desentenderse de ella. Ello procede o de traición o de cobardía*». Su padre adoptivo, Luis de Meléndez, le había contado acerca de esos pasquines pegados en los muros. Una derrota fuera de muros era otro argumento para capitular; entonces sacrificaron a los patriotas, enviándolos a pelear en el Cardal. Tiempo después de haber venido y haberse retirado los ingleses, esa gente principal de Montevideo siguió con su actitud, con su orgullo, con sus manejos, con sus intrigas.

Por culpa de los señoritos importantes de acá, se habían venido los portugueses.

Los señorones de Montevideo no querían a Artigas.

Artigas, el amigo de los charrúas; y de los esclavos negros, de los criollos pobres y de todo desventurado arrojado a esas tierras de Dios. ¡Quién lo hubiera dicho! Nadie se lo había contado; nunca. Solo una pobre anciana, una vieja y pobre mujer, en los arrabales de Montevideo, la orgullosa capital del diminuto país. Una mujer que no existía para los «señorones» y «señoronas» de Montevideo, pero que no tenía inconveniente en compartir su humilde plato de comida con dos insignificantes siervos de Dios.

El general defendía mucho a los pobres, a los mulatos, a los negros y a los indios. Defendía a los desdichados que había en esta banda; defendía a todos los infelices y desamparados de esta patria de Dios.

Por eso, también le llegó la hora de irse. La campana que marcaría su tiempo de marchar dio un sonoro tañido.

Los señorones de Montevideo no lo quisieron más, y los de Buenos Aires tampoco; entonces hicieron venir a los portugueses.

Ventura apretó la cara contra la madera de jacarandá de la baranda. Inquieto, desesperado, miró en derredor. La noche transcurría muda y muy, muy lenta. Desde una ventana en lo alto de la nave central penetraba un rayo de luna. Un haz de luz nacarado, tenue y espectral cruzaba la oscuridad del templo y se perdía en las tinieblas de la nave lateral, incidiendo finalmente en un oculto retablo. Un santo de rostro pálido había aparecido en el fondo del retablo, como si recién llegara alguien, para acompañarlo en su solitaria vigilia. Ventura sintió erizársele la piel. El rostro inexpresivo del icono le recordó los múltiples ojos sin vida de las imágenes que le observaban taciturnas desde todos los ángulos del templo, invisibles en las sombras impenetrables de la noche del sacro lugar, en la cual no brillaban estrellas; tan solo brillaban dos velas, una de las cuales chispeaba ya, por apagarse. Ventura siempre había creído que los demonios no se atrevían a penetrar en terreno sagrado; pero ahora, con inquietud y pavor, pensó que tal vez las paredes de los templos no detenían a los espíritus del mal.

—Padre nuestro que estás en los cielos —balbuceó con los ojos fuertemente apretados—, líbranos del mal... líbranos del mal.

Su mente avasallada por el demonio, torturada, fue asaltada por imágenes. Bastaron dos minutos. Con un alivio contradictorio, comprobó que era el mismo demonio que le perseguía desde diez años atrás. El demonio de su infancia más tierna, de su nacimiento allá en los lejanos campos del desierto, en la campaña de Paysandú.

Con Rivera no quiso ir, porque decía que Rivera había traicionado al general.

Otra vez el demonio de Salsipuedes. ¡De cuántas cosas era culpable esa gente principal, esa ciudad de Montevideo! Pero también ese hombre, emblema de una clase y un pueblo que habían tomado la decisión más fatídica de la historia del Uruguay, cuando el país apenas tenía poco más de un año de vida independiente. Ese hombre pérfido, traicionero y acomodaticio, a quien Juan Manuel de Rosas llamara pardejón, por lo perverso, felón y traicionero.

Cuando don Frutos andaba a las órdenes del imperio.

Cuando se pasó con los portugueses.

¿Qué hizo Rivera en Arroyo Grande? Se mandó mudar, mientras los federales degollaban a sus paisanos.

Ese hombre, ese pueblo, esa clase que había tomado la decisión más fatídica.

Firmar una orden de exterminio contra los charrúas, como hizo Rivera.

Ventura apretó el rostro aun más contra la baranda y sus lágrimas corrieron sobre la madera.

Firmar una orden de exterminio contra los charrúas.

Se agachó, se hizo un ovillo, sollozó y se postró luego sobre el piso de baldosas, de indescifrable diseño en la penumbra creciente; como creciente era su oración, su clamor interior, su frenética reflexión, su anhelo de entender lo que pasaba y lo que sentía.

Firmar una orden de exterminio.

¿Había escuchado por casualidad todo lo que había escuchado ese día?

¿Había llegado por accidente la fiebre amarilla a esa ciudad?

¿Fue un hecho fortuito que él sobreviviera a la enfermedad, mientras los blancos morían a racimos?

¿O quería Dios mostrarle algo, tal como lo había presentido desde su convalecencia de la fiebre amarilla?

Esta horrible fiebre que le ha mandado Dios a esta ciudad.

Ventura abre los ojos y se ve de pie en medio de un sendero. El sol brilla a través de los árboles; de muchos árboles, de todo tipo, de toda especie. Ventura abre grandes los ojos y se ve en medio de un bosque. En derredor hay árboles, en las cuatro direcciones, hacia los cuatro puntos cardinales. Ni moradas humanas, ni cercos o muros, ni ruinas o vestigios de la presencia del hombre. Ni animales; ni aves, ni su canto. Solo arboledas altas y tupidas que no filtran la luz solar. Se puede ver con claridad en mucha distancia, hacia todos lados. Se puede ver el bosque partido por un sendero, imposible determinar si de tierra, grava o pavimento de piedra. Una alfombra de hojas amarillas, secas, cubre por completo el sendero y la hierba de todo el bosque; un bosque de otoño. Se levanta la brisa y murmura entre las ramas de los árboles. La brisa susurra insistente y Ventura siente escalofríos. Oye atento, escucha; siente, o presiente, ¿qué? La brisa golpea su rostro. Comienza a caminar. Las ramas se mueven, los árboles se sacuden y las hojas secas caen; caen sobre el sendero, caen en una lluvia constante. Caen, y no se detienen; caen flotando, una tras otra, en una sucesión continua desde las copas de los árboles, como una cadena extendida hasta el suelo, cada vez más espesamente cargado de hojas muertas. Caen en todos lados, adelante y atrás, y a los costados. Caen en el sendero, y el sendero se borra cada vez más, se desdibuja y, poco a poco, cada vez menos se reconoce. Caen las hojas secas y amarillentas, y el viento las arrastra, arroja y arremolina; inermes a su merced, van y vuelven. Caen, como caen los cuerpos en los sepulcros, a merced de la muerte; y como caen las almas en el infierno, a merced de la ira de Dios. Y entre las ramas de los árboles, interminablemente cargadas de hojas muertas por caer, el viento susurra, ¿qué?

Ventura abrió los ojos, estremecido. Lo primero que vio fue el dibujo de una baldosa. Sobresaltado, se incorporó y miró en derredor. De rodillas y apoyado en la baranda del reclinatorio, oyó los lejanos ladridos de un perro, que callaron al cabo de escasos segundos. Pensó que tal vez ese ruido le había despertado. Ahora la noche estaba otra vez silenciosa. No sabía cuánto había dormido, pero al observar las altas ventanas no vislumbró ningún atisbo de claridad. Era noche cerrada, concluyó, y la madrugada, profunda y misteriosa, no acababa todavía. Una de las velas de estearina se había extinguido, así como la candela que iluminara el rostro del Cristo crucificado, desaparecido en las tinieblas, allá en el fondo del ábside de la nave mayor.

El sueño, vívido aún en su mente, estaba claro. Ventura se puso de pie y el ruido de su movimiento reverberó en los rincones más remotos del lugar. La gran Vulgata Latina estaba lejos, en un oscuro armario bajo llave, pero fray Ventura había venido preparado. Revolvió entre los pliegues de su hábito y extrajo de un bolsillo su ejemplar personal de las Sagradas Escrituras, su secreto: la versión española de Casiodoro de Reina y Cipriano de Valera, en uso entre los protestantes de habla hispana. Sentado bajo la lánguida luz de la vela remanente, buscó y encontró al profeta Isaías:

Si bien todos nosotros somos como suciedad, y todas nuestras justicias como trapo de inmundicia; y caímos todos nosotros como la hoja, y nuestras maldades nos llevaron como viento. Y nadie hay que invoque tu nombre, que se despierte para tenerte; por lo cual escondiste de nosotros tu rostro, y nos dejaste marchitar en poder de nuestras maldades.

Ventura echó la cabeza atrás y lanzó una carcajada cuyos ecos corrieron partiéndose y multiplicándose por el contorno enorme y vacío del majestuoso templo. Arrojó la Biblia cerrada contra el banco; el estrépito lo paralizó y borró la risa de su rostro. Petrificado, miró en derredor varios minutos, sin ver nada por la oscuridad. Acalladas las resonancias del estruendo, todo estuvo otra vez como cada minuto de esa larga noche. Vuelto hacia el altar mayor, Ventura susurró con ojos febriles.

—Yo invoco tu nombre. Yo despierto para apoyarme en ti, Señor mío y Dios mío. Ellos duermen en sus pecados, y sus maldades los arrastran. Y se marchitan, se marchitan, se marchitan como la hoja; se ponen amarillos, y mueren, y sus almas vuelan para dar cuenta de sus actos. Por *esta horrible fiebre que le ha mandado Dios a esta ciudad* se marchitan, se ponen amarillos. Han caído como la hoja, por sus maldades.

Está decidido, porque cree que ya ha entendido: cuando nazca la mañana y el pueblo de Montevideo se reúna en el santuario, toda una raza gritará de dolor por su boca y una nación que ya no existe acusará a sus asesinos. Pero la acusación vendrá de Dios, y la fiebre amarilla, látigo de Dios, que respetó al indio Ventura, barrerá al blanco por el inmenso pecado cometido contra el indio libre e inocente, usurpado en su tierra y masacrado.

Recorre el frente de la nave mayor, junto a la baranda del altar; el pecho hinchado, la frente en alto. La Biblia aún descansa sobre el banco, cerrada; pero fray Ventura ya no la necesita. Poseído de una ardiente convicción mística, llega desde lo recóndito de su mente el profeta Miqueas, leído durante largas y escondidas horas nocturnas en el monasterio.

Yo empero estoy lleno de fuerza del espíritu de Jehová, y de juicio, y de fortaleza, para denunciar á Jacob su rebelión, y á Israel su pecado.

Aguarda, ahora con ansia, la llegada de la mañana.

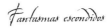

Las campanas todavía sonaban, pero en la Iglesia Matriz no cabía ya nadie más. Con capacidad para aproximadamente dos mil feligreses, casi tres mil concurrentes llenaban el templo. Una multitud permanecía afuera, la mayoría pobres de los suburbios. El presidente Gabriel Antonio Pereira estaba sentado en primera fila, del brazo de su nuera, la señora Dolores Buxareo. A su izquierda, el coronel Luis de Herrera, de brazos cruzados y expresión neutra, miraba en derredor, sin interés aparente en nada de lo que veía. Dos filas más atrás estaba el doctor Teodoro Vilardebó, flanqueado por Rymarkiewicz y el doctor Celestino Ordóñez, compenetrado el anciano médico en una callada oración. El sargento Jaime Laguna, birrete en mano, se mantenía de pie junto a la fila de bancos en la que se sentaban los médicos, al lado de una columna. Cuando no miraba el coronel Herrera ni un capitán de la Guardia Nacional que rondaba el templo, se apoyaba contra el confesionario. Parecía que todos estaban allí, como si se hubiesen dado cita ese día en la Iglesia por una extraña coincidencia. Tal vez por la creciente impresión de que la situación era ya imposible, la población de Montevideo buscaba opciones a los remedios ofrecidos por la ciencia médica, harto inefectivos. Buscaba también esperanzas en la vida y frente a la muerte. Pero faltaban. El doctor Aníbal Carreras no estaba, pues aún trabajaba en el Hospital de Caridad con los enfermos de fiebre amarilla, que llegaban a montones; y el doctor Francisco Vidal le acompañaba. El padre Federico Ferretí tampoco había concurrido; aquejado por un leve dolor de cabeza, había decidido permanecer en el convento.

Fray Ventura intercambió una última mirada con su hermano César, antes de cerrar la puerta. Estaban los ojos de fray César impregnados de incertidumbre, los de Ventura de febril determinación. El fraile indio subió los escalones, abrió la portezuela y salió, presentándose ante la concurrencia. La parte inicial de la liturgia terminaba y los primeros en notar movimiento ahí arriba levantaron la cabeza y le contemplaron con interés. El vicario Lamas caminó ceremoniosamente hasta su silla, acompañado por sus acólitos. Tomó asiento con absoluta solemnidad y miró al frente, a la nutrida congregación que tomaba asiento también, luego del último canto. El ruido de los presentes al sentarse y el murmullo inespecífico generado por el movimiento y algún susurro ocasional y furtivo se acallaron, para dar lugar a un silencio expectante, en espera de la Lectura.

La Biblia estaba abierta en el texto indicado para ese día. Al crujir las hojas, los ojos de Lamas se desviaron hacia el lector, inmóvil su cabeza. ¿No estaba ya la Biblia abierta en el libro y capítulo correspondiente? Pero fray Ventura buscaba una nueva lectura, desechando la indicada para esa mañana. El crujido de los viejos folios cruzó el enorme recinto mudo, tenso de expectación. Fray Ventura miró atentamente a los concurrentes; se detuvo momentáneamente en la primera fila, donde destacaban las pocas autoridades que quedaban dentro de Montevideo, inspiró y dijo con voz estentórea:

—Libro cuarto de Moisés, libro de Números, capítulo treinta y dos, versículo veintitrés.

Los ojos de Lamas volvieron a desviarse hacia el fraile lector y una leve arruga apareció en su entrecejo. ¿Ha cambiado el fraile la lectura señalada para este día?

Fray Ventura prosigue con voz recia:

—*Sabed que os alcanzará vuestro pecado.*

El vicario Lamas tuerce la cabeza hacia la derecha, para mejor ver a fray Ventura. ¿Qué se propone el fraile?

Un silencio mortal flota en el ambiente. Tres mil pares de ojos están fijos en el fraile indio, cuyas últimas palabras, impregnadas del tono judicial de una sentencia profética, se han abatido sobre el alma de la multitud como una lluvia helada y paralizante. Fray Ventura cierra la enorme Biblia y el formidable estrépito sobresalta tres mil conciencias atemorizadas. Algunos niños lloran ya cuando el imponente lector comienza a hablar:

—Hoy, domingo quince de marzo, nos separan veintiséis días del once de abril. ¿Recordáis esa fecha, once de abril?

Fuertes palpitaciones en el pecho sobresaltan a Lamas, que despega su dorso del respaldo de la silla ricamente ornamentada. Al borde del asiento, mira azorado al fraile y se pregunta: ¿es que este fraile laico osa predicar?

—Es la fecha de la infamia de esta nación —continúa Fray Ventura—. Infamia cometida contra los antiguos dueños de estas tierras, contra quienes fueron auténticos dueños de estas tierras, desde que el mundo fue creado por Dios hasta la innoble traición y muerte que les llegó por mano del hombre blanco.

Lamas se ha puesto de pie, pero sus piernas se debilitan de horror ante lo que escucha, y cae sentado. Sus acólitos le sostienen. La Iglesia Matriz permanece en silencio aún, calmados un tanto los pequeños que sollozan, bien que los rostros de todos denotan sorpresa y pavor.

—Ved mi piel —clama el imponente lector trocado en predicador temible—, ved mi rostro y mi origen, y conoceréis la raza extinguida que da voces por mi boca y prorrumpe en alaridos de dolor que inculpan a esta tierra, a esta patria, a esta nación y a este estado por su muerte. Muerte que cubre de ignominia el país y reclama del cielo el juicio de Dios.

Una ola de inquietud comienza no se sabe dónde y recorre la concurrencia; ahora las mujeres lloran, de terror, mas no de dolor. Fray Ventura prosigue, enardecido, exaltado, ferviente:

—Yo os acuso hoy, por el asesinato del pueblo indio de los charrúas. La sangre de los charrúas está en las manos del hombre blanco de esta nación, y Dios la ha visto. Yo os lo anuncio hoy, cuando nos separan veintiséis días del once de abril, fecha en que se cumplirán veintiséis años de la traición y masacre perpetradas en Salsipuedes —clama y su voz se vuelve aun más enérgica—. Yo os anuncio que la sangre de mis hermanos indios en vuestras manos ha llamado finalmente a la ira de Dios, quien ha enviado a esta ciudad impía, cabeza de la nación, el látigo justiciero de la plaga, la fiebre amarilla.

Tres mil voces gritan en el paroxismo del espanto. Habían venido a la Casa de Dios a buscar esperanza, consuelo, aliento, fortaleza; no esperaban esto. Algunos ancianos caen de rodillas y muchas mujeres se desmayan, mientras fray Ventura continúa, inflamado de pasión por la justicia celestial, arrebatado por un éxtasis profético incontestable, convertido de predicador temible en terrorífico vocero de juicio.

—Yo os anuncio hoy, cuando nos separan veintiséis días de la fecha en que se cumplirán veintiséis años de la infamia, que el látigo de Dios seguirá recorriendo la ciudad de Montevideo. Y cuando llegue el once de abril, nefasta fecha, no quedará nadie en esta ciudad que aliente espíritu de vida en sus narices. Sí, cuando llegue ese día, Montevideo será un inmenso desierto sin vida, pues todos sus habitantes habrán perecido por la fiebre amarilla.

El tiempo se ha detenido en el augusto templo de la Iglesia Matriz. Suspensas, en vilo, tres mil personas luchan, incrédulas, por asimilar lo oído. Es que el terror provocado entre las gentes por la epidemia ha trastornado a muchos. La expectación de una muerte en dolorosa agonía ha

contaminado todos los ánimos, ha desdibujado el mañana y ha suprimido el humano anhelo por un futuro promisorio. La sentencia profética del fraile es una estocada al corazón desalentado y temeroso de la multitud. Nada. Ni un suspiro, ni un susurro. Silencio sepulcral.

Hasta que en el fondo de la nave mayor, un agudo y estentóreo grito de mujer sobresalta terriblemente a la castigada congregación. Una muchacha de cerca de veinte años se toma el pecho; mira con ojos de posesa al fraile indio en su sitial elevado. Retrocede y cae sobre el banco, se levanta y trata de huir, mientras los más atemperados procuran sostenerla. Señala fuera de sí al fraile indio y afirma que le ve sostener una descomunal espada de fuego en su mano derecha, cuya flama zigzaguea y se revuelve frenéticamente sobre la cabeza de todos. Casi tres mil pares de ojos miran a fray Ventura, y de muchos lados se elevan voces que confirman la visión.

Fray César surge desde atrás de la columna. Mira en triste silencio a su hermano y obviamente no ve nada. Fray Ventura no tiene nada en las manos, bien que se mantiene firme en su sitial. El fuego está en la mirada que dirige a la concurrencia. Fuego delirante de juicio y de venganza. Pero la histeria ha tomado finalmente a la gente. Aullando, se lanzan hacia la salida. En la fenomenal corrida, impulsados todos por el formidable terror que les asalta y arrebata, caen los bancos, se astillan y rompen, y caen las personas, los más viejos y los niños. Los más fuertes pisotean a los débiles y pequeños, ganan la puerta y se largan de allí. Luego, los más sensibles recogen a los niños que lloran a gritos, ayudan a los viejos, levantan a los heridos, arrastran a los que están sin conocimiento. Todos chillan a voz en cuello, todos con prisa por irse de allí. La multitud que surge por las puertas de la iglesia, como una avalancha, una catarata incontenible, choca con la multitud de pobres de los arrabales que aguarda expectante fuera y que nada entiende de la conmoción dentro del lugar sagrado. El violento encontronazo, bien que accidental, genera reproches e improperios, que son contestados con furiosos gritos destemplados y pronto degenera en una reyerta colosal. Un minuto después, el coronel Herrera surge en lo alto de la escalinata, desenfunda su revólver y efectúa tres disparos al aire.

Por la esquina de Rincón e Ituzaingó aparece de inmediato un cuerpo de caballería. Ochenta jinetes, sable en mano, se presentan ante la muchedumbre y el tumulto cesa de inmediato. Todos huyen en todas direcciones, mientras gritan todo tipo de cosas. Al final, los hombres de la policía desmontan y se dedican a atender y retirar de allí a los heridos. El coronel Herrera ingresa nuevamente en la Iglesia Matriz.

—La salida es segura, Vuestra Excelencia —dice al presidente Gabriel Pereira, que espera impertérrito cerca de la entrada; su nuera Dolores está aún del brazo de su suegro, con el semblante impregnado de angustia.

El carruaje presidencial aparece de inmediato, escoltado por diez jinetes de la policía, y el presidente se va con su nuera. Herrera entra otra vez. La Iglesia Matriz está casi desierta. El desorden es universal: bancos caídos, despedazados muchos de ellos, imágenes caídas y rotas, cirios y flores esparcidos por el suelo. El vicario Lamas se ha retirado, y también sus acólitos. Fray Ventura ha bajado y está de pie junto a su hermano César. También está allí Vilardebó, y junto a él Rymarkiewicz. Herrera mira a Jaime Laguna, que tampoco se ha ido, señala a fray Ventura y ordena perentoriamente:

—Arréstelo, sargento, y póngalo a disposición del vicario Lamas.

—Coronel —interviene de inmediato Vilardebó—, disculpe usted, pero, ¿qué es esto? ¿La Inquisición nuevamente activa en nuestro país?

Mirando directo a sus ojos, Herrera contesta al médico:

—La autoridad civil tiene varios cargos contra este frailecito amigo suyo, doctor: incitación a un tumulto de proporciones, que dejó como saldo varios heridos y cuantiosos daños a la propiedad privada, que, por tratarse de propiedad de la Iglesia, es en cierta forma patrimonio de toda la población de Montevideo. Pero dados mi fe y mi respeto por la religión, quiero saber primero qué tiene que decir la Iglesia sobre los anuncios proféticos que ha hecho hoy aquí este señor —dice, y mira a Laguna—. Sargento, lléveselo.

—Sí, señor —murmura Laguna, y cumple la orden.

—Vamos fray Ventura —susurra el sargento junto a él—. Por favor, vamos.

Cuando se hubieron ido, y fray César con ellos, Herrera se vuelve a Vilardebó.

—En cuanto a usted, doctor —dice—, el presidente quiere verlo. Esta misma tarde luego de su descanso, a las tres, en la Casa de Gobierno. Tenga a bien ser puntual. Yo también estaré allí. Tengan ustedes buenos días.

Vilardebó permanece unos momentos más, petrificado, allí donde está de pie. Rymarkiewicz se acerca, se ubica a su lado y dice:

—Teddy, ¿quieres que te acompañe esta tarde a ver al presidente?

—Por favor —susurra Vilardebó.

Minutos antes de las tres de esa tarde, Vilardebó y Rymarkiewicz entraron al Fuerte. A la hora convenida, ambos médicos se hallaban sentados ante el escritorio del presidente Gabriel Pereira, que ocupaba su sillón. Un poco más atrás de Pereira estaba su nuera Dolores, de pie, callada y con el rostro cubierto por una expresión de angustia que parecía permanente. El coronel Herrera, sentado a un costado del escritorio del presidente, observaba con mirada neutra.

Gabriel Pereira adelantó las manos entrelazadas sobre el escritorio, apretó los labios, miró la mesa y suspiró. Luego clavó sus ojos en Vilardebó.

—Doctor —dijo—, ¿qué opina de las afirmaciones del fraile capuchino Ventura Meléndez expresadas la mañana de hoy en la Iglesia Matriz?

El médico se impresionó; más que un intercambio de opiniones en el marco de una charla informal, en confianza, como otras veces había tenido con el presidente, la pregunta parecía propia de un interrogatorio judicial. Al momento pensó que era una pregunta vaga e improcedente.

—Vuestra Excelencia —replicó—, ¿qué es lo que me está preguntando? ¿A qué se refiere?

—A las afirmaciones de carácter profético que pronunció el fraile durante la misa de esta mañana.

Vilardebó se encogió de hombros, abrió los brazos y, un poquito indignado, contestó:

—¿Y qué puedo yo saber de las profecías de un fraile? Soy médico, hombre de ciencia; no soy teólogo, ni sacerdote. No soy hombre de iglesia, solo un creyente. Sobre la veracidad o fantasía de la profecía de fray Ventura, deberían ustedes preguntar al vicario apostólico. ¿Qué dice él?

—El vicario Lamas —terció Herrera—, fue retirado de la Iglesia Matriz con una crisis nerviosa, provocada por lo que escuchó de labios del fraile. Usted habrá notado que el doctor Ordóñez se fue durante el tumulto. Estuvo una hora atendiendo a Lamas, quien no está todavía en condiciones de ofrecernos su opinión sobre las profecías del fraile Ventura Meléndez.

—Le preguntamos a usted, doctor —continuó Pereira—, porque es médico y porque es amigo personal del fraile. Estamos enterados de que fray Ventura padeció la fiebre amarilla al inicio de la epidemia y logró recuperarse. Queremos preguntarle si es posible que, aunque sobrevivió a la enfermedad, esta le haya ocasionado algún tipo de... bueno, de perturbación mental. Incluso, dado que ha tenido en todo momento contacto estrecho con su amigo, pensamos que también podría usted haber detectado algún síntoma de desorden mental.

Vilardebó miró largamente al presidente Pereira, mientras la indignación crecía en su interior.

—Veo que, aunque le dan vueltas al asunto —dijo por fin—, lo que les preocupa es la posible veracidad de la profecía de fray Ventura. Si yo contara que él ha presentado síntomas de enajenación mental, entonces podrían decir: «Ah, bueno; el fraile loco, cree ser vocero de Dios». Y así tranquilizarían a la población, y a sus propias conciencias, acerca de la terrible perspectiva de que Dios haya decidido cancelar de una vez la

cuenta de nuestros pecados nacionales destruyendo Montevideo con la plaga. Lamentablemente, Vuestra Excelencia, no puedo decirles nada alentador a ese respecto. Hasta donde la ciencia médica sabe, la fiebre amarilla no deja en los sobrevivientes ninguna forma de desarreglo mental, ni fray Ventura en particular presentó en ningún momento síntomas sospechosos de locura. De todos modos, como el propio fray Ventura me ha enseñado, la prueba que certifica cuándo un profeta en verdad habla de parte de Dios es el cumplimiento de su profecía. Así que, señores, deberemos esperar a que llegue el once de abril.

—No podemos darnos ese lujo, doctor —murmuró Herrera.

—¿Es posible, doctor? —dijo Pereira mirando fija e intensamente a Vilardebó—. ¿Puede suceder que de aquí al once de abril la epidemia haya acabado con todos nosotros?

El doctor Teodoro Vilardebó suspiró largamente. Miró al presidente con la misma intensidad, y contestó:

—Solo puedo decir a Vuestra Excelencia cuál es la situación actual.

—¿Cuál es?

Pausa; un estremecimiento involuntario sacudió al médico.

—La plaga —murmuró— está totalmente fuera de control. Desde el inicio de la epidemia, hace solo dos semanas, la fiebre amarilla ha matado a más de cuatrocientas personas. Desde el principio, cada día hemos contado el número de nuevos casos y el número de fallecimientos. Y cada día el número de nuevos casos es francamente superior al del día anterior, y así también el número de muertes. Todo indica que esto aumentará, que avanzará sin límites, en un crescendo para el que ninguno de nosotros puede avizorar término. Y nosotros, Vuestra Excelencia, los médicos que luchamos hace dos semanas contra esta epidemia, no podemos hacer absolutamente nada. Solo acompañar a cada enfermo y mitigar sus sufrimientos, en la espera de que una rápida muerte acabe con su agonía. Nada más.

El presidente Gabriel Pereira sacudió nerviosamente las manos sobre el escritorio, mientras sus ojos se revolvían de un lado a otro. Un instante después torció la mirada a la derecha. Sin darse vuelta para mirar a su nuera, dijo:

—Dolores, ordena que preparen todo nuestro equipaje. Nos vamos a nuestra quinta del Miguelete.

La joven señora Dolores Buxareo, que durante dos semanas había porfiado en prestar auxilio a los enfermos, visitándoles tanto en sus casas como en el hospital, intentó una tímida protesta:

—Pero, suegro...

—Nada, Dolores; tu esposo y tu hija te reclaman, y yo también te necesito cerca. Hoy mismo abandonaremos Montevideo —dijo, y miró a Herrera—. Coronel Luis de Herrera, a partir de hoy será usted la máxima autoridad en Montevideo. Dejo la ciudad en sus manos, mi querido amigo. Que Dios le guarde y le ayude. Señores —continuó mientras se ponía de pie—, tengan ustedes buenas tardes, y buena suerte. Espero que volvamos a vernos, si así Dios lo dispone.

_____

El resto de aquel domingo Montevideo vive una conmoción solo comparable a los aciagos tiempos de guerras y revoluciones, cuando la aproximación de ejércitos invasores, para sitiar y atacar la ciudad, desencadenaba la histeria pública y llevaba a la locura y el frenesí a todos los pobladores. Lo dicho por el fraile en la Iglesia Matriz corre de boca en boca, mientras se altera y deforma, desde el centro hasta las orillas. Los más cultos e intelectuales, poco dispuestos a creer en misticismos y supersticiones, habían visto cómo su positivismo y racionalismo se venía tambaleando con el avance de la plaga y ahora sienten miedo. Ese miedo es pavor en los poseedores de una mediana instrucción, conservadores en cuanto a fe religiosa. Y es terror reverente en los fieles y fanáticos, dispuestos a aceptar como inmutable Palabra de Dios todo lo oído en la iglesia de labios de quién vista hábito. Y es espanto en los pobres de los arrabales, habituados a no entender completamente el mundo que les rodea. Y, por último, es pánico en toda la población de Montevideo. Ahora, son miles los que se

lanzan a las calles, suben equipajes a las carretas y cargan caballos, mulas y asnos con sus pertenencias, más o menos exiguas según su posición social y la premura por irse.

Todos quieren huir de la ciudad. Muchos incluso miran el cielo, temerosos de que, como sucedió con Sodoma y Gomorra, Montevideo desaparezca bajo una lluvia de fuego y azufre venida de Dios. Se apuran, corren, gritan; ríos de personas fluyen por calles y caminos, saliendo de la ciudad. Aterrados, los habitantes huyen. Desprovistas de todo sentimiento humano, las familias abandonan a sus enfermos. Los niños lloran, viendo a una madre que por la ventana levanta una mano débil y amarillenta, despidiéndose para siempre, mientras el padre se aleja apresuradamente, procurando salvar a sus hijos, y salvarse. En el otro extremo de la escala, sacerdotes y frailes y monjas caminan las calles a contracorriente, en procura de que quienes escapan les informen de dónde quedan enfermos, víctimas de la plaga, para atenderlos. Pero son pocos, en comparación con los que se van. Algunos enfermos luchan por seguir a sus parientes; débiles, andan vacilantes hasta las salidas de sus casas, caen en la puerta o en la acera, para ver cómo los suyos se alejan a caballo o en carreta, a toda marcha y sin mirar atrás. Muchos son pisoteados.

La miseria humana abunda más que el amor y la abnegación de unos pocos allí en Montevideo.

Llega la noche y miles de antorchas encienden las calles. Los ríos de gente son ahora ríos de fuego, corrientes flamígeras que iluminan la ciudad condenada. Más que nunca la ciudad cementerio se asemeja a la ciudad infierno. En la locura de la huida, esa noche, encuentra la muerte el doctor Aníbal Carreras. Tras atender enfermos de fiebre amarilla en la Aguada, vuelve en su carruaje abierto hacia el Hospital de Caridad. En un cruce de calles, una carreta que corre tirada por caballos desbocados, enloquecidos por la locura humana que los rodea, choca con el carruaje del médico. Carreras cae al pavimento, es pisoteado por los caballos y luego una de las enormes ruedas de la carreta aplasta su cráneo, que estalla regando sus sesos ensangrentados sobre las piedras de la calle. Su cadáver será encontrado a la mañana siguiente por la policía, que avisará de la tragedia al doctor Vilardebó, infeliz encargado de notificar la desgracia a la familia del malogrado facultativo.

Cerca de medianoche, fray César, encaramado en la torre sur de la Iglesia Matriz, junto a las campanas, mira arrobado esos ríos de fuego que se mueven hipnóticamente, alejándose de Montevideo.

—Hermano mío querido, Buenaventura —susurra entre lágrimas—; qué has hecho.

SIETE

¿Qué curará los

gemidos lastimeros?

Amanece.

Amanece.

Desde por lo menos las cuatro de la mañana, fray César reza intensamente en la capilla de la iglesia de San Francisco. Desesperado, derrama su alma en fervientes oraciones, acompañadas por lágrimas y quejidos de angustia. Cansado, con las rodillas doloridas, se sienta en el primer banco. Pero sus manos siguen fuertemente entrelazadas, y sus ojos apretados, mientras piensa. Por un lado, Ventura, su hermano de crianza, está preso. Por una gentil excepción de Luis de Herrera, a pedido expreso de José Benito Lamas, no está en un calabozo de la Jefatura de Policía; permanece en la casa vicarial, recluido en una habitación cerrada con llave, custodiado por dos frailes capuchinos.

Pero está preso, y César no sabe qué ocurrirá con su hermano. Además, no quiere pensar en las fantásticas profecías que Ventura profirió la mañana del día anterior en la Iglesia Matriz. No sabe, no tiene idea de cuál es el precio que puede llegar a serle exigido a su hermano por semejante sermón profético no autorizado. ¿Es que se volvió loco su hermano Ventura? ¿O realmente es un profeta del Señor? ¿El Espíritu Santo hablaba a Ventura desde tiempo atrás y nunca se lo había contado a él, César, que era su hermano de crianza y de fe? ¿O se revolvieron en su alma atormentada dolor, odio, amor y fe, hasta ser arrebatado por un éxtasis místico que dio forma a sus contradictorias emociones respecto a Dios y el hombre blanco, y acabó creyéndose investido de la sagrada palabra profética, como los antiguos voceros de Dios? ¿Se creyó el fraile Ventura revestido del poder de los antiguos profetas, cuando no fue más que su imaginación, una efímera fantasía a la que rápidamente le llegó el ocaso?

César no sabía; y Ventura estaba preso, a disposición de la autoridad eclesiástica primero, y de la civil luego. Ventura era su única familia, su hermano de crianza. Muertos sus padres y los padres adoptivos de él, el fraile indio era todo lo que tenía, junto al padre Ferretí, mentor de ambos desde que quedaran huérfanos diez años atrás. Fray César rogaba con desesperación a Dios, pues su familia se derrumbaba. Porque el padre Federico Ferretí, que la mañana del día anterior se había excusado de acudir a misa en la Iglesia Matriz a causa de un leve dolor de cabeza, en realidad venía sufriendo fuertes dolores de cabeza desde tres o cuatro días atrás. Y también intensos dolores en todo el cuerpo; y también fiebre, alta e indómita. Cuando la mañana del domingo aquejó dolor de cabeza, este era ya casi intolerable. La tarde de ese día vomitó sangre varias veces, y a la noche desarrolló ictericia.

Y ahora, lunes dieciséis de marzo, muy temprano en la mañana, mientras fray Ventura está preso y el padre Ferretí agoniza, contagiado de fiebre amarilla, fray César desespera, pues vislumbra ante sí un futuro oscuro e incierto. Su preparación no es poca, su conocimiento de las Sagradas Escrituras es vasto, su ordenación como sacerdote, un hecho cercano y promisorio. Es un negro libre, criado en un hogar de españoles que jamás habían creído en la esclavitud; alguien que trató siempre con amor a sus padres y a su vez había recibido todo el cariño y la educación que habrían dado a su propio hijo, si lo hubieran tenido. Fray César ha asimilado aquellas palabras escritas por el apóstol Pablo, nunca bien entendidas por el mundo: «*Ya no hay judío ni griego; no hay esclavo ni libre; no hay hombre ni mujer; porque todos vosotros sois uno en Cristo Jesús*» [RVR 1995]. Su mentor, aquel hombre que le recogió cuando la Guerra Grande le arrojara a la desgracia de la orfandad, el padre Ferretí, tampoco había creído nunca en la esclavitud de los negros, «*un mal que las naciones no debieran haber sufrido*». Él le había enseñado que el apóstol Pablo afirmó no existir diferencia ni de género, ni de raza, ni de cultura o condición, delante de Dios. Y César, rodeado de tan magníficas condiciones, había crecido sano en su mente y en su fe. Como joven instruido, inteligente y docto, recogía la buena opinión y los buenos augurios de cuantos le conocían, no solo dentro de su orden.

Pero era un negro, en una nación que apenas una década atrás había abolido la esclavitud de los negros, y donde los negros aún eran sirvientes, mano de obra barata en diversas ocupaciones, o tropa rasa en la policía o el ejército, en batallones de negros. Si moría Ferretí y si perdía a su hermano Ventura, quizás encarcelado por largo tiempo, si perdía ese círculo protector, la única familia que lo contenía, sería como volver a estar frente a los escombros incendiados de su casa, desolado, aquel fatídico día de enero de 1847 en que un cañón de la batería Artigas del Cerrito barrió para siempre su infancia feliz.

Con un suspiro, fray César inclinó el rostro; con los ojos cerrados siguió orando, y siguió llorando.

La pieza tiene cuatro metros de lado. Un camastro, una mesita de noche, una silla y un reclinatorio constituyen todo el mobiliario. La puerta de doble hoja, de gruesa madera de roble, permanece cerrada con llave. En la alta ventana solo se abre el sector superior, de apenas veinte centímetros, y allí hay reja. La noche pasó y llegó el nuevo día, y Ventura sigue allí. Camina de un lado a otro por el reducido espacio de la habitación, una y otra vez, y son ya incontables sus idas y venidas. Ha dormido poco y nada, y no come desde la noche del sábado; tampoco desayunó, solo ha bebido un poco de agua, y el mediodía ha pasado sin que tocara el almuerzo de escasas verduras, un trozo de pan y casi nada de carne. Piensa furiosamente; sopesa sus acciones, aquellas que determinaron su reclusión. Evalúa sus dichos, su audacia al predicar, su atrevimiento al profetizar, su inaudita osadía al condenar a lo más selecto de la sociedad montevideana. Mide ahora el alcance de sus palabras, ya que no lo midió antes, ni las consecuencias de las mismas. Consecuencias para la población de Montevideo y consecuencias para sí mismo, en las que no había pensado, en ningún momento.

Por sobre todo, piensa en la fuente de todo ese atrevimiento, de ese arrojo profético que estremeció a toda la ciudad. Estremecimiento de horror y locura, cuyos resultados vio la noche anterior, encaramado a la ventana, atisbando por el pequeño ventanuco que le permite contemplar el exterior. Sabe que la fuente no es la que desearía. No es la carga profética por hablar la verdad de Dios a las gentes, como los grandes profetas de la antigüedad; la carga por denunciar el pecado, por llamar al arrepentimiento, por traer esperanza de parte de Dios al pueblo extraviado. La carga profética puesta en el corazón del mensajero humano de Dios, por el Espíritu Santo. Ventura sabe que no; sabe qué siente, qué experimenta, qué emociones sacuden y estremecen su alma. El odio; sí, el odio, el odio por un pueblo que asesinó a su pueblo. El odio por el hombre blanco que explotó al indio todo lo que quiso, que lo usó para pelear sus guerras, sus batallas por la libertad y la independencia; y que luego no le enseñó a vivir en paz con el blanco, a convivir. Antes bien, simplemente lo masacró y lo quitó así de la escena.

Todo es contradictorio en él, en su alma y sus emociones. El hombre blanco le había adoptado, le había criado, le había rodeado de amor, educándole e instruyéndole acerca del Dios en el cual creía. El hombre blanco le había recogido cuando era un recién nacido huérfano e indefenso. Pero el hombre blanco era responsable de su orfandad. Le cuesta realizar el ejercicio mental de individualizar responsabilidades, y responsables. Más fácil y práctico es generalizar: el hombre blanco, genéricamente, era culpable de aquella masacre que le dejara huérfano de padres y de raza, y que tanto le dolía y humillaba.

El hombre blanco le había enseñado la fe en el Dios al cual ama y sirve desde lo más profundo de su alma. El mismo Dios cuyo mandamiento supremo es el amor al prójimo, y aun al enemigo. La contradicción tortura su alma. Ama a Dios pero odia al hombre blanco que le ha evangelizado; odia al hombre blanco, a quien debe amar. Y el hombre blanco al indio ni lo ama ni lo odia; lo usó y, cuando su utilidad hubo caducado, lo quitó de la escena.

Y eso es peor. Porque así no actúa quien odia, porque el que odia al menos está envuelto en apasionada emoción respecto al objeto de su odio.

Así actúa el poderoso: indiferente, frío, sirviendo solo a sus propios intereses, sin importarle más nada.

La puerta se abrió. Fray Ventura detuvo sus furiosas meditaciones y sus frenéticas vueltas. Fuera, en el pasillo, estaban los dos frailes, con la capucha echada sobre el oculto rostro. El vicario apostólico, José Benito Lamas, entró seguido de fray César.

—La paz sea contigo, fray Ventura —dijo Lamas—. Aquí traigo a tu hermano César, que quiere hablar contigo.

—La paz sea con vuestra reverencia, padre —murmuró fray Ventura, y no añadió más.

José Benito Lamas miró detenidamente a fray Ventura. Al cabo de unos momentos susurró:

—Dios aún tiene misericordia de ti, hijo mío. En otros tiempos, lo que hiciste te habría valido la muerte en la hoguera.

Fray Ventura mosqueó de pronto y preguntó disgustado:

—¿Por cuál ley? ¿Por la del hombre blanco?

Lamas frunció momentáneamente el ceño.

—No —replicó—, por la ley de la Iglesia: sermón no autorizado y profecía falsa. Fray Ventura, usaste el lugar sacro, durante el servicio sagrado, para mentir en nombre de Dios. En otros tiempos, eso habría sido suficiente para hacerte arder hasta reducirte a cenizas, por el bien de tu pobre alma.

Fray Ventura mosqueó de nuevo, pero Lamas lo atajó:

—No digas nada, hijo. Fray César queda aquí contigo. Que vuestra conversación sea provechosa y edificante. Buenas tardes, y Dios os bendiga.

Ambos frailes inclinaron el rostro, hasta que el vicario Lamas salió y la puerta se cerró. Entonces César se acercó a su hermano, le puso una mano en el pecho y exultó:

—Ahora, Ventura, estamos solos. Ahora hablarás.

—¿Hablar de qué? —Ventura retrocedió. Fray César pareció impacientarse.

—Ventura, no quiero recurrir a métodos que no he usado desde que éramos niños.

—¿A qué te refieres?

—¡A que voy a aplastar esa nariz indígena de un puñetazo! —gritó César—. ¿Acaso estás chiflado? Eres un fraile laico y ayer te pusiste a predicar en la misa. ¿Fraile laico dije? ¡No, fraile loco! Y además, ¡qué sermón, hermano! Ayer profetizaste la destrucción total de la ciudad; anunciaste la muerte de todos sus habitantes. Dijiste que la fiebre amarilla fue enviada por Dios a Montevideo para castigar a su población por la matanza de la nación charrúa. A la hecatombe de tu pueblo contrapusiste el asolamiento y la ruina de Montevideo; esto como castigo, como juicio devastador decretado por Dios, en pago por aquello. Fuiste muy específico, muy firme, muy seguro de ti mismo en lo que decías. Dime, hermano, por amor del Señor —de pronto, César pareció abismado por el pavor—, ¿hablaste por mandato de Dios... o mentiste?

Fray Ventura caminó hasta el camastro; se sentó al borde del mismo, clavó la mirada en su hermano.

—¿Y si te dijera que hablé por mandato del Espíritu Santo?

Ahora César se sentó en una silla frente a Ventura.

—Te contestaría que —replicó con mucha tranquilidad—, en ese caso, Dios no sabe aritmética.

—¿Eh?

—Ayer dijiste que hacías la acusación y el anuncio faltando veintiséis días para el once de abril, fecha en que se cumplirán veintiséis años de lo sucedido en Salsipuedes. Hiciste un juego de números que pareció cabalístico, casi místico, a fin de justificar que ayer fuera el día señalado para profetizar la destrucción de Montevideo mediante la fiebre amarilla. Pero, Ventura, ayer faltaban veintisiete días para el once de abril. ¿Quién no sabe contar, Dios o mi extraviado hermano?

Ventura resopló con fuerza; paseó su mirada por toda la celda, inquieto, con desasosiego.

—¡Está bien, mentí! —explotó por fin—. ¡Sí, mentí, inventé todo lo que dije! ¡Y qué! Mentí para atormentarlos, para aterrarlos, para que sus almas pusilánimes y viles se estremecieran de miedo ante la muerte, ante el castigo de Dios, ante la condenación por los hechos inicuos de su negra historia. Por eso mentí.

Una máscara de tristeza cubría la faz de César.

—Cuánto odio —susurró anonadado—, cuánto encono y cuánto dolor en tu alma, hermano mío. Y yo no supe verlo; no supe verlo hasta que explotaron, llevándote a una indigna osadía de mentira, fraude y sacrilegio. Y ahora, hermano, dime, ¿no ves que estas pobres criaturas poco y nada tienen que ver con quienes hace veintiséis años estuvieron allá en los campos de Paysandú? La mayoría de los perpetradores de aquel horrendo crimen han muerto ya. ¿Por qué castigar con tu odio a sus hijos y nietos? ¿Eres acaso Dios, para visitar la maldad de los padres sobre los hijos hasta la tercera y cuarta generación, como dice el Segundo Mandamiento? Si odias, si no puedes librarte del odio, ¿no es suficiente mal ese, para que además tu alma se oscurezca más, por odiar genérica e indistintamente a todos los blancos? ¿Odio yo acaso al hombre blanco por haber esclavizado a mi raza durante generaciones? ¿No nos ha mandado Dios amar?

—¿Crees que no lo sé? —susurró Ventura con los ojos en el suelo.

—¿Entonces?

El fraile indio sacudió la cabeza.

—No sé; no puedo —dijo temblando—. Hace diez años, cuando el padre Gutiérrez me contó toda la verdad antes de morir, todo mi ser trepidó de horror. Tanta crueldad, tanta maldad, tanta saña y tamaña traición paralizaron mi alma, la fijaron en el aborrecimiento indeclinable hacia el hombre blanco, responsable de la masacre de mi pueblo —miró a su hermano a los ojos—. ¿Qué hago con este odio, César? ¿Qué hago?

Tras una pausa, fray César inquirió:

—¿El doctor Vilardebó?

—Es mi amigo —dijo Ventura arqueando las cejas.

—Es un hombre blanco. ¿Le odias?

—Claro que no, es mi amigo; mi mejor amigo, después de ti.

—¿Y el padre Ferretí? ¿Le odias a él?

—Por supuesto que no. Es mi maestro, mi consejero, el que nos recogió cuando quedamos huérfanos; el que nos guió y nos guía en el sagrado camino de Cristo. ¿Cómo odiarle?

—Él también es un hombre blanco.

—Pero es alguien especial para mí, lo mismo que Vilardebó.

—Entonces, tal vez no deberías decir que odias genéricamente al hombre blanco —César bajó los ojos y murmuró—. El padre Ferretí también es especial para mí —cuando volvió a mirar a Ventura, una lágrima corría por su mejilla.

—¿Qué ocurre? —preguntó el fraile indio extrañado.

—Que el padre Ferretí es muy especial para mí —repitió fray César, y rompió a llorar.

—César, mi hermano, ¿qué... qué ocurre?

Escondiendo la cara entre las manos, César dijo:

—Él... se ha contagiado.

Siguió un minuto completo de espantado silencio. Luego, Ventura se levantó bruscamente, fue hasta la puerta y la golpeó varias veces. Fray César le miró.

—¿Qué estás haciendo? —murmuró.

—Quiero salir, quiero ir junto al padre Ferretí.

—No golpees la puerta, entonces; está sin llave.

—¿Qué?

—El vicario Lamas te dejó en libertad; puedes salir de aquí cuando quieras.

—Pero... —asombrado, Ventura guardó silencio un segundo—, ¿y el coronel Herrera?

—Te puso en manos del vicario, ¿te acuerdas? Luego se desentendió de ti.

—¿Entonces estoy libre?

—Sí; el vicario no quiere presentar cargos contra ti. Buenaventura, estás libre; libre con tu conciencia. Libre, a pedido de... del padre Feretí. Él quiere verte. ¿Vamos?

El trayecto desde Ituzaingó y Rincón hasta el cruce de Piedras y Zabala es tan rápido y fugaz que prácticamente no deja impresión alguna en fray Ventura. Si acaso, la impresión del completo vacío de las calles, desiertas y silenciosas hasta hacer palpable el carácter extraño de esa tarde del lunes dieciséis. En el convento de San Francisco, el sacerdote capuchino Federico Feretí agoniza en la misma habitación que dos semanas antes recibiera a fray Ventura Meléndez, aquejado de la misma enfermedad. Declina ya el día, y el sol cae hacia las aguas del Plata, junto al Cerro de Montevideo. Una tenue brisa se levanta y refresca tímidamente la ciudad, que aún aguarda el pampero, abatida bajo el sol caluroso de mediados de marzo. La ventana que mira al este permanece abierta; deja entrar una ligera corriente de aire que refresca el cuerpo de Feretí, abrasado por la fiebre. Fray Ventura se detiene a los pies de la cama. Mira ese cuerpo amarillo, enteco y sudoroso, débil envoltorio terrenal de un espíritu enérgico y consagrado, del alma de un hombre santo y bueno, amado como padre y maestro, paradigma de su vida durante los últimos diez años. De pronto piensa que ese hombre entrado en años, cercano ya a los cincuenta y cinco, enjuto y frágil, probablemente no sobrevivirá a la fiebre amarilla, que ha matado ya a tantos jóvenes fornidos y saludables que contaban con la promesa de una vida larga y fructífera hasta la llegada de la plaga. Lo ve ahí acostado, flaco, desparramado en el lecho, reblandecido, casi como si alguien lo hubiera arrojado sobre la cama, cual muñeco de trapo, a merced absoluta de aquellas manos en la cuales cayó. El padre Ferretí está en manos de la muerte amarilla. No, se esfuerza fray Ventura en pensar, mientras pugna por hallar el brillo de la fe en los rincones oscuros de su alma. El padre Ferretí está en las manos de Dios. Como Job, el «*hombre perfecto y recto, y temeroso de Dios, y apartado del mal*»; como Job, entregado por Dios al sufrimiento que pudiera Satanás ocasionarle, pero con el límite impuesto por el Señor, que dijo: «*He aquí, él está en tu mano; mas guarda su vida*». ¿Guardaría Dios la vida del padre Ferretí, como la vida de Job, como su propia vida, la de fray Ventura, poniendo término a la obra de la muerte amarilla? ¿O sería la voluntad inescrutable del Altísimo que el padre Ferretí siguiera el camino recorrido ya por decenas de sacerdotes, frailes y monjas, muertos por la plaga mientras ayudaban a las víctimas de la plaga? Un pensamiento acude de súbito otra vez a fray Ventura: piensa que el padre Ferretí, al que ve demacrado y seco, puede en breve morir. Y entonces piensa nuevamente en ese hombre, amado como un padre. Impulsivamente se acerca, hinca las rodillas junto a él, esconde el rostro en la palma de la mano descarnada y amarillenta de su mentor. Y rompe a llorar.

El sollozo convulso del joven fraile indio despierta al moribundo. Ferretí abre los ojos, saca la mano huesuda y la apoya en la cabeza de Ventura. Este pequeño movimiento le ha costado mucho, pero sus gestos de dolor no se acompañan de ningún quejido. Habla Ferretí, con voz lánguida, trémula, susurrante.

—Buenaventura, hijo mío.

Y calla; el fraile indio no levanta el rostro.

—Padre, le he deshonrado —murmura avergonzado y humillado.

—No —le corta Ferretí; inspira hondo, con más gestos de dolor—, has deshonrado a Dios. Tu odio irremisible te condenará, pero eso no es lo peor aun. Tu odio condenará a otros.

Otra pausa dolorida, durante la cual Ventura dice en voz muy baja:

—¿Condenar a otros, padre?

—Sí, hijo mío. Nuestro Señor y Salvador Jesucristo se entregó voluntariamente a la muerte de cruz.

—Bendito sea su nombre —susurra Ventura sin levantar el rostro; en la esquina de la habitación, fray César parece sumido en profundas oraciones, pero sus orejas están muy atentas.

—Recuerda —prosigue Ferretí—, nuestro Salvador murió para traernos el perdón. Recuerda: *tenemos redención por su sangre, la remisión de pecados por las riquezas de su gracia.*

—Lo recuerdo, padre. Pero, ¿qué debo hacer?

—El perdón, fray Ventura, el perdón. Cristo perdonó, y ese perdón enriquece nuestra vida con la gracia de Dios. Pero si ese odio se perpetúa en ti, es cual si la obra de la gracia de Dios fuera incapaz contigo. ¿Cómo? ¿Cristo perdonó, y el siervo de Cristo no perdona, sino que odia? Anulas la gracia de Dios, fray Ventura. Le dices a la gente que todo es una mentira. Los alejas de Dios, los alejas de Cristo, los alejas del perdón de sus pecados; los empujas a la eterna condenación.

Abismado, Ventura medita un instante.

—¿Debo yo... perdonar? —balbucea luego.

—Sí, fray Ventura —dice Ferretí, con voz aún temblorosa pero saturada de convicción.

—¡No! —grita Ventura y se pone de pie, alejándose convulsivamente de la cama. El grito del indio es tal que fray César, sobresaltado, casi cae de su silla.

—¡Perdonar! —Fray Ventura clama furioso—. ¿Para qué? ¿Para perpetuar la historia de siempre? El poderoso esclaviza, roba y mata, y el débil sufre y soporta; y además debe perdonar. El débil es humillado, despojado, apremiado, pero aguanta; siempre aguanta. Y ahora también, ¡perdona! ¿Es así el mundo, padre?

—Es así el mundo, hijo mío. Porque el mundo corre la carrera por su cuenta, bien que Dios Nuestro Señor persistentemente lo llama a volver a sus caminos. Pero fray Ventura, en este mundo despiadado donde domina el poderoso, Dios está con el débil.

—¿Y cómo, padre? Por favor, dígame cómo.

—Tu odio te enceguece, hijo mío, y olvidas las Sagradas Escrituras, las cuales dicen que [Jesús] *siendo en forma de Dios, no tuvo por usurpación ser igual á Dios: Sin embargo, se anonadó á sí mismo, tomando forma de siervo, hecho semejante á los hombres; Y hallado en la condición como hombre, se humilló á sí mismo, hecho obediente hasta la muerte, y muerte de cruz.*

Dos lágrimas corren por las mejillas de fray Ventura.

—Es injusto, padre; me habla con las Santas Escrituras, contra las que no puedo discutir ni rebelarme.

—No soy injusto, hijo mío. La Palabra de Dios es justicia.

—¡Justicia! Sí, eso; hablemos de justicia. ¿Por qué no creer que Dios haya enviado la fiebre amarilla a Montevideo, como lo dije ayer en la Iglesia Matriz? Este pueblo es culpable de la masacre de mi pueblo, y Dios ha juzgado y finalmente enviado el castigo. ¿Por qué no creerlo así, padre? Los blancos se contagian y mueren en manadas; mueren como moscas, como miserables cucarachas, como...

—Como yo —susurra Ferretí, suspirando—, pronto.

Cortado de súbito y horrorizado, fray Ventura cae de rodillas allí mismo donde está; solo puede balbucear:

—Padre...

—Así es, hijo mío. ¿Por qué no creerlo así? En primer lugar, porque Dios no te ha hablado. Tu concepto de la justicia es rudimentario, tosco, guiado por tu mente y las emociones de tu alma, contaminadas por la pecaminosidad inherente a la naturaleza humana. Tu concepto de la justicia es incompleto, para reflejar siquiera la justicia divina; porque en lo que tiene que ver con los hombres, la justicia de Dios va de la mano con su misericordia. Me recuerdas al profeta Isaías, que dijo: *Palpamos la pared como ciegos, y andamos á tiento como sin ojos; tropezamos al medio día como de noche; estamos en oscuros lugares como muertos. Aullamos como osos todos nosotros, y gemimos lastimeramente como palomas: esperamos juicio, y no lo hay; salud, y alejóse de nosotros.*

Fray Ventura está arrodillado junto a la cama, otra vez, con el rostro apretado contra el lecho. De nuevo, con voz trémula y estremecido todo el cuerpo, dice:

—Entonces, padre, ¿qué curará mi ceguera, los gruñidos y gemidos lastimeros de mi alma?

La mano huesuda y amarillenta regresa a posarse sobre la cabeza del fraile indio.

—El perdón, hijo mío. Permite que en tu alma fluya el más completo y perfecto perdón. El perdón que te liberará del rencor, del dolor y el odio, también te liberará de la culpa, de la vergüenza, la soledad, la incertidumbre y el temor. Perdona, fray Ventura; simplemente, perdona.

Fray Ventura Meléndez no contesta.

Su llanto convulso, amargo, intenso, se prolongará durante mucho, mucho tiempo.

El padre Federico Ferretí no habló más hasta morir. Sus últimas palabras fueron una invitación a perdonar, tal como entendía él que Cristo había perdonado al hombre. Se trataba de perdón, olvido y completa remisión de la deuda contraída a causa del pecado, de la ofensa, del mal hecho a Dios y al hombre con actos y actitudes inconvenientes y transgresores de los mandamientos divinos. Fray Ventura lo sabía; sabía cuáles eran las palabras que habrían seguido si el padre Ferretí hubiera podido continuar. Eran las enseñanzas que le había dado durante diez largos e intensos años.

Pero el padre Ferretí ya no habló más. Como si hubiera cumplido su postrer cometido, cuando mucho rato después fray Ventura levantó los ojos para mirarlo el sacerdote estaba sin conocimiento, con un hilillo de sangre oscura goteando lentamente desde su boca.

Vilardebó y Rymarkiewicz pasaron por el convento al anochecer. Ambos examinaron a Ferretí meticulosamente. Luego, Vilardebó miró con gesto sombrío a fray Ventura, sacudió la cabeza y se fue, seguido del polaco. Fray César y fray Ventura velaron toda la noche a Ferretí, haciendo oración y cambiando frecuentemente los paños de agua fría que depositaban sobre la frente del inconsciente sacerdote, que ardía de fiebre. La respiración de Ferretí se hizo cada vez más agitada conforme avanzaba la madrugada. Al despuntar el alba, su sueño comatoso fue turbado por un terrible vómito de sangre negra, que los dos ignorantes frailes solo atinaron a limpiar, sin saber qué otra cosa hacer. Luego del vómito, la respiración del enfermo se hizo más fatigosa, acompañada de aterradores burbujeos en las profundidades de su pecho. Tras otro par de horas comenzó a entrecortarse, con períodos de rápidos estertores seguidos de pausas, cada vez más prolongadas.

Pasadas las ocho de la mañana, el padre Ferretí dejó de respirar.

Ventura y César permanecieron impasibles, sentados en el suelo, uno a cada lado de la cama. Ninguno hizo movimiento alguno, bien que ambos se percataron de que el alma de su querido maestro había volado. César miró a Ferretí y llamó la atención de Ventura sobre la tranquilidad del rostro del difunto, quien, concluida la cruel agonía, había por fin alcanzado el reposo y, según creían, la visión del rostro del Salvador. No obstante, o tal vez por eso, ambos jóvenes frailes rompieron a llorar como niños.

Media hora después, Vilardebó y Rymarkiewicz estaban nuevamente en la habitación. Se había hecho presente el vicario apostólico José Benito Lamas, y algunos frailes estaban también allí, aparte y en oración. César y Ventura permanecían aún arrodillados uno a cada lado de la cama, llorando. El silencio en el lugar, profundo y triste, era apenas perturbado por tenues sollozos y rezos musitados. Tras un tiempo indeterminado, el vicario Lamas se inclinó hacia los jóvenes frailes y susurró.

—Sean consolados vuestros corazones, hijos míos. Vuestro maestro entregó su vida en la lucha contra la plaga, ayudando a las víctimas. Su esfuerzo y sacrificio no serán olvidados delante de Dios nuestro Señor.

Con los ojos nublados, Rymarkiewicz murmuró, sin dirigirse a nadie en particular:

—*Y oí una voz del cielo que me decía: Escribe: Bienaventurados los muertos que de aquí adelante mueren en el Señor. Sí, dice el Espíritu, que descansarán de sus trabajos; porque sus obras con ellos siguen.*

Lamas mosqueó hacia el médico polaco y dijo en tono reprobatorio:

—Ya que ha usado usted del idioma español para expresar un pasaje de las Santas Escrituras, siendo usted un laico, confío en que no querrá darle a esa expresión el valor de una bendición sacramental.

Rymarkiewicz miró a Lamas con desagrado.

—¿De qué habla, monseñor? —replicó—. ¿Es momento para tonterías inquisitoriales? ¿No ha perdido usted a un amigo, y estos jóvenes a su guía y mentor? ¿No es la Palabra de Dios un consuelo? ¿O acaso soy indigno para que fluya por mis labios la palabra divina? Y si soy indigno...

—Max... —advirtió Vilardebó.

—Espera, Teddy —le cortó Rymarkiewicz, con irritación creciente —Oiga, monseñor, si soy indigno —prosiguió, presentándole sus manos unidas por los puños—, aquí me tiene; encadéneme y condúzcame ante la Santa Inquisición.

—Max, la Inquisición ya no existe —murmuró Vilardebó.

—Ya lo sé, Teddy; aguarda —Rymarkiewicz, mirando otra vez al vicario, agregó—:¿Qué dice usted, monseñor? ¿Me va a condenar?

Pero Lamas, con semblante inmensamente triste, musitó:

—No tengo ganas; acabo de perder a un amigo —y se fue de allí.

Esa mañana las campanas doblaron con fúnebre tañido, mientras el reducido cortejo acompañaba los restos del padre Ferretí al cementerio. Con el vicario apostólico a la cabeza, frailes capuchinos y franciscanos, sacerdotes, monjas y una veintena de personas marcharon juntos desde la iglesia de San Francisco, donde se había verificado el oficio sagrado de cuerpo presente. Vilardebó y Rymarkiewicz también fueron, sin decir una palabra durante el trayecto, ni tampoco al llegar al cementerio. Allí encontró descanso el cadáver de Ferretí, dado que un decreto del Jefe Político de Montevideo había prohibido, tres días atrás, las inhumaciones de aquellos que hubieran muerto víctimas de la plaga, en los terrenos de iglesias y conventos de la ciudad. El tiempo en el cementerio fue breve. No hubo canto y las oraciones fueron sucintas. Finalizado el oficio, todos se dispersaron lentamente, en silencio.

Siempre acompañado por su amigo el médico polaco, el doctor Vilardebó iba en su carruaje, conducido por el mulato Mostaza, que se contaba aún entre los vivos. Al llegar al Mercado Principal se cruzaron con un personaje conocido, que conducía apresuradamente una carreta cargada de equipaje.

—¡Castellanos! —gritó Vilardebó, e hizo una seña al mulato Mostaza para que detuviera el carruaje.

Alberto María Castellanos, reportero y cronista de *La Nación* de Montevideo, miró a su derecha. Al ver al médico hizo un gesto de contrariedad. Pareció dispuesto a proseguir su camino, pero, tras un momento de vacilación, detuvo los caballos. Se veía nervioso, apurado, asustado e inquieto. Detenidos ambos carruajes, uno al lado del otro, el diálogo se desarrolló sin apearse de los mismos.

—¿Se va, hombre? —dijo Vilardebó—. ¿Usted también?

—Buenos días tengan ustedes, doctores. Efectivamente, doctor Vilardebó; me voy ¿O qué le parece que hago en una carreta llena de maletas, si no?

—Pero Castellanos —el tono de Vilardebó era mordaz—, ¿y su periódico? ¿Qué pasó con la sagrada misión de informar? No me dirá que la fiebre amarilla se ha agotado como fuente de sensacionales exclusivas que escribir.

Castellanos frunció el ceño.

—¿Disfruta algún secreto triunfo, doctor? Dígame qué me perdí.

—Nada en especial, Castellanos —replicó el médico—, Solo que me sorprende usted. Cuando esto se pone bueno, usted, que ha usado la epidemia de fiebre amarilla para hacer sensacionalismo y política desde su pasquín de pacotilla, se va.

—Tiene un notable humor negro, doctor Vilardebó. No sé a qué le llama ponerse bueno. Montevideo es un caos y una desolación. Nadie pudo describir la plaga de peste que asoló las ciudades europeas durante la Edad Media con tanta fuerza ilustrativa como lo que vemos a nuestro alrededor. Y no crea que he perdido oportunidad de recabar información; información que al inicio le pedí a usted, pero que luego empezó a llegarme por otras vías. Por ejemplo, sé muy bien lo que usted le dijo al presidente Pereira el domingo próximo pasado: más de cuatrocientos muertos en dos semanas; la plaga totalmente fuera de control.

—Se ve asustado, Castellanos —dijo apaciblemente Vilardebó.

—¡Claro que lo estoy! —exclamó con voz temblorosa el periodista.

—Pero no ha publicado esos datos.

—¡No! —gritó el otro—. ¿Dónde voy a publicarlos? Todo el personal del periódico se ha ido, empezando por los dueños. Solicité el uso de la imprenta para seguir editando una separata, pero el lunes a la mañana no vino más nadie al trabajo. Todos, hasta el último obrero, se largaron de aquí. Y el que no pudo salir de Montevideo, pues no tiene adonde ir, tampoco ha vuelto a trabajar. Tal vez la mayoría ya estén muertos. Y yo, mis queridos doctores, me voy de Montevideo mientras se pueda.

—Tiene razón, Castellanos; váyase, en tanto no está contagiado.

El periodista se permitió una media sonrisa.

—A pesar de todo —dijo—, necesitan ustedes de nosotros, para estar informados. ¿No se enteró? Esta mañana se ha sabido que nuestro señor presidente don Gabriel Antonio Pereira ha dicho que, si don Frutos pudo gobernar el Uruguay desde el Durazno, él puede gobernarlo desde su quinta en las costas del arroyo Miguelete. El presidente tiene intenciones de extender la cuarentena a todo Montevideo. Eso significa que el ejército y la marina rodearán la ciudad, y cuando el cerco se establezca nadie podrá entrar, y nadie tampoco podrá salir. Por lo tanto, este es el momento de irse. De hecho, ya casi todo el mundo ha evacuado la ciudad. Solo quedan los pobres e indigentes de los arrabales, que no tienen dónde ir. ¿Qué dice usted, doctor? ¿Qué opina de la cuarentena que planea imponer el Presidente de la República?

—¿Me está entrevistando, Castellanos?

—Por Dios santo, no; solo quiero saber su opinión.

—No tengo intención de ir a ninguna parte, fuera de Montevideo.

—¿Y usted? —inquirió Castellanos, dirigiéndose a Rymarkiewicz.

—En este lugar me quedaré, mi amigo. Mi colega, aquí presente, prometió invitarme a comer un asado cuando todo haya terminado. En tanto, hay todavía muchos enfermos que atender.

—La vocación, ¿eh? —murmuró Castellanos—. El juramento hipocrático, aliviar a los que sufren y todo eso. ¿No es así?

Encogiéndose de hombros, Vilardebó sonrió a Castellanos; no contestó.

—Quiera Dios ayudarles —dijo el periodista—; yo me voy. Espero que volvamos a vernos. ¡Adiós!

Luego que se hubo ido, cuando ya el mulato Mostaza había reanudado la marcha, Rymarkiewicz miró a Vilardebó y le dijo:

—Tú y tus asuntos con estos montevideanos.

~~~~~

Dos días después, los doctores Vilardebó y Rymarkiewicz caminan por las calles de Montevideo. Son las primeras horas de la tarde y están más allá del Mercado Principal. Recorren los barrios de la zona sur, cerca del cementerio. El mulato Mostaza, rígido y silencioso, les sigue a cincuenta metros en el carruaje tirado por dos cansinos caballos. Silenciosas están también las calles, pero eso ya no es novedad. Sin embargo, el aspecto de la ciudad es peor cada día. En la vía pública no se ve a nadie, salvo pequeños y ocasionales grupos de personas, oscuras y harapientas, que aparecen y desaparecen entre las viviendas cerradas. Los que no se han ido se refugian en esas pobres y vacilantes construcciones o deambulan por los terrenos baldíos y entre lo que queda de las casas quemadas. Las ruinas no han dejado de humear desde los descomunales incendios que jalonaron el éxodo masivo del domingo anterior, cuando se superó el número de veinte mil montevideanos que abandonaron la ciudad condenada. Los que no se han ido se cuentan aún por miles; son en su mayoría pobres, sin familiares o amigos que los acojan en el campo ni en otras ciudades del Uruguay, cercanas o lejanas a Montevideo, y menos en el extranjero. Son menesterosos cuyos recursos no les permiten acceder a medios de transporte, ni siquiera un humilde burro de carga o una carreta maltrecha Tampoco pueden permitirse hoteles o alojamientos en zonas urbanas o rurales, donde instalarse y esperar a que la epidemia termine. Estos pobres, que no pueden estar sin trabajar, ni pagarse por tiempo indefinido un hotel o una posada en Las Piedras, Pando, Canelones, San José, Colonia o Maldonado, tienen como única alternativa salir caminando de Montevideo y enfrentarse a la pradera o al monte, para vivir a la intemperie, como los indios antaño, o ahora los matreros. Están ocultos, encerrados en sus hogares. Subsisten precariamente con el guiso diluido y aguachento, de lentejas ayer, hoy de arroz, que reparte una vez por día la policía, prácticamente los únicos que recorren aún las calles.

Pero no son estos pobres los únicos que se han quedado. Cientos de personas de buena posición todavía están en la ciudad. Algunos no creen que el éxodo hacia las afueras sea efectivo para escapar de la plaga, pero son los menos. Muchos se resisten a abandonar sus casas, sus pertenencias, sus lugares, el entorno de sus vidas. Hay también quienes siguen auxiliando a las víctimas de la plaga: civiles particulares, la policía, los religiosos jesuitas, franciscanos, capuchinos, dominicos, sacerdotes seculares y monjas de varias órdenes. Los masones de la Sociedad Filantrópica también habían estado activos desde el inicio de la epidemia, y aún llevan ayuda, alivio y consuelo a las víctimas de la enfermedad.

Y la enfermedad sigue. La muerte amarilla continúa azotando Montevideo, y se lleva al ignoto mundo de ultratumba casi a la totalidad de los que caen en sus invisibles garras. Y sobre aquellos que se ocultan, tanto en casas señoriales como en ranchos de las orillas, esas despiadadas garras se cierran y matan con la celeridad de tres días de agonía, o dos; en casos aislados y espeluznantes, la muerte llega en menos de veinticuatro horas.

Otro horror, excepcional al inicio, se ha generalizado: los enfermos que agonizan y mueren en sus casas, sin asistencia de ningún tipo. Es que los que ayudan son cada vez menos; siguen muriendo sacerdotes, policías, monjas, masones, civiles particulares, y nadie toma su lugar.

Y prosiguen las procesiones de carretas y camillas hacia el Hospital de Caridad; decenas cada día. Los enfermos que van hoy, hace casi tres semanas que son testigos de cómo los que se han contagiado de fiebre amarilla entran en ese lugar solo para salir rumbo al cementerio. Los que aún se mantienen conscientes lloran, camino al Hospital de Caridad, y algunos gritan. Ruegan no ser llevados allí, tratan de arrojarse de las camillas, de bajarse de las carretas para huir. Sienten que son llevados a un sitio de ejecución, al matadero. Como Virgilio y Dante ante la puerta del Infierno, creen ver sobre la entrada del hospital aquel terrible anuncio, aquella funesta sentencia final: «*Oh, vosotros, los que entráis, abandonad toda esperanza*».

Por otro lado, los que todavía están sanos no quieren acercarse al Hospital de Caridad, ni siquiera para llevar a sus propios familiares cuando estos enferman. Consiguen mulatos, negros e indigentes que empujen las camillas o conduzcan las carretas por unas pocas monedas de cobre. El espanto que esta plaga ha traído rebasa los límites de la cordura, y el Hospital de Caridad, esa piadosa institución de asistencia que funciona desde la época colonial y que siempre ha sido mirada con favor por toda la población de Montevideo, ahora despierta cada vez más miedo, más desconfianza, más rechazo. Es que el Hospital de Caridad hierve de enfermos. A los ojos de los pobladores de la ciudad condenada, la fiebre amarilla campa por sus respetos allí dentro. Los médicos dicen continuamente a la gente que la enfermedad es contagiosa, que se transmite de persona a persona, aunque no saben cómo. Ni tampoco importa, aseveran algunos en transitorios corrillos de esquina o alrededor del fogón de un rancho. No importa el lugar donde se haya iniciado la plaga, ahora el Hospital de Caridad es un gigantesco foco de infección. Y se preguntan una y otra vez si acaso no deberían hacer algo.

Vilardebó y Rymarkiewicz caminan en silencio por esas calles. El cielo, por primera vez desde mediados de febrero, está totalmente nublado y gris. Un ventarrón sopla en derredor y añade su áspero silbido al grave fragor de fondo de las fogatas, que aún lanzan a la atmósfera cuarenta columnas de humo, el estigma de la presencia de la plaga en Montevideo. En una miserable calleja de tierra con pozos enormes y zanjas resecas, surgen de pronto dos individuos pobremente ataviados. Salen de las ruinas quemadas y humeantes de una casa incendiada días atrás. Miran con recelo a los médicos y luego se alejan apresuradamente. Vilardebó mira hacia atrás; ve solo al mulato Mostaza, que ha detenido el carruaje y comenta con gesto preocupado:

—Por un momento creí que esos hombres iban a asaltarnos. Tal vez me dejé llevar por su paupérrimo aspecto, Dios me perdone. Me pregunto qué pasó con el sargento Laguna. Desde el principio de todo este desastre, el coronel Herrera lo puso a mis órdenes, y el muchacho no se había despegado de mí ni un momento. Pero desde la tarde de ayer que no lo veo.

—Yo lo vi hoy en la mañana —murmura Rymarkiewicz, con la vista en el suelo—, en el Hospital de Caridad, y otra vez antes del mediodía.

—Ajá. ¿Estuvo ayudándote?

Rymarkiewicz mira a su amigo a los ojos.

—No, Teddy —replica—, debí decírtelo antes; el sargento Laguna está enfermo. Comenzó la noche de ayer y al mediodía de hoy había desarrollado ya la ictericia —el polaco aprieta los labios y no añade más.

Sacudiendo la cabeza, Vilardebó dice, tras un instante:

—Él también, pobre muchacho —inspira hondo y susurra—. Él también.

Rymarkiewicz no contesta. El médico uruguayo vuelve a inspirar profundamente, olisquea el aire y pregunta:

—¿Puedes sentirlo?

—¿Ese olor?

Entonces vuelven sus rostros a los vestigios quemados de una casa, a escasos tres metros de donde están parados. Vilardebó hace una seña al mulato Mostaza para que espere con el carruaje ahí mismo y se encamina luego hacia allí, flanqueado por Rymarkiewicz.

Se trata de una casa modesta, de ladrillo revocado y blanqueado a la cal, con techo de madera y piso de baldosa. Hay un zaguán, seguido de una amplia sala con varias puertas, una a la cocina, tres más a otros tantos dormitorios. Desde la cocina puede pasarse aún a otro cuartucho, o salir a un fondo con un pequeño patio desde el cual una escalera asciende a la azotea. Más allá hay un jardín ricamente poblado por plantas de majestuoso follaje, algunos árboles y una vid cargada de frutos. Al fondo, se adivina un excusado.

Así debió de haber sido la casa, así se la imaginan los médicos al recorrerla, mientras ven los efectos del fuego y del terror de sus habitantes al huir despavoridos. Las puertas y ventanas han desaparecido. El blanco de la cal ha cambiado por un tizne profundamente negro, allí donde el revoque aún persiste, pues en la mayoría de su extensión las paredes muestran el ladrillo desnudo y ennegrecido. Ennegrecido está también el piso, tal que es imposible apreciar el diseño artístico original de las baldosas, refundidas por el calor infernal del incendio. El techo ha desaparecido por completo, con sus tablas, vigas y tirantes, y de la escalera que ascendía a la azotea solo quedan vestigios. Los árboles están quemados, el follaje ha desaparecido, y también el fruto de la vid. La cocina se presenta completamente vacía: no hay armarios, latones, mesas, sillas, nada. Así el resto de la casa. No hay un solo mueble, no se sabe si porque quedaron reducidos a cenizas o porque los moradores cargaron con todo al irse. Pero el olor persiste e inunda todo el lugar; es el hedor de carne humana quemada, en descomposición. En el dormitorio más grande, el más alejado de la calle, finalmente los encuentran. Son dos cadáveres parcialmente carbonizados; no es imposible apreciar sectores de piel que aún, a pesar del oscuro tinte del hollín, revelan la icteria que exhibieron en vida, pocos días atrás, antes que su existencia en esta tierra tuviera un abrupto final. Por el tamaño de uno de los cadáveres, se deduce que es de un niño, quizás de entre ocho y diez años. Para peor, el cadáver del niño está abrazado a la cintura del otro cuerpo, presumiblemente un adulto. ¿Su madre tal vez? Imposible saberlo. El cuadro que uno puede imaginar es espeluznante: abandonados ambos por su familia, señalado el lugar como contaminado por la plaga, en medio del pánico de la noche del domingo próximo pasado, alguien había arrojado antorchas encendidas al interior de la casa y la había quemado por completo, con los enfermos dentro. Alguien, quizás uno de sus propios parientes, que procuró acortarles la agonía, en un gesto de malentendida misericordia, inhumano y cruel al fin. Vilardebó había oído decir al coronel Herrera que la noche del domingo habían sucedido cosas horribles, que violaban todo afecto natural. Y uno de los capitanes del Jefe le comentó que en varias de las moradas incendiadas encontraron cadáveres carbonizados, presuntas víctimas de la fiebre amarilla. Pero ahora lo está viendo.

El doctor Vilardebó camina hacia la sala principal de la casa; allí hay una pilastra derruida, vencida por el fuego. Sin fijarse en el polvo, el hollín y la mugre, el médico se sienta allí. Apoya los codos sobre las rodillas, esconde la cara entre sus manos. Y rompe a llorar. El doctor Rymarkiewicz le mira sorprendido, pero de inmediato abandona esa expresión; él, que ha conocido la devastación de la guerra, combatiendo por la libertad de su Polonia natal, está horrorizado más allá de toda descripción ante el panorama de Montevideo, condenada por la fiebre amarilla. Se acerca a su colega y amigo Vilardebó, y apoya una mano en su hombro. Quiere decirle algo, pero no sabe qué; abre la boca y nada sale, piensa y nada surge. Se encoge de hombros; nada se puede decir, nada. Deja allí su mano, sobre el hombro de su amigo Vilardebó, que solloza en silencio, y mira a su alrededor. El viento silba impertinente entre las ruinas. En el cielo, densos nubarrones se trasladan veloces y en silencio. No se ve un alma viviente por ningún lado.

—No sé —murmuró Rymarkiewicz, sentado en una piedra. Miró a su alrededor y vio las ciclópeas columnas de humo que por todos lados seguían imperturbables hacia el firmamento—. He visitado cada uno de los grupos, en estos días, los cuarenta grupos que se encargan de las cuarenta fogatas que purifican la atmósfera. Que, dicho sea de paso, no purifican nada y nos tienen respirando humo y hollín desde hace más de dos semanas. Pero el punto es que los hombres de esos grupos, ciento veinte en total, están allí desde que se encendieron las fogatas. Y ninguno ha enfermado; ninguno. Y no solo eso: en un radio de treinta metros a la redonda, alrededor de cada una de esas fogatas, nadie ha contraído la fiebre amarilla. Llevo dos días recorriendo esos grupos; he tomado medidas desde el lugar donde arde el fuego hasta las casas cercanas y lejanas. Y lo que he hallado es que, en alguna medida, esos fuegos protegen de la fiebre amarilla a quienes están cerca. Pero a pesar de arder por toda la ciudad, no han servido para detener el avance de la plaga en Montevideo.

Sentado aún en la pilastra derruida de la casa quemada, Vilardebó preguntó:

—¿A qué conclusión llegas, Max?

—Bueno, además de considerar que tal vez no debería haber aconsejado al coronel Herrera que releve a los hombres que están allí hace más de dos semanas, no sé qué pensar.

—¿El coronel Herrera accedió a efectuar los relevos?

—Sí, pero ahora yo me pregunto si, por preservar la salud de los bronquios y pulmones de esos pobres tipos, no les empujé hacia el contagio y la muerte. ¿Qué hay en el fuego, o en el humo, que los protege del contagio, Teddy? ¿Qué es lo que detiene la enfermedad allí? ¿Qué es lo que frena la infección? ¿Cuándo vamos a tener respuestas?

Vilardebó sacudió la cabeza.

—No sé —murmuró—. En todo caso, no creo que podamos esperar esas respuestas. Por lo menos tú, Max, no puedes esperarlas.

—¿Tratas de decirme algo? —inquirió Rymarkiewicz intrigado.

Vilardebó le miró directo a los ojos.

—Maximiliano —dijo con voz profunda—, debes abandonar Montevideo.

—Estás loco, Teodoro —contestó Rymarkiewicz con un mohín de desagrado.

—No, hablo en serio —Vilardebó se puso de pie, abrió los brazos y caminó hacia la salida—. Mira a tu alrededor, Max, es una batalla perdida. No podemos hacer nada, no podemos salvar a nadie, lo único que hacemos al quedarnos aquí es ponernos en peligro. No somos más que seres humanos, nosotros también podemos enfermar y morir. Max, tienes a tu esposa en Buenos Aires. Aquí has hecho ya todo lo humanamente posible, has trabajado con energía en el auxilio y la atención médica de las víctimas. Ya cumpliste, ya te arriesgaste demasiado. Ahora debes irte; debes irte antes que sea tarde.

—¿Tú te vas también?

Vilardebó se enderezó. Guardó un momento de silencio.

—No —murmuró por fin—, por supuesto que no. Pero es diferente; este es mi país, mi tierra. Y estos que sufren son mi gente, mis compatriotas...

—Gracias por hacerme sentir extranjero.

—No —Vilardebó meneó la cabeza—, por favor, Max; no le des vueltas al asunto. Yo debo estar aquí, pero tú... tú no tienes obligación. No deberías sentirte obligado a permanecer aquí, si quieres ponerte a salvo...

—Gracias por insinuar que soy un cobarde.

—¡Válgame Dios! —exclamó Vilardebó, y salió a la calle—. Escucha, Max, yo...

—Escúcheme usted a mí, doctor Teodoro Vilardebó —exclamó con enojo el polaco—. ¿Qué es lo que quieres? ¿Que me vea como ese señorito discípulo tuyo, el doctor Velasco? ¿Quieres que haga un papel lamentable como ese pusilánime? ¿Quieres que me ponga a salvo, allá en Buenos Aires, para sentirme como debe sentirse ahora ese desgraciado cobarde? No, mi amigo; yo no merezco eso. Me negué a mí mismo volver junto a mi amada Gabrielita; me quedé para ayudarte a combatir esta plaga, para atender a los enfermos, para auxiliar a tu pueblo, tus compatriotas, estos uruguayos montevideanos que enferman y mueren miserablemente. ¿Para qué? ¿Para que ahora me digas que debo irme y así ponerme a salvo? ¡Mira! Resulta que no puedo irme. ¿Te acuerdas de aquella madrugada en la azotea del Hospital de Caridad, el primero de este mes, cuando todo recién comenzaba? Entonces te pregunté qué pasaría al llegar el treinta y uno de marzo. ¿Y tú qué me respondiste? Dijiste: «Habrá que esperar». Pues bien, debemos esperar juntos a que llegue el treinta y uno de marzo.

—Y, cuando llegue el treinta y uno de marzo, ¿te irás?

—¡Válgame Dios a mí, Teddy! —exclamó Rymarkiewicz, levantando las manos—. Está bien, cuando llegue el treinta y uno de marzo hablaremos.

El día siguiente por la noche, el coronel Luis de Herréra estaba en su despacho de la Jefatura de Policía. A la luz de tres velas de estearina, leía atentamente un informe llegado desde el cerro de Montevideo: un comisario rural reportaba sobre enfrentamientos a balazos entre la policía y ladrones que desvalijaban casas abandonadas por sus moradores. Eran cerca de las diez de la noche y la ciudad estaba sumida en mortal silencio. Herrera suspiró y llevó a sus labios una copa de vino tinto, que degustaba poco a poco. El crujido de las bisagras le avisó de que la puerta se abría, antes que su secretario asomara la cabeza.

—Con su permiso, mi coronel.

—Adelante, sargento.

El hombre, pulcramente uniformado, entró al despacho y depositó sobre el escritorio una hoja de papel.

—De la legación imperial del Brasil, señor.

Herrera tomo la hoja de papel y la leyó, mientras el secretario permanecía de pie allí mismo, en silencio. Al cabo de unos minutos, Herrera se apoltronó en su sillón, suspirando. Miró al sargento y dijo:

—Su Excelencia, Luiz de Carvalho Batista.

¿Qué curará los gemidos lastimeros?

—¿Qué quiere ahora el macaco, mi coronel? —dijo el hombre con insolencia.

—Ya no quiere nada, amigo mío. Murió hace una hora, como consecuencia de la fiebre amarilla —Luis de Herrera se puso de pie, caminó hasta la ventana y contempló la ciudad oscura y triste—. Es justo.

OCHO

El amor más grande

Dos días después, en la Iglesia Matriz.

Dos días después, en la Iglesia Matriz.

Es de mañana, domingo veintidós de marzo de 1857, y hace una semana que el fraile indio Ventura Meléndez profetizó la destrucción de la población de Montevideo por el «látigo de Dios», la fiebre amarilla. Fray Ventura ha tenido ya su tiempo de reflexión; ha hablado con el vicario Lamas y con su propio hermano, el docto fraile César Alfonso. Ha tenido también un significativo diálogo, confesión y charla final con su mentor, el ahora difunto padre Federico Ferretí. Ha cambiado ya de opinión, se ha arrepentido del odio profundamente enraizado en su torturada alma por el lapso de más de una década. Incluso ha confesado el sacrilegio de su falsa profecía.

Pero todo eso ha transcurrido dentro de los muros del convento. Fuera, en tanto, en toda la ciudad de Montevideo, la plaga y la muerte han seguido campando por sus respetos. Y no solo la muerte amarilla ha continuado su obra: el fuego de los incendios y la violencia de las avalanchas humanas que jalonaron la emigración masiva del domingo anterior aumentaron el número de fallecidos, que ya nadie cuenta. Y la profecía de fray Ventura, bien que falsa, aterra hasta lo indescriptible a los que se quedaron, obligados por las circunstancias, por sus escasos recursos o por su particular sentido de la obligación moral.

Antes que la primera alma viviente penetrara en la Iglesia Matriz, fray Ventura estaba ya de rodillas frente a un Cristo crucificado, al extremo de una nave lateral. Tiene la capucha echada sobre el rostro y no se ve su semblante. Se siente compungido al oír los comentarios temerosos de los que entran en silencio, susurrando, en puntillas, medrosos y resignados. Su alma ha dado un vuelco. Hace ya cinco días que siente como si una mano enorme y ardiente hubiera entrado hasta las fibras más íntimas de su corazón. El odio que hasta pocos días atrás albergaba en su ser, motor de sus emociones más profundas, ahora le horroriza, como una herejía aberrante de la que hubiese abjurado, plenamente convencido de su carácter demoníaco. Ha tomado distancia de ese odio, ha querido volver a los rudimentos de su fe: el amor a los enemigos, la caridad y el perdón, la compasión por los desvalidos, la piedad dirigida sobre todo a los que sufren, sean del color que sean. Estaba consternado por la dimensión que alcanzó en su interior el aborrecimiento hacia el blanco, espantado por haber creído ver en su propia experiencia de enfermedad, y en la de los demás, un mensaje inaudible de Dios. Se sentía aterrado por haberse engañado hasta tal punto que no le importó engañar al pueblo con una falsa predicción, y hondamente afligido al saber las terribles consecuencias del paroxismo profético habido siete días atrás. Tales sentimientos hicieron que Ventura finalmente cayera en gran angustia, en intensa depresión, en inenarrable crisis espiritual. Aconsejado por el vicario Lamas, que le recomendó penitencia y silencio, se sumió en la oscuridad del anonimato.

Y ahora está en penumbras, de rodillas. Contrito, hace calladas oraciones. Está fuera de la vista del pueblo que concurre al oficio sagrado, pero al alcance de sus voces, de sus comentarios tristes, casi sin esperanza ya.

Son más de veinte mil las almas que se han ido de Montevideo. Pero este domingo la Iglesia Matriz está llena igual. La diferencia es que ahora ocupan los bancos quienes antes esperaban afuera, o iban a otras iglesias de la ciudad, o no iban a ninguna, despreocupados de Dios, de la religión y de la otra vida. Esos que antes estaban despreocupados gracias a su juventud, por gozar de buena salud, por incredulidad o por simple indiferencia, ahora se interesan por Dios y por esa otra vida, la de ultratumba, a la que pueden ser súbitamente arrojados, en cualquier momento, inesperadamente y sin apelación. Estos son más pobres, pero ahora pueden sentarse en primera fila, donde siempre se sientan los ricos y los importantes. Esos se han ido, y el privilegio de sentarse en los bancos de la principal iglesia de Montevideo ahora lo tienen los pobres. Eso han ganado, pero muchas cosas han perdido en ese Montevideo descoyuntado por la plaga, sin gobierno, sin autoridad, sin comercio, sin producción, casi sin atención de salud, precaria y primitiva, sin alimentos ni agua, sin esperanza ni futuro. Solo una cosa queda, y por eso están allí esos pobres, sentados en los bancos, sentados en el suelo, de pie en los pasillos, llenando las naves laterales, tres mil quinientas almas expectantes que miran al vicario apostólico José Benito Lamas, que predica:

—La fe es una virtud fundamental en una vida piadosa y cristiana. La fe es también muy importante en muchas circunstancias de la vida. Todos tenemos que luchar con la vida: ricos y pobres, hombres y mujeres, blancos y negros... y otros. Esa lucha es más dura para unos que para otros. El resultado de esa lucha en algunos casos es más incierto que en otros. Esa lucha, con su carga de esfuerzos, dificultades, sacrificios, esperanzas, incertidumbre, pérdidas, éxitos y fracasos, hace que a todos nos llegue el momento en que debamos cerrar los ojos a las terribles coyunturas que nos rodean y en que, para poder seguir adelante, debamos buscar fuerzas en la fe. ¡Cuánto más en las presentes circunstancias, hijos míos, debemos tener fe! Fe en el propio talento, en nuestras habilidades, en la familia y en los amigos, en aquellos que amamos y nos aman, y que están allí cuando los necesitamos, así como nosotros debemos estar ahí cuando nos necesitan. Pero, sobre todo, queridos hijos, fe en Dios, Creador Todopoderoso, Altísimo, incompresible a veces en los designios y planes de su voluntad, pero que nos mira con ojos penetrantes y con esa mirada produce escozor en las espaldas de nuestra alma. Porque Él siempre está allí, aunque no le veamos ni lo sepamos; no nos abandona. Como dijo el bendito salmista: *Desazonóse á la verdad mi corazón, Y en mis riñones sentía punzadas. Mas yo era ignorante, y no entendía: Era como una bestia acerca de ti. Con todo, yo siempre estuve contigo: Trabaste de mi mano derecha. Hasme guiado según tu consejo, Y después me recibirás en gloria. ¿A quién tengo yo en los cielos? Y fuera de ti nada deseo en la tierra.*

Porque, hijos míos, ¿qué es la fe? Dijo el bienaventurado apóstol: *Es pues la fe la sustancia de las cosas que se esperan, la demostración de las cosas que no se ven.* Creer, hijos míos, da fuerzas para luchar, da fuerzas para vivir y, cuando llega la hora, da fuerzas para morir. Vivir sin fe es como existir en un presente amargo, sin un pasado que valga la pena recordar ni un futuro del que esperar algo. Esta plaga nos ha quitado muchas cosas: seres queridos, padres, madres, esposos y esposas, hijos y amigos. Nos ha quitado el orden y el brillo de nuestra hermosa ciudad, la mejor de todas las ciudades de esta tierra, porque es la nuestra. Nos ha quitado la expectativa por las cosas buenas de esta vida. Hasta el pan de nuestra mesa ha escaseado a causa de esta calamidad. Pero un remanente nos queda, un resto atesorado en nuestra abatida alma, que no pueden quitarnos la enfermedad, ni la muerte, ni todos los diablos del infierno: nuestra fe. Escribió el santo apóstol: *«Por lo cual estoy cierto que ni la muerte, ni la vida, ni ángeles, ni principados, ni potestades, ni lo presente, ni lo por venir, ni lo alto, ni lo bajo, ni ninguna criatura nos podrá apartar del amor de Dios, que es en Cristo Jesús Señor nuestro».* Atesorad estas palabras en vuestros corazones, hijos míos, y creedlas. Esa es la esencia de la fe: creer las palabras de Dios.

Tres mil quinientas personas salen en silencio de la Iglesia Matriz, con la serena resignación del condenado a muerte, confesado ya por el sacerdote y pronto para ser ajusticiado; tranquilo porque el cielo le recibirá, pues la tierra no parece dispuesta a sostener por más tiempo su vida. Uno de los últimos, el doctor Teodoro Vilardebó sale al umbral de la amplia entrada y desde allí mira el cielo: un cielo encapotado y amenazante desde tres o cuatro días atrás, que aún no decide descargar la lluvia sobre los mortales. Piensa en lo que ha escuchado, y medita. Baja los escalones, sube a su carruaje y el mulato Mostaza emprende la marcha hacia el Hospital de Caridad.

A seguir con la terrible rutina.

Otros dos días, y esa rutina no varía. Enfermos, moribundos, vómitos, sangre y excrementos; muertos, muchos muertos. Más de ochocientos fallecidos en alrededor de tres semanas, desde el inicio de la epidemia. No hay límite, no hay salida, no hay remedio ni esperanza. Y el doctor Teodoro Vilardebó sigue día y noche junto a los enfermos. Hace mucho que está cansado, pero ahora el agotamiento se manifiesta de formas nuevas y diversas. Le duele la cabeza. Es un dolor que empezó lentamente, primero en la nuca, como puntadas en los músculos cervicales; luego en la frente, y le obliga a comprimirse las sienes una y otra vez. Es un dolor leve, pero molesto. También duele el cuerpo, los músculos de brazos y piernas; y la espalda, y asimismo un poco el pecho, también como puntadas insistentes.

Y durmió mal la última noche. Se despertó dos veces, la primera por un estremecimiento, tal vez una pesadilla, y luego profusamente sudado. Ahora sigue: trabaja, acompaña, examina, indica, ayuda a sus pacientes, que agonizan y mueren ante sus ojos, ante su alma aún sensible por el sufrimiento y la calamidad incontrolable. Piensa: si Buenaventura hubiera tenido razón, si en verdad hubiese sido portador de un mensaje de Dios, habría por lo menos una explicación, una razón para tanto padecimiento, bien que desalentadora y desesperante. Pero no hay razón, ni lógica, ni explicación, ni el vislumbre de un por qué que ayude a entender, como no sea pensar en los mecanismos intrincados de una biología aún no resuelta, parcialmente conocida, misteriosa en virtud de la ignorancia de los hombres de ciencia que luchan aún por saber más. Procuran saber más para ayudar mejor, quizás hasta para curar y salvar más vidas. Pero aún no se sabe, y se lucha a ciegas contra un mecanismo ciego, gobernado por las fuerzas ciegas de la naturaleza. Y ese es otro pensamiento deprimente. Si todo es resultado de la interacción de las ciegas fuerzas de la naturaleza impersonal y de la biología, entendida como mecánica de la vida orgánica, entonces Dios, Creador Todopoderoso, no parece encontrar allí su lugar. Y ese es un terrible pensamiento, pues quita las pocas esperanzas que pudieran quedar aún, si acaso quedaba alguna.

Imbuido en tales reflexiones, el médico no notó la presencia que, desde algunos minutos antes, lo seguía de una cama a otra, dentro de una de las salas del Hospital de Caridad, donde había pasado los últimos dos días. Al volverse para salir, casi chocó con un hombre joven, vestido de paisano, que le observaba con una sonrisa de oreja a oreja.

—¡Buenas tardes tenga usted, doctor Vilardebó! —exclamó el hombre.

—Sargento Laguna —exclamó a su vez el médico.

—Me salvé, doctor; me salvé.

Sonriendo a pesar de su estado de ánimo, Vilardebó evaluó de una mirada al joven policía. Laguna se veía demacrado; persistían en la piel de su cuello y brazos algunas sufusiones hemorrágicas de color verdoso, ya viejas. Pero su piel ya no estaba amarilla; había vuelto a su color habitual, constitucionalmente pálido, con un tinte rosado en los pómulos. El sargento sostenía un mate en su mano derecha, a la altura del pecho; de los dedos de la otra mano colgaba la caldera, de pico humeante.

—Sargento... se curó —dijo por fin Vilardebó.

—La plaga se fue de mi cuerpo, doctor —exultó el joven—. La vencí. Dios me ama, doctor, ¿no le parece? Me salvé de la muerte en la guerra y ahora me salvé de la plaga.

Vilardebó sonrió otra vez. La sencillez del joven le comunicaba ánimo. A lo largo de tres semanas y pico algunas personas, tras contraer la fiebre amarilla, habían logrado recuperarse, curando sin secuelas, sin que los auxilios de la medicina tuvieran mucho que ver con esa recuperación y cura. Pero eran los menos, un número pequeño, y no era posible examinarlos en profundidad. No podían estudiarlos para saber qué condición les había permitido sobrevivir, pues una vez restablecidos huían, despavoridos, alejándose de Montevideo con destinos siempre inciertos. Solo Buenaventura se había quedado, ejerciendo su ministerio espiritual y de caridad a favor de las víctimas de la plaga. Pero Buenaventura no ofrecía la posibilidad de sacar conclusiones; la única condición reconocible en él era su raza indígena. Y, salvo él, los otros indios que habían enfermado en Montevideo, bien pocos e integrados a la sociedad montevideana en las capas más bajas de la población, habían muerto. Vilardebó sacudió la cabeza; pensar así le quitaba el ánimo que la curación de Laguna le había comunicado.

—Sargento —dijo—, me alegro; me alegro mucho, muchísimo. Su familia debe estar muy agradecida a Dios.

—Lo estará, cuando se entere. Se fueron de Montevideo. No, no crea que me abandonaron; yo quise que se fueran.

—Y ahora, usted se va con ellos.

—No, señor; me quedo. Me quedo para ayudarle, doctor, como me ordenó el coronel Herrera. Además, ahora no tengo por qué tenerle miedo a la enfermedad, como antes, ¿no le parece? Ya la sufrí, y la vencí, así que ahora no la temo más. Me quedo, porque aquí la cosa está muy fea y usted necesita ayuda, ¿no es así?

Conmovido, Vilardebó sonrió una vez más.

—Es así, sargento; y su ayuda es muy, muy valiosa, y bienvenida —dijo estrechándole la mano; luego se le ocurrió algo—. ¿Y el uniforme?

—Todavía estoy licenciado por enfermedad —respondió el sargento—. El coronel Herrera no quiere que me reintegre al servicio hasta el sábado. Pero igual vine a verlo para contarle que me salvé de la plaga. Me imaginé que se iba a poner contento. ¿Un mate?

Esa noche, mientras el doctor Vilardebó dormía, sentado a la puerta de la sala donde estaban los enfermos más graves, su sueño agitado se suspendió abruptamente por un nuevo estremecimiento. El médico se puso de pie, extrajo su reloj del bolsillo y miró la hora: eran más de las tres de la madrugada. Miró luego a su alrededor. La sala en sombras estaba poblada por los débiles quejidos de los pacientes. Una monja dormitaba sobre una silla, entre las camas. El pasillo, iluminado por escasas y espaciadas velas de sebo, se veía desierto y silencioso. Vilardebó se puso a temblar. Le dolía mucho el cuerpo, y el dolor de cabeza había pasado de molesto a intenso. Puso el dorso de la mano derecha sobre su frente y luego extrajo su termómetro personal y lo colocó bajo la lengua. Un minuto después lo sacó, miró y volvió a estremecerse; pero ya no mucho. En realidad no se sorprendió al comprobar que tenía fiebre. Inició la marcha hacia el cuarto de guardia, pero un intenso mareo le obligó a apoyarse en la pared. Las náuseas aparecieron de la nada y con premura sacó la cabeza por la ventana que daba al jardín; el mismo jardín centrado por un aljibe con brocal. Vomitó copiosamente sobre la tierra. Minutos después, cuando se sintió un poco mejor, caminó hasta un candelero y tomó una vela. Volvió a la ventana y, cubriendo la llama con la mano para que no la apagara la brisa nocturna, iluminó el vómito. Tampoco le sorprendió ver que había vomitado sangre negra coagulada. Simplemente se sentía tranquilo, resignado, sereno. Sabía que era cuestión de tiempo que le llegara también a él; solo cuestión de tiempo. Puso la vela en su lugar, caminó hasta el cuarto de guardia y entró sigilosamente.

Rymarkiewicz dormía allí. No dijo nada, no le despertó, no juzgó necesario molestarle. Sencillamente se quitó la túnica, se quitó también los zapatos y tomó asiento al borde de la cama. La luna brillaba en el cielo y sus fulgores nacarados penetraban por la ventana del cuarto. Bajo esa luz pudo ver, junto a la cama del polaco, sus altas botas de montar. Vilardebó sonrió por un momento, se bebió un brebaje de esos que les daba a los enfermos, bien que experimentó un momentáneo incremento de las náuseas, y luego dejó caer su cuerpo de costado sobre la cama. Hacía calor aún, así que no se cubrió con manta ni sábana. Transcurrió un largo rato hasta que comenzó a experimentar alivio de los dolores de cabeza, así como del resto del cuerpo. Luego, poco a poco, cayó en el limbo de la inconsciencia y terminó por dormirse.

Demoró en despertar, al día siguiente. Rymarkiewicz se levantó a eso de las siete y salió del cuarto sin mirar siquiera a su colega y amigo. Fue a desayunar y luego comenzó a atender a los enfermos. Pasadas las diez de la mañana, el polaco, extrañado por la inusual prolongación del sueño de Vilardebó, que siempre estaba en pie a las seis hubiera dormido lo suficiente o no, envió a una monja a buscarlo. La muchacha, en realidad una novicia casi adolescente de una familia acomodada de Montevideo, que se había negado rotundamente a abandonar la ciudad para así ayudar a las víctimas, fue y golpeó la puerta del cuarto médico de guardia. Al no obtener respuesta golpeó nuevamente. Pasados unos minutos tanteó la puerta, pidiendo permiso en voz alta. Entreabrió y miró hacia adentro, mientras volvía a pedir permiso en voz alta. Vio el cuerpo de un hombre, cara a la pared. Vio que estaba vestido, por lo que, confiada, dio un paso al interior.

—Doctor Vilardebó, dice el doctor Rymarkiewicz...

Entonces Vilardebó, lenta y trabajosamente, giró en la cama y la miró.

La muchacha lanzó un grito de terror. Se tapó la boca con las manos y huyó corriendo, como si allí hubiese avizorado la entrada del infierno. Al ingresar a la sala en la que estaba Rymarkiewicz, unos treinta metros más allá, lloraba convulsivamente y trataba de hablar, pero nada le salía. Dos monjas y un sacerdote jesuita, junto al médico polaco, trataban de calmarla. Rymarkiewicz empezó a sentirse intranquilo. Cuando por fin la novicia pudo articular palabra, gritó en un acceso de llanto:

—¡El doctor Vilardebó!

El polaco corrió hacia el cuarto de guardia. Entró como una tromba y, al ver a su colega y amigo, quedó petrificado. Vilardebó, con su piel sudorosa teñida de ictericia y dos hilillos de sangre seca surgiendo de las narinas, le miró solemnemente. Con un quejido comenzó a hablar, en un susurro dolorido:

—Creo que hoy no podré ayudarte en la atención de los enfermos ——dijo, y suspiró otra vez—. Creo... que ya no podré... atender más enfermos, nunca más.

Rymarkiewicz no dijo nada. Cerró la puerta, tomó asiento en su cama e, inclinando la cabeza, rompió a llorar en silencio.

No más de quince minutos después, dos frailes capuchinos entraron al cuarto médico de guardia del Hospital de Caridad. El primero, que penetró como un huracán, miró al doctor Vilardebó un largo momento; sin decir nada cayó de rodillas junto a la cama, y rompió a llorar. Vilardebó puso su amarillenta mano sobre la cabeza del fraile.

—Vamos, Buenaventura —susurró—. ¿Esa es manera de darme aliento?

Enseguida entró fray César y, al ver el estado del médico, cayó también de rodillas, cerca de la puerta. Entrelazó los dedos y exclamó:

—¡Oh, columna de esperanza y firmeza de esta ciudad condenada! Si tú te quiebras y caes por tierra, ¿a quién mirarán las gentes en su desesperación y agonía?

—Definitivamente —murmuró el médico, con las cejas arqueadas—, esa no es manera de darme aliento.

Vilardebó luego tocó el hombro de fray Ventura y preguntó:—¿Cuáles eran aquellas palabras del profeta Jeremías que me enseñaste hace tanto tiempo?

Respingando, fray Ventura recitó:

—*Oh Jehová, fortaleza mía, y fuerza mía, y refugio mío en el tiempo de la aflicción; á ti vendrán gentes desde los extremos de la tierra, y dirán: Ciertamente mentira poseyeron nuestros padres, vanidad, y no hay en ellos provecho.*

—Eso es —susurró Vilardebó—. Al final, nos damos cuenta de que toda nuestra ciencia, nuestro racionalismo, nuestro orgullo, es vanidad, vacía presunción sin provecho. Y como dijo el vicario Lamas hace... hace pocos días, ¿no? Como él dijo, solo nos queda mirar a lo alto, hacia Dios, porque solo nos queda la fe. Y bueno, vamos muchachos, ustedes son quienes deben administrarme a mí los consuelos de la religión. Porque ahora... ahora, soy yo quien está muriendo.

—Tal vez se recupere usted, doctor —dijo fray César—, como se recobró Ventura.

—Tal vez —replicó Vilardebó, no muy convencido.

Ventura le miraba.

—¿Por qué tú, Teodoro? ¿Por qué tenías que enfermarte? ¿Por qué tú contraer la plaga?

—Por una razón muy elemental, Buenaventura; una razón, casi diría, natural. Soy médico y he estado en permanente contacto con los enfermos desde el inicio de la epidemia.

—No es esa la explicación que pido, amigo mío; no es ese el porqué que busco.

—Pero yo no puedo ofrecerte otro, Buenaventura. Si lo que tú buscas es entender el propósito final de todo esto, no es a mí a quien debes dirigir tus interrogantes.

Quedaron los tres un momento en silencio, hasta que fray César dijo:

—Doctor, ¿usted sabía que al final enfermaría?

—Sabía que el riesgo era grande, muy grande.

—Y aun así se quedó.

—¿Acaso no te quedaste tú, César? ¿No se quedaron todos ustedes, frailes, sacerdotes, monjas, hombres y mujeres de Dios? ¿No valoraron más el ayudar y dar auxilio a las víctimas de la plaga que preservar sus propias vidas? ¿Para qué preservar la propia vida? ¿Para vivir manchado por el deshonor de una renuncia cobarde? ¿Para vivir atormentado por la vergüenza de no haber ayudado a mis semejantes en su sufrimiento? ¿Y por qué no ayudarles? Por estar contaminado con el peor de los egoísmos: resguardar mi pobre, miserable y vacía existencia. Ya una vez me alejé de Montevideo, cuando la guerra llegó a las puertas de la ciudad. Y mi fracaso profesional en Río de Janeiro no hizo más que reflejar el fracaso moral de mi alma. La conciencia me torturaba una y otra vez al escuchar el relato de los uruguayos de paso por el puerto carioca. Contaban sobre el valor de los médicos militares que iban al mismo frente de batalla a rescatar a los heridos; el valor que a mí me había faltado —Vilardebó sonrió con esfuerzo—. Es curioso, ¿saben? Quizás quedarme y afrontar los graves peligros de esta epidemia fue también un acto de egoísmo. Tal vez simplemente no quise ser otra vez torturado por mi conciencia a causa de mi cobardía.

—Yo no creo eso —musitó fray Ventura—. Si no, dime una cosa. ¿Qué sentiste cuando yo enfermé?

Vilardebó inspiró profundamente.

—Una terrible angustia por ti, porque eres mi amigo.

—¿Y por qué te quedaste día y noche junto a los enfermos y acompañaste a cada uno hasta el final?

—Porque soy médico.

—Tu profesión. ¿Te pagaron por tus servicios profesionales?

—Casi ninguno.

—Entonces, ¿por qué lo hiciste?

—Porque soy médico, Buenaventura. Ser médico no es solo una profesión, cobrar honorarios por curar enfermedades, especular con el sufrimiento de los desdichados que enferman, hacerse rico aliviando a los que padecen. Deben importarte las personas, no solo sus cuerpos enfermos; deben importarte sus sentimientos, sus inquietudes, su incertidumbre y su miedo. También sus ilusiones y anhelos, sus proyectos y alegrías. Y deben importarte sus familias, los que los aman y a quienes aman. Todo debe importarte, porque son seres humanos.

—Entonces, lo que hiciste por las víctimas lo hiciste porque te importaban.

Vilardebó no contestó.

—Eso, amigo mío, fue lo opuesto al egoísmo. Suena parecido, pero es radicalmente diferente. Eso se llama heroísmo.

A partir de esa mañana, el tiempo comienza a transcurrir con lentitud. Es que ahora el doctor Teodoro Vilardebó siente los sufrimientos en su propia carne y en su propia piel. Ahora sabe lo que son esos dolores de cabeza, en la nuca, en el dorso y por todos lados. Ahora experimenta el estado nauseoso permanente y los mareos, el vómito negro aterrador y reiterado, y el no poder controlar los esfínteres; sobre todo, experimenta la humillación de la pérdida fecal inadvertida. La ictericia se vuelve más oscura y verdosa. La fiebre se eleva en forma salvaje, arrancándole finalmente de la conciencia al anochecer de ese día, miércoles veinticinco de marzo. En un estado de misericordioso sopor corren las horas, hasta la siguiente mañana. La noche es agitada, bien que Vilardebó está superficialmente inconsciente; su mente y sus ensoñaciones comatosas se disparan en un encadenamiento de imágenes vívidas y llenas de sentimiento. Las figuras de su breve vida matrimonial son las más fugaces, porque el dolor de aquella pérdida, intenso e intolerable, le había hecho arrojar a los más recónditos rincones de su memoria las escenas de aquella felicidad tan cruelmente efímera. Si acaso, en su contradictorio estado de coma superficial, el médico moribundo piensa que tal vez pronto verá a su querida esposa. Y lo piensa con tal intensidad que incluso cree por un momento volver a verla, hermosa y vestida de blanco, de pie y descalza en la ribera opuesta de un río misterioso pero tranquilo. Desde la orilla lo llama a cruzar, diciéndole que ella y muchos amigos le esperan allí para un reencuentro feliz. Más reales y prolongados son los recuerdos de su juventud en Francia, cuando estudiaba medicina y cirugía, mientras en la Banda Oriental los patriotas luchaban contra el Brasil. Le parece ver de nuevo los augustos pasillos y majestuosos anfiteatros de la Universidad de París. Cree ver otra vez a los solemnes profesores de toga, que dictan clases magistrales. Ve ante sí nuevamente los corazones, pulmones, riñones, intestinos e hígados de ovejas y terneros en las clases de anatomía. Y contempla, como si estuviera allí, las celebraciones especiales el día en que, gracias a que un criminal había sido ajusticiado, contaban con un cuerpo humano en las salas de disección. Cree volver a sentir aquel idealista entusiasmo juvenil, como cuando era estudiante de medicina y pensaba en el valor y el poder de la ciencia de que se estaba equipando para salir a aliviar a los sufrientes, a curar todos los males. Pero, cosa curiosa, todos los enfermos a los que ve, todos aquellos a quienes atendió durante su vida y que ahora recuerda, todos parecen ahora haber sido atendidos por él como pacientes con fiebre amarilla. Horas después, su extraño ensueño, su onírica rememoración, le muestra otra vez a esos enfermos; hombres y mujeres a los que ve mirándole con aprensión y esperanza, mientras él los examina, les hace preguntas, sigue examinándoles, les sonríe, palmea sus hombros o estrecha sus manos. Y les habla con cálida voz, procurando infundir aliento en esos corazones temerosos. Actúa como si le importaran esas personas.

¿Actúa como si le importaran? Pero, ¿acaso no le importaban esas personas? ¿O no había sido más que un hipócrita interesado solo en los honorarios? Esperaba que no, porque ahora él, enfermo, agonizante, desvalido e indefenso, siente como su máxima necesidad, más aun que el alivio de sus dolores, el saber que, todavía en su estado, le interesa a alguien.

Y, de pronto, el doctor Vilardebó despierta y lo primero que siente es que alguien estrecha su mano. Su visión nublada se aclara de a poco, el rostro familiar de alguien sentado junto a la cama se delinea con claridad y le inspira asombro.

—León —susurra, sorprendido.

—Buenas tardes, maestro.

Es él, el doctor Velasco, quien sostiene entre las suyas la mano lánguida de Vilardebó.

—León —murmura—, ha... ha vuelto.

—Así es, doctor. Llegué ayer en la tarde desde Buenos Aires. Usted había caído ya en el sueño comatoso del que acaba de despertar. Tengo algo aquí para que tome. Esta receta me la enseñó usted. Ni en París la conocen, pero es excelente.

Sostenido por fray César, que acompaña al doctor Velasco, Vilardebó se incorpora e ingiere el brebaje; domina un momentáneo ataque de náuseas y con alivio se recuesta otra vez. Mira a Velasco y dice:

—¿Qué hora... qué día es?

—Es jueves veintiséis de marzo, maestro. Y son un poco más de las cuatro de la tarde.

Vilardebó cierra un instante los ojos.

—León... —inquiere cuando vuelve a abrirlos—, ¿cómo?

—¿Cómo es que yo estoy aquí? —contesta Velasco con una sonrisa y sacudiendo la cabeza—. Es sencillo, doctor. Durante dieciséis días mi conciencia me ha atormentado permanentemente, pensando en que ustedes estaban aquí, luchando heroicamente contra esta plaga, mientras yo había huido como un cobarde hacia Buenos Aires para ponerme a salvo del contagio. ¿Puede imaginarlo, maestro?

—Puedo —susurra Vilardebó—, claro que puedo. Pero ahora que al llegar aquí... me ha encontrado en esta situación, ¿qué piensa hacer?

—Quedarme, maestro; quedarme y trabajar, y asistir a las víctimas de la epidemia. Ahora más que nunca entiendo que soy necesario; ahora más que nunca soy necesario pues, al enfermar usted, solo quedamos el doctor Rymarkiewicz y yo para atender a los enfermos.

Vilardebó frunce el ceño.

—¿Solo usted y... Max? Pero...

—El doctor Francisco Vidal está bien —se apresura a decir Velasco—, pero esta mañana temprano partió rumbo a Las Piedras para ver a su familia. Dijo que no soportaba más sin ver a su esposa e hija. Habló con Rymarkiewicz, pero el médico polaco no quiso intervenir. Entonces me pidió permiso a mí, que recién había llegado. ¿Qué podía decirle, doctor? Vidal se fue esta mañana, pero prometió volver, quizás en dos o tres días.

—Y si no vuelve —suspira Vilardebó—, está más que justificado. Bastante ha sacrificado ese muchacho.

—Es verdad, maestro —murmura Velasco, y baja la cabeza con gesto avergonzado.

—¿Y el doctor Ordóñez?

—Murió, anoche —replica Velasco, sin levantar la cabeza.

Ahora, Vilardebó respinga. Tembloroso, pregunta:

—¿Él también... la...?

—No; un ataque cardíaco. En la noche de ayer, pasadas las diez, mientras atendía enfermos en la tercera sala, aquejó un repentino e intenso dolor en el pecho y en pocos instantes cayó exánime. No pudimos hacer nada; cuando llegamos a él su corazón se había detenido. Era viejo ya, y la tensión y trabajo de estas últimas tres semanas... seguramente conspiraron para que su corazón ya... ya no resistiera...

—Está bien, León, no debe responder ante mí por la muerte de Ordóñez. El fue otro héroe que se inmoló en la atención de las víctimas de esta terrible plaga —termina, cierra los ojos y queda en silencio.

—¿Doctor Vilardebó? —dice Velasco tras unos momentos.

—Sí, León, ahora quiero descansar un poco. Gracias por haber vuelto; gracias, y que Dios le ayude. Le cedo mi lugar, ahora es su turno. Dios se apiade de todos ustedes.

—Sí, maestro —murmura Velasco, inundado de incertidumbre.

Al día siguiente continúa la terrible rutina. El doctor Maximiliano Rymarkiewicz trabaja con ahínco, con los mismos bríos de cada día y más aun. No desconoce el sacrificio, el trabajo esforzado, ni ignora lo que es el peligro. Ha estado dos veces en la guerra: cuando era un adolescente de apenas dieciséis años se involucró en la lucha por la independencia de su Polonia natal; luego se fue como voluntario a pelear en las guerras intestinas del reino de Italia. Después vinieron los años en que estudió medicina y cirugía en la Universidad de París. Aquel tiempo, bien que tormentoso por las pasiones juveniles propias de los estudiantes, fue de insondable paz en comparación con lo antes vivido. Fue en esos años cuando conoció y trabó sincera amistad con el doctor Teodoro Vilardebó, investigador destacado de la Universidad. Una amistad franca y profunda desde el primer momento, pese a comenzar, para Rymarkiewicz, con un papelón, cuando le dijo al doctor Vilardebó: «¿Uruguay? ¿Qué es eso? ¿Y dónde queda?». El flamante doctor Rymarkiewicz llevaba un par de años ejerciendo en París cuando le llegó una carta de Vilardebó, desde Montevideo, en la que le invitaba a conocer las repúblicas del Río de la Plata. Y el polaco pagó su pasaje y cruzó el Atlántico. Conoció Montevideo, conoció Buenos Aires, y en esta última ciudad se quedó, pues allí conoció a Gabriela, una tierna muchacha de dieciocho años, de cabellos negros y ojos color miel que tomó por asalto su corazón desde el primer momento en que la vio. Y que era su esposa desde hacía casi dos años.

Rymarkiewicz se acerca a una ventana y ve la calle, polvorienta y desierta. Mira el cielo, nublado aún y amenazante desde varios días atrás. Se toma un instante de descanso para pensar en Gabriela: cierra los ojos y ve su rostro adorado, rostro de ángel, de perenne sonrisa y ojos soñadores, que irradian amor cada vez que le miran a él. Un amor tan intenso e instantáneo como el que él sintió por ella, y aún siente. Valió la pena, piensa, hacer de periodista para ganarse la vida hasta que las estrictas autoridades sanitarias de Buenos Aires validaran su título profesional obtenido en París (¿quién habían creído ser?). Y piensa en ese instante de descanso, por enésima vez, en la decisión tomada cuatro semanas atrás, cuando vio al escribano Aguirre morir de fiebre amarilla. La decisión de quedarse a presentar batalla, como había hecho otras veces en su vida, esta vez contra la epidemia. Era una pelea muy diferente, pero no menos sacrificada, y sumamente peligrosa. Esa fue su decisión: mientras Gabrielita está allá en Buenos Aires, él en Montevideo pelea contra la plaga. Fuertes palpitaciones en el pecho le hacen saber lo que siente. Es que se ha sentido extraño, desde hace uno o dos días. Ahora ya no es lo mismo. La epidemia indirectamente ha matado a los doctores Carreras y Ordóñez. Pero ahora Vilardebó, la máxima autoridad de ese grupo de médicos que se ha quedado a luchar contra la plaga, ha caído. Se contagió, está enfermo y seguramente morirá. Y Rymarkiewicz piensa que su colega y amigo no había dicho una palabra sobre las molestias y dolores que, con seguridad, venía sintiendo desde unos días antes.

Al igual que él, Rymarkiewicz, no ha dicho una palabra sobre los dolores de cabeza, el cansancio, los dolores en espalda y brazos, y las náuseas que siente desde hace un par de días; tampoco ha hablado sobre los escalofríos violentos que lo han despertado las dos últimas noches. Es que nunca lo hubiera creído. Como médico, tal vez había caído en el error de creerse protegido por una coraza especial, de pensar que las enfermedades solo afectan a los pacientes, no a los médicos. Pero ahora ha visto a Vilardebó ictérico, febril y sangrante. Las palpitaciones vuelven a su pecho, y él sabe qué es lo que siente.

Siente miedo.

Se pregunta otra vez si la decisión que tomó junto al lecho de muerte del escribano Aguirre fue la correcta. Piensa si no debería haber seguido viaje a Europa, hacia Madrid, en donde Gabrielita se le habría unido en un mes más. Y mira, ahí en las salas, al doctor Velasco que va de un lado a otro. El señorito que huyó hacia Buenos Aires y en solo dos semanas decidió volver, arrepentido y aleccionado, a cumplir con su profesión y vocación. Allí está la respuesta definitiva para su interrogante.

—Tal vez —susurra para sí—, si en vez de medicina hubiera estudiado derecho, ahora sería abogado y entonces habría podido largarme de aquí al principio —dice y luego empieza a reír de sí mismo; y ríe, hasta que las pequeñas sacudidas de la risa le provocan numerosos dolores en el cuerpo. Luego, vuelve al trabajo.

Al promediar la tarde, el doctor Rymarkiewicz, que solo ha detenido sus tareas durante quince minutos para almorzar, siente que el malestar y los dolores ya le vencen. A escondidas de los demás toma un termómetro, lo limpia concienzudamente y lo introduce en su boca. Dos minutos después lo mira: comprueba que tiene treinta y nueve grados. Entonces decide tomarse un descanso. Concurre a la farmacia y pide una pócima para la fiebre. Luego se aleja, se va hacia el fondo, a un cuartucho lejano al cuarto médico de guardia donde aún está el doctor Vilardebó. Un cuartucho que Rymarkiewicz ha preparado desde el día anterior en previsión de que sus molestias fueran lo que temía, lo que ahora parece confirmarse. Antes de introducirse en el cuarto, comunica a una monja dónde va a estar, pide no ser molestado y le solicita que al anochecer fray César o fray Ventura vayan a verlo. Luego se introduce en la habitación, con el frasco de medicina en la mano, y cierra tras sí la puerta.

Poco después del ocaso, dos frailes capuchinos golpearon a esa misma puerta. Sobre el barullo lejano de la actividad del hospital, sintieron una voz débil que desde el interior les invitaba a entrar. Al hacerlo vieron a una persona recostada en un camastro, contra la pared del fondo. Dos velas de sebo ardían sobre una pequeña mesa, junto a la cabecera. Su escasa luz era suficiente para lo que había que ver. Tensos, con pasos lentos, César y Ventura se aproximaron. En la mesa junto a la cabecera había un frasco vacío, y en el suelo una mancha extensa de líquido negruzco maloliente. El doctor Rymarkiewicz yacía allí, aún consciente; les miraba con ojos enrojecidos, amarillenta su piel de naturaleza pálida.

—Buenas noches —dijo débilmente—, creo que ahora yo también necesito los consuelos de la religión.

—Ventura —susurró César aterrado—, ve a buscar al doctor Velasco.

—Y por favor —agregó el polaco, en un hilo de voz—, traigan también al vicario, si es que quiere venir.

Cuando Ventura salió, fray César se arrodilló y comenzó:

—*In nomine Patris, et Filii, et Spiritus Sancti. Pater noster, qui es in caelis, sanctificetur nomen tuum...*

Una hora después, José Benito Lamas estaba allí, sentado junto a la cama del enfermo, ya higienizado el cuarto y el cuerpo del ahora paciente. Valientemente, el vicario sostenía entre las suyas la mano flácida del médico polaco.

—Gracias por venir, monseñor.

—No se dirija a mí con ese apelativo —sonrió Lamas—, solo soy un vicario apostólico.

—¿Importa acaso?

—No, la verdad que no. Como tampoco importa si quiere usar usted del idioma español para expresar un pasaje de las Santas Escrituras.

Con esfuerzo, Rymarkiewicz esbozó una sonrisa.

—¿Qué es esto, monseñor? ¿Me está concediendo un último deseo?

—Espero que no, hijo mío. Aún hay esperanzas para usted, así como para el doctor Vilardebó. No olvide que hay enfermos que logran recuperarse.

—Es cierto, monseñor. Pero no olvido que han sido los menos. Por eso, quiero pedirle algo a usted que todavía mueve algunas influencias en esta ciudad.

Lamas sonrió con tristeza.

—¿Y qué influencias puedo mover yo en esta ciudad condenada?

Respirando con dificultad por momentos, el polaco susurró:

—La necesaria para obtener un correo que parta esta misma noche hacia Buenos Aires... con una carta para mi esposa.

—Considérelo hecho, hijo mío —dijo Lamas, conmovido—. Ahora, descanse.

El tiempo transcurre más lento todavía. Es que ya no quedan perspectivas ni esperanza alguna. El final llegará, en algún momento, cuando ya nadie lo espere ni anhele, y entonces despertarán como de un mal sueño. La pesadilla, en tanto, se prolonga; sigue y sigue, y a nadie le importa ya cuándo concluirá. Eso sienten los hombres y mujeres, religiosos y laicos, que luchan aún dentro del Hospital de Caridad, atendiendo a los enfermos que no dejan de llegar, ni dejan de morir. Cae la tarde del sábado y, finalmente, ese cielo sombrío y encapotado destila una llovizna fina y pertinaz. Desde las diez de esa noche golpetea sobre chapas y vidrios de claraboyas. Llega la madrugada y se desencadena la borrasca; truenos y relámpagos, y una lluvia torrencial, ocupan el resto de la noche. Por primera vez desde que se encendieron, las cuarenta grandes fogatas se extinguen, por la fuerza furiosa del diluvio.

Los hombres luchan por mantener encendidos los fuegos, porque tal es la orden, aunque nunca la entendieron ni se les explicó para qué servía eso, si acaso servía para algo. La tormenta es muy violenta esa madrugada y la mayoría de esos hombres, ignorantes, supersticiosos y aterrados, horrorizados más allá de la cordura por lo que la epidemia ha hecho en Montevideo, finalmente abandonan la lucha contra los elementos. Primero son los civiles quienes se van, en un descuido de los policías que allí están todavía sostenidos por la figura de mando de Luis de Herrera. El coronel no ha dejado de recorrer la ciudad transformada en cementerio, imponiendo el orden entre los vestigios de vida que aún quedan. Pero a eso de las cuatro de la mañana nadie aparece, no hay órdenes, no hay cadena de mando y los policías, exhaustos y vencidos, abandonan sus puestos y se marchan a buscar refugio.

Cuando amanece el domingo veintinueve de marzo de 1857, la lluvia se ha detenido. También han callado los truenos. Cuarenta columnas de humo ascienden desde las cenizas. Los fuegos apagados están en silencio. No se oye ya el fragor persistente de su incendio que acompañó la ciudad durante cuatro semanas. Ese estrépito era el último sonido que quedaba en Montevideo. Ahora el silencio es terrorífico, la sensación de muerte casi palpable. Luego viene el viento.

No una brisa, como días atrás, sino un auténtico vendaval: violento, colérico, estruendoso, que aúlla y vocifera entre los edificios vacíos y las ruinas de antiguos hogares. Todo el día, el viento sopla y profiere alaridos que crispan los nervios. Y hay nervios que ya no aguantan. Son los de esos pobres, indigentes, desgraciados que no tuvieron dónde ir; desventurados que también han perdido la esperanza, pese a la insistencia del vicario Lamas en la misa del último domingo. Ellos, ese domingo en que ni siquiera ha brillado el sol, ya no se preguntan si deberían hacer algo: ya lo han decidido. Y a partir de las seis de la tarde comienzan a congregarse en las proximidades del Hospital de Caridad.

Dentro del hospital, en tanto, en el cuarto médico de guardia, el doctor Teodoro Vilardebó alcanza la fase final de su agonía. Curiosamente, luego de pasar por prolongados períodos de sueño comatoso, está despierto. Se halla consciente, lúcido, y disimula las molestias y dolores de la enfermedad. Su aspecto es terrible: amarillo, plagado de sufusiones hemorrágicas, con la cabeza posada sobre dos almohadas, pues no tiene fuerzas para incorporarse. Ha llegado al final del camino. Todas las inquietudes y problemas de la vida no le importan ya. Acaba de salir el vicario Lamas, a quien atendió en detalle. Su personal de servicio doméstico, que vino a visitarlo, regresa ya hacia la gran casona de la Estanzuela en el carruaje que guía el leal mulato Nicanor Mostaza, heroicamente sano, a quien el fuerte viento seca las lágrimas de las mejillas. Ahora, solo fray Ventura queda allí, sentado junto al lecho de su amigo blanco, y hace calladas oraciones mientras sostiene la mano de Vilardebó. Este abre los ojos y dice:

—Estuve pensando mucho en lo que dijiste el otro día.

Ventura respinga.

—¿En qué?

—En todo lo que dijiste para hacerme ver y convencerme de que permanecí en la ciudad porque me importaban los enfermos.

—¿Y te convencí?

Vilardebó esboza una débil sonrisa.

—He pensado —susurra— que nunca en mi vida tuve la inquietud de ser un héroe, o como tal ser recordado. Sin embargo, me expuse al riesgo, y no lo pensé; tampoco fue algo planeado. Simplemente, pensé en las víctimas de la epidemia e hice, en definitiva, lo que consideré mi deber como médico —Vilardebó, con mucho esfuerzo, se encoge de hombros y continúa—. Eso es lo que siento; a pesar del peligro y del temor que éste me provocaba, cumplí con mi deber.

—Los días que estuve enfermo de fiebre amarilla —musita fray Ventura— fueron días de sufrimiento que deseo no recordar nunca más. Pero una cosa no olvidaré mientras viva: a mi amigo blanco, el médico, una y otra vez viniendo a verme, atendiéndome y velando mi sueño. Yo puedo hablar del amor del amigo que no me abandonó a pesar del peligro. Ese amor, esa dedicación abnegada a las víctimas de la plaga, finalmente te llevó a esto. Y me trae a la memoria las palabras inmortales de alguien que afirmó que no hay amor más grande que el de aquel que da la vida por sus amigos.

Dos lágrimas corren por las mejillas de fray Ventura.

—¿Quién dijo eso? —pregunta Vilardebó en un hilo de voz.

—Eso lo dijo Jesús de Nazaret, cuando estaba a punto a entregar su vida por la humanidad.

Otra media sonrisa.

—No creo —susurra el médico— ...poder compararme con Él. Ahora, Buenaventura, te pido... que así como yo no te abandoné... no me abandones tú; no antes que llegue el final.

—Nuestro Señor Jesucristo no te abandonará, Teodoro.

—Nuestro Señor Jesucristo —sonríe de nuevo, con gesto agotado— ...está en ti, Buenaventura, y en todos aquellos que, con amor, reflejan en sus vidas su inmenso amor.

El doctor Vilardebó ya no habló más. Media hora después de decir sus últimas palabras, murió. Fray Ventura sintió relajarse la mano del médico, todavía entre las suyas, y vio su rostro cubrirse de una bella paz.

—Nuestro Señor Jesucristo también está en ti, y ahora tu alma está con Él — dijo aún agitado por una tormenta de dolor. Rompiendo a llorar, agregó con voz trémula—: *Requiescat in pacem...* amigo mío.

Cerca de dos mil personas se habían reunido en la esquina de las calles 25 de Mayo y Guaraní al llegar el ocaso. En otros tiempos la policía habría estado allí de inmediato para dispersar primero a sablazo limpio y preguntar después cuál era la causa de tal reunión. Pero en semejantes circunstancias no podía pedirse tal celeridad. Al oscurecer, la mayoría de los concurrentes estaban armados de antorchas que ardían furiosamente y echaban nauseabundos olores a grasa y aceite. Algunas monjas y un sacerdote, arrimándose a una ventana cercana a la esquina, miraron con tranquila curiosidad la manifestación, sin sospechar siquiera las causas de esa aglomeración de gente, ni menos los planes que en su seno se agitaban. Poco después, luego de certificar el fallecimiento del doctor Vilardebó, Velasco salió hasta el umbral de la puerta que da a 25 de Mayo para fumar un cigarro, estar solo y llorar en silencio. Entonces notó la multitud, reunida a la luz de centenares de hachones encendidos, a cosa de treinta metros. Aspirando el humo del puro, caminó distraídamente y se acercó a la muchedumbre. No necesitó arrimarse mucho para oír las arengas que unos pocos dirigentes hacían con enfurecido fanatismo. Las repetidas referencias al «foco de infección» que «perpetúa la plaga en Montevideo», los dedos que insistentemente señalaban hacia el Hospital de Caridad y las reiteradas exhortaciones a «resolver esto de una vez», que para eso había suficientes antorchas, culminaron por alarmar a Velasco, que tiró el cigarro y corrió hacia el hospital.

Era noche cerrada cuando la masa de gente irrumpió por la puerta de la calle 25 de Mayo. Desorganizados como todo tumulto, algunos centenares de personas, los más exaltados y arrojados, se lanzaron hacia el interior y comenzaron a destrozar todo a su paso. En tanto, el resto de los manifestantes rodearon el hospital y arrojaron antorchas por las ventanas. Pronto todas las salas sobre las calles 25 de Mayo y Guaraní comenzaron a arder.

En pocos minutos el interior del Hospital de Caridad es un caos. El pueblo desenfrenado rompe e incendia cuanto encuentra, mientras el ambiente se llena de llamas, humo y gritos de terror. Gritan las monjas y las auxiliares, y claman los sacerdotes y frailes. Claman los enfermos y tratan de escapar, andando los que pueden, y arrastrándose los que no. Otros no pueden ni moverse y solo gritan pidiendo auxilio. Y están los que, graves hasta la agonía y en coma, insensibles, nada saben del fuego que se acerca. Y mueren carbonizados. Algunos de los enfermos que no pueden escapar y piden socorro, son ayudados por los mismos sublevados que, al ver lo que han hecho, vueltos en sí, tratan de enmendar el desastre. A otros no les llega la ayuda y también mueren carbonizados, entre horrores peores que los de la plaga. En medio de la confusión, entre gente que corre, llora, chilla y se pelea, fray Ventura topa de frente con el sargento Laguna.

—Sargento —exclama asombrado—, usted... se recuperó.

Laguna viste otra vez uniforme y tiene el sable en la mano. Fugazmente, Ventura nota que el acero está ensangrentado.

—Sí —grita el joven policía, en medio del estrépito—, me salvé, igual que usted.

—¿Quién le acompaña?

—Estoy solo. Custodié al doctor Vilardebó hasta el fin.

—Usted solo no puede parar esto, hombre. Vaya por el coronel Herrera.

Laguna asiente y desaparece. Un fragor imponente llega desde el centro del hospital. Ventura acude y mira horrorizado. Parte del techo se ha desplomado por el incendio. Una anciana religiosa ha sido aplastada por un conglomerado de vigas y su cuerpo se quema sin que ella se mueva; la monja ya está muerta. Otros han sido alcanzados por el derrumbe; algunos yacen muertos entre los escombros, mientras otros aúllan y lloran. Miles de chispas se arremolinan entre vertiginosos vórtices de humo y extienden el fuego en todas direcciones. Sectores incendiados del techo siguen cayendo, pero eso no amilana a los sublevados, que ahora han ideado un nuevo horror. Acarrean cuerpos hacia el incendio, la mayoría inertes; pero otros, que aún se mueven y manotean débilmente, desaparecen también entre las llamas. Así quieren acabar de una vez con la plaga: reduciendo a cenizas a los enfermos. Los armarios de las salas, en muchos de los cuales se almacenan alcoholes y pócimas inflamables, comienzan a explotar. Varios de los que corren son alcanzados por fragmentos de vidrio, ardientes proyectiles que penetran en la carne, hiriendo y quemando. Otros son regados por líquidos combustibles encendidos y se convierten en antorchas humanas que, presas de un pánico irracional, se lanzan a una carrera incierta que culmina en terribles choques, estrellados contra las paredes o cayendo por las ventanas hacia el exterior.

En medio de la locura, fray Ventura ve que uno de esos grupos que arrojan cuerpos al fuego intenta abrir la puerta del cuarto médico de guardia, donde yace el cadáver del doctor Vilardebó. Enceguecido, se arroja contra ellos; los empuja y golpea, los derriba y dispersa, pero cierran contra él. El indio Ventura libera la bestia que está al acecho y la emprende a puñetazos contra diez o doce a la vez, y los arredra; pero son demasiados. Una tormenta de puñetazos y patadas cae sobre el fraile, y el golpe de un palo en la cabeza termina por dejarlo tendido en el suelo ardiente del pasillo.

Fray Ventura recobra el conocimiento poco rato después. Está caído sobre la acera, frente al Hospital de Caridad. Fray César está con él y el sargento Laguna, a pocos pasos de allí, se aleja mientras dice:

—Casi no llego; lo saqué justo a tiempo. Cuídelo, yo debo volver con el coronel Herrera.

Con ojos nublados, borrosamente, fray Ventura mira el hospital. Toda la estructura de la fachada sobre 25 de Mayo arde en un descomunal incendio. Dentro siguen oyéndose gritos desgarradores, y ahora suenan disparos. Ventura ve numerosos policías. Los jinetes desmontan y alejan los caballos, terriblemente nerviosos por la vista de las llamas. Pie a tierra, los policías corren, sable en mano unos, con carabina terciada otros, y penetran por docenas a ese hospital que, en el paroxismo de la desgracia de esa ciudad condenada, se ha vuelto el inconcebible foco de la más insensata guerra civil.

Ventura despierta con terrible sobresalto y se incorpora. Está en su celda, en el convento de San Francisco. La luz del nuevo día penetra por el ventanuco: una luz tenue, velada por nubarrones grises y borrascosos que persisten sobre Montevideo. Hace frío, tal que parece el primer día verdaderamente frío del año. Ventura se viste, calza las sandalias y echa el hábito sobre su cuerpo. Sale al pasillo y topa con su hermano César.

—Ventura, venía a buscarte.

—¿Cómo llegué aquí?

—Ayer te volviste a desmayar, luego que el sargento Laguna te dejó frente al hospital. Con algunos hermanos te trajimos aquí. El doctor Velasco vino a verte de madrugada. Te examinó y aseguró que no tenías ningún hueso roto. Pero en cuanto al golpe en la cabeza dijo que no podía hacer más nada, que solo cabía esperar. Gracias a nuestro Padre Celestial, has recobrado el conocimiento y estás bien.

—¿Qué hora vivimos?

—Son pasadas las siete de la mañana.

—¿Y a qué hora vino el doctor Velasco?

—Un poco antes de las cuatro de la madrugada, luego que terminó la calamidad en el Hospital de Caridad. Bah, la calamidad aún no ha terminado; pero por lo menos, ha cesado ya la violencia.

—¿Qué pasó luego que me desmayé?

—Ah, Buenaventura, el infortunio llegó a extremos inimaginables. El fuego alcanzó los sótanos del hospital, donde había grandes depósitos de alcoholes usados en cirugía para limpieza de heridas. Los depósitos explotaron, Ventura. Mucha gente ha muerto y el Hospital de Caridad está en ruinas.

Como movido por un resorte, fray Ventura inicia la marcha por el pasillo.

—Vamos —ordena.

—Pero, Ventura, el doctor Velasco dijo que cuando recuperases la conciencia debías comer algo. Toma un ligero desayuno, al menos.

—Después —grita—. Vamos.

Al poner los pies sobre la calzada, en la esquina de Piedras y Zabala, fray Ventura se detiene consternado. El día previo, extinguidas las fogatas por la lluvia, habían finalmente desaparecido las columnas de humo, arrastradas por el viento. Mas ahora se ve algo en el cielo, al oeste. Hacia el firmamento gris tormentoso asciende una humareda negra, espesa y gigantesca, que tan ancha parece como el Cerro de Montevideo, visible al otro lado de la bahía. Y entonces fray Ventura comienza a correr. Toma por Piedras hacia el oeste y corre, corre, corre llevado por la peor desesperación. Alarmado y angustiado, corre, y las lágrimas que brotan de sus ojos caen y desaparecen rápidamente, por lo veloz de su carrera. Y fray César, como siempre sin entender a su hermano de crianza, corre tras él para acompañarlo. Fray Ventura corre; sube por Pérez Castellano hasta 25 de Mayo y dobla a la derecha. Ante sus ojos aparece entonces la imagen del horror, que sobrepuja todos los horrores que han castigado la ciudad de Montevideo desde el inicio de la epidemia. Y Ventura corre y su hermano César lo sigue, hasta llegar al lugar del desastre. Ambos creen estar viendo otra vez aquellas horrendas escenas de los días de la Guerra Grande.

El sueño de Francisco Antonio Maciel y obra de José Toribio, el Hospital de Caridad, está destruido. La impresionante fachada sobre 25 de Mayo se ha desmoronado y solo queda en pie una pilastra, en la misma esquina con la calle Guaraní, adyacente a la cual restan fragmentos de pared a medio derruir. Aún hay fuegos aislados, algunos que arden con ferocidad, y los bomberos corren con sus baldes de agua en procura de apagar definitivamente el siniestro. Decenas de cuerpos están alineados en la calzada, la mayoría quemados, algunos carbonizados hasta quedar reducidos al vestigio inverosímil de lo que alguna vez había sido un ser humano. Los policías sacan cuerpos aún. Desesperado, Ventura se lanza hacia los cadáveres y los revisa uno por uno. Se toma su tiempo para hacerlo, hurgando hasta los restos ennegrecidos y enjutos. Luego, sin aviso, se mete y desaparece entre las ruinas del hospital.

—¡Ventura! —grita fray César.

—Está bien —dice una voz; César se vuelve y ve acercarse al coronel Herrera—. El lugar está asegurado por mis hombres y los bomberos. Déjelo que busque.

—Coronel, ¿qué busca mi hermano?

Herrera mira pensativo el hospital.

—Al presidente Gabriel Pereira no le gustará esto —comenta—. Él es admirador de la obra del arquitecto José Toribio. Seguramente ordenará una reconstrucción total y siguiendo los planos originales.

—¿Y las vidas que se perdieron aquí?

—¡Oh! Eso no puede reconstruirse. Tuvimos varios policías heridos, incluso uno quemado, pero gracias a Dios ninguno de mis hombres ha muerto.

—La vida se ha vuelto tan relativa en estos días de plaga —murmura fray César— que me sorprende verle agradecer por no haber muertos entre sus hombres. Por supuesto, sus hombres eran quienes tenían las armas.

—Y el populacho fue el que atacó un hospital con médicos, religiosos y enfermos indefensos —Herrera se vuelve para mirar a fray César—. No me juzgue, hermano César. Yo no inicié esto —agrega señalando el hospital.

Un carruaje pasa por allí en ese momento. Lo conduce un mulato, a cuyo lado va el vicario apostólico José Benito Lamas. Detrás, sentado en el borde de la baranda, está el doctor Velasco. Nadie da los buenos días. El coronel Herrera y fray César se asoman a mirar. En el carruaje llevan al doctor Rymarkiewicz, rescatado de los restos del hospital; sumido en un sueño comatoso, pero aún vivo.

—Lo alojaré en mi casa —informa el vicario Lamas, y baja la voz—El tiempo que le reste.

Se alejan, mientras Herrera comenta:

—Por lo menos, a él lo encontraron.

Fray César mosquea, lo mira y dice:

—Coronel, por favor, ¿qué busca mi hermano?

—Algo que yo busqué antes y no pude hallar —contesta y señala hacia la entrada ruinosa—. Por lo que veo, él tampoco logró encontrarlo.

Fray Ventura viene, llorando desconsoladamente. Toma asiento sobre una piedra, junto a su hermano, aferra el borde del hábito de César, oculta su rostro y llora desolado.

El coronel Herrera suspira, se cruza de brazos y dice, sin mirar a ningún lugar:

—Que estúpida ironía. Ni siquiera podremos darle el funeral que se merece. ¡Vaya usted a saber, hermano César, cuál de esos cuerpos carbonizados es el cadáver del doctor Vilardebó!

Cae la tarde del lunes treinta de marzo de 1857. En una habitación primorosamente adornada, en la casa del vicario apostólico, yace el doctor Rymarkiewicz, sobreviviente del desastre del Hospital de Caridad, pero igualmente enfermo de gravedad. La fiebre amarilla prosigue su tarea, indiferente al fuego que quiso atajar su camino. A través de una ventana ornada de sedosas cortinas entran las últimas luces de un día nublado y triste. De rato en rato, el médico polaco despierta y mira esa claridad en declive, inmóvil como él, que apenas tiene fuerzas para respirar. Cinco velas de estearina arden ya en la mesa de noche, junto a la cabecera. Más allá de los pies de la cama, casi mimetizado con el ambiente, el inefable fraile capuchino de raza negra, fray César Alfonso, eleva calladas plegarias. En una de las tantas oportunidades en que Rymarkiewicz abre los ojos para contemplar el entorno, ve abierta la puerta de la habitación. En completo silencio, entra una figura; el polaco la mira, y queda paralizado. Levanta una mano, creyendo ver una visión, o soñar. Ve esa figura delgada, pequeña, de pelo negro que cae sobre los hombros en dos artísticas trenzas y ojos de color miel. Mira ese rostro de ángel, ese rostro adorado, de perenne sonrisa, sustituida ahora por una expresión de angustia; ese rostro que derrama lágrimas por sus ojos soñadores, ojos que continúan irradiando amor, cuando le miran. Haciendo un mayor esfuerzo, luchando contra la debilidad y el dolor, Rymarkiewicz se incorpora, alza más la mano, trata de detener a esa figura que se aproxima y en un hilo de voz dice:

—No…

Y cae vencido. Su esposa Gabriela, recién llegada desde Buenos Aires, se apresura hacia él. La silla está ya junto a la cama; parece esperarla. La muchacha se sienta, toma esas manos amarillentas y enjutas entre las suyas, delicadas, blancas y suaves, y estampa un largo beso en la frente de su esposo.

—Maximiliano… —susurra, trémula la voz.

Apenas puede hablar, solo llora. La han preparado para lo que iba a ver, pero aun así el golpe es demoledor. Quien sí habla es Rymarkiewicz.

—No… Gabrielita —exclama desesperado—; tú aquí, no… por favor…

Mira con desesperación a Lamas, de pie tras la muchacha.

—Lo siento, doctor —dice el vicario—. Yo envié la carta el viernes, como usted me pidió. No imaginé que ella vendría. Una vez en Montevideo, ¿podía impedir que le viera?

Pero el polaco no se tranquiliza.

—Gabriela —dice aferrándole las manos—, Gabriela, por favor, debes irte. En esta ciudad está la Muerte. No te quedes, por Dios te lo suplico. Debes...

Ella lo mira y sacude la cabeza; se muerde el labio inferior y sus ojos anegados en lágrimas lo inundan de amor.

—No me pidas que te deje —responde—, porque no me iré de tu lado. Voy a estar contigo hasta el fin, y si es mi tiempo para seguirte por ese camino, tanto mejor para mí. No intentes echarme de tu lado, Maximiliano, yo te amo. No tengo reproches, no tengo reclamos. Sé que hiciste lo que debías, lo que consideraste tu deber como médico y como ser humano. Ahora... —reprime un sollozo— ahora que ha pasado esto, solo... solo déjame estar contigo. Es lo único que deseo, porque te amo.

—Y yo te amo a ti, mi Gabrielita.

Algunas horas después, poco antes de la medianoche, Rymarkiewicz habló a su esposa, abrazada ella a su brazo izquierdo.

—Gabriela... te he visto antes de morir. Ya la muerte no me espanta, pues he visto tu rostro, el más querido en el mundo para mí. Haga ahora Dios conmigo según su voluntad... — Rymarkiewicz levantó sus ojos y dijo—: Jesús, Señor del mundo... aquí estoy...

Petrificado, fray César detuvo sus oraciones.

José Benito Lamas se acercó al médico polaco. Con gesto suave, infinitamente delicado, le cerró los ojos. Así, parecía dormido, y una inenarrable serenidad brillaba en su semblante. Velasco ya estaba allí, convocado por el vicario, e hizo el amargo y breve trabajo de certificar la muerte. Fray Ventura también había llegado, y se mantuvo en silencio junto a la puerta.

Nadie sabía qué hacer con la viuda, que lloraba desconsoladamente en el suelo, junto al lecho de muerte del doctor Maximiliano Rymarkiewicz.

NUEVE

Los otros héroes

Los primeros días de abril el viento barrió toda la región con una fuerza feroz, inaudita. Las columnas de humo desaparecieron definitivamente de Montevideo, incluso la del Hospital de Caridad. Vidrios se rompieron, prendas de ropa colgadas se volaron y los pobres corrieron a los gritos tras lo que, en la mayoría de los casos, era lo único con que vestirse. Restos de ranchos y casuchas quemadas y derruidas se elevaron en el aire por efecto de un vendaval del demonio y volaron tierra adentro más allá de los límites de la ciudad. En el Hospital de Caridad, abandonado tras el incendio, quintales de heladas cenizas se arremolinaron y cubrieron con su grisácea textura la bahía y el puerto. Muchos días la borrasca aulló por las desiertas y estrechas calles de Montevideo, mientras en el oscuro interior de las casas las personas se agazapaban, la mayoría de ellos comiendo poco, arrebujándose frente al fuego, sin hablar, sin hacer comentarios, con la mente en blanco, pues ya no había lugar para pensamientos, emociones, ilusiones o expectativas. Un intangible manto de frío invernal irrumpió silenciosamente en el otoño de la ciudad, deslizándose hasta el interior de cada hueco, de cada rincón, de cada hueso del cuerpo. La lluvia persistió días y días. Por momentos, con chubascos violentos, pero la mayor parte del tiempo como una fina y pertinaz llovizna, que terminó por volver la urbe un extraordinario barrial.

Una semana después de la muerte del doctor Vilardebó, el domingo cinco de abril a la tarde, numerosas personas salieron del oficio vesperti-no de la Iglesia Matriz, reuniéndose entre susurros bajo el cielo gris, que destilaba una vez más un débil aguacero. Algunos circunstantes y otros que pasaban se unieron a los grupos allí formados. Las personas permanecieron en la plaza, hablando bajo los paraguas. Un devoto opinó, y varios mojigatos asintieron, que el cielo estaba triste y lloraba por aquellos que habían caído en la terrible lucha contra la fiebre amarilla. A esto respondieron los de ánimo amargado por haber perdido algún familiar a causa de la enfermedad, diciendo que Dios, en vez de lloriquear, podría haber evitado que la plaga cayera sobre Montevideo. Terciaron los racionalistas y dijeron que en el cielo no había más que nubes y pajarracos, pero que Dios no había, por lo que mejor sería no perder el tiempo hablando idioteces. Ya se armaba la trifulca cuando el coronel Herrera, suspirando, desenfundó su revólver y efectuó dos o tres disparos al aire. Acto seguido, los jinetes de la policía aparecieron para prevenir la gresca y disolvieron una vez más a la multitud.

El día siguiente fue el primero en no declararse casos de fiebre amarilla en toda la ciudad de Montevideo y alrededores. Las víctimas habían proseguido enfermando y muriendo la semana posterior a la muerte de Vilardebó, si bien hacia el fin de semana la cantidad de enfermos y fallecimientos por día mostraron una discreta tendencia a disminuir. Sumaban más de novecientos los muertos por la plaga cuando llegó ese milagroso lunes seis de abril. Al anochecer de ese día, el doctor Velasco, mudado con todos los auxiliares, sacerdotes, frailes y monjas al viejo Hospital de la Marina, recorría las decadentes instalaciones con asombro. El doctor Vidal, que había regresado de Las Piedras no bien se enteró del desastre en el Hospital de Caridad, de pie y solo en el portón de entrada, contemplaba con indiferencia y cansancio el cielo nublado y oscuro.

—¿Habrá terminado? —susurró Velasco a su lado.

—Dios lo sabe, aunque no sé si le importa —había contestado Vidal.

Poco antes de la medianoche, el rumor había recorrido media ciudad. Iniciado a eso de las diez de la noche, como una prudente noticia que decía: «hoy nadie ha enfermado de fiebre amarilla». Cuando estaban por dar las once había salido ya del casco urbano original, anunciando: «la plaga se detuvo». Pasada la medianoche, los pobladores de media ciudad, abrigados y ateridos, de pie en las puertas de sus casas, oían a los que recorrían las calles pronosticando: «ya nadie enfermará de fiebre amarilla». A las dos de la mañana, todo Montevideo había oído la triunfal proclama: «la plaga terminó». Fuegos artificiales cubrieron el cielo durante largo rato esa madrugada. La gente andaba por la calle a montones, como si fuera de día, saludándose, abrazándose y estampando sonoros besos a sus semejantes. Cantaban, bailaban, se emborrachaban y encendían petardos. Antes del alba, varios jinetes de la Guardia Nacional partieron en diferentes direcciones para llevar la grata noticia, fundamentalmente a las autoridades de gobierno, mientras en Montevideo los festejos proseguían hasta la salida del sol.

Fue a eso de las ocho de la mañana cuando un hombre cuarentón y demacrado se presentó al Hospital de la Marina y contó a los médicos una historia de fiebre, dolores musculares y vómitos oscuros, que se habían iniciado dos o tres días atrás. Al mediodía, los facultativos habían hecho el fatídico diagnóstico. A las seis de la tarde eran ya como veinte los nuevos enfermos de fiebre amarilla ahora hospitalizados. Una hora después, la población concurrió en masa al Hospital de la Marina, enterados ya del rebrote de la plaga. Al caer la noche, la calle estaba llena de antorchas. Algunos hombres sostenían en alto dos monigotes crucificados. Uno lucía un cartel sobre el pecho que rezaba: *dotor belasco*, y el otro decía: *dotor bidal*. Ambos médicos intentaron razonar con los primeros en llegar, arguyendo que ellos solo informaron de la ausencia de casos declarados de fiebre amarilla en el día anterior, pero de ninguna manera habían anunciado el fin de la plaga. Que los médicos no tenían en absoluto el poder de controlar la epidemia y detenerla holgaba aclararlo, pues a esas alturas era ya evidente. Más personas llegaban, el gentío se aglomeraba. Los dichos de los galenos, deformados y distorsionados, corrieron de boca en boca y a nadie dejaron conformes. No era lo que querían escuchar. La agresividad de la turba aumentó, empezaron a volar las primeras piedras. Entonces, el coronel Herrera, siempre presente donde había alboroto, ordenó proceder a un flamante oficial, recientemente ascendido por sus múltiples muestras de valía y coraje. El teniente Jaime Laguna montó su corcel. Como las razones de los doctores no habían sido buenas para la gente, aplicó las otras razones. Al frente de ciento cincuenta policías, disolvió la muchedumbre con rapidez y eficacia.

Horas después, ya cerca de medianoche, Velasco fumaba y Vidal miraba las frías y apacibles aguas de la bahía. Montevideo dormía en silencio; y a oscuras, pues hacía muchos días que nadie se ocupaba de la iluminación a gas. De pronto, Vidal comentó, sin dejar de mirar las lóbregas aguas:

—Sin embargo, fueron apenas veinte.

—¿Eh?

—Los que enfermaron hoy; fueron solo veinte. Mucho menos que en los peores días del mes pasado —Vidal miró a Velasco—. Tal vez sí esté terminando.

Un semana después, el número absoluto de enfermos y fallecidos por la fiebre amarilla continuaba en ascenso, pero el número de casos por día decrecía, así como el de muertes, lo que motivó alentadores comentarios y esperanzadas miradas entre los médicos y auxiliares, aún atareados por la plaga en el viejo Hospital de la Marina. Las miradas y comentarios se mantuvieron en estricta reserva, por razones obvias. Pasada la mitad de abril, la declinación de la epidemia fue notoria, y la última semana de ese mes los nuevos casos se hicieron esporádicos: un nuevo caso día por medio, luego uno cada dos días, y después en forma más espaciada.

Esos casos esporádicos previnieron a los que volvían. El presidente Gabriel Antonio Pereira estuvo entre los primeros en regresar a Montevideo, en la segunda mitad del mes. Acompañado por su hijo Julio y del brazo de su nuera Dolores Buxareo, recorrió toda la ciudad el día veinte de abril. Le escoltaron decenas de policías montados y pie a tierra, bajo el mando directo del coronel Herrera. Con pasmado horror, la comitiva presidencial llegó antes del ocaso a las ruinas del Hospital de Caridad. Contra la opinión de su nuera Dolores y con la indiferencia de Luis de Herrera, el presidente Pereira se internó en el derruido nosocomio. Julio Pereira permaneció fuera con el coronel Herrera, que se excusó ante el presidente por no entrar una vez más a recorrer los deprimentes restos del hospital. Siempre del brazo de su incondicional nuera, escoltado por el teniente Laguna y treinta de sus hombres, el presidente Pereira caminó despacio y en silencio por entre los escombros, escuchando con rostro demudado el relato monótono, hipnótico y lúgubre de lo sucedido aquella fatídica noche. Laguna era bueno para contar lo que había visto, por lo que casi podía verse el resplandor del fuego, oírse el estrépito del incendio y el fragor del derrumbe, y olerse el humo y el hedor de la carne humana quemada. Fue allí, en medio de aquella destrucción, donde el presidente Gabriel Pereira tomó conocimiento de la muerte del doctor Vilardebó, víctima de la plaga, y la posterior pérdida de su cadáver durante los violentos tumultos de aquel día. El presidente hizo entonces un alto, súbitamente pálido, y cerró los ojos durante un largo instante, sin hacer comentarios. Su nuera Dolores tampoco hizo comentarios; recibió la noticia de la muerte del médico con un repentino e inexplicado acceso de llanto, que demoró mucho rato en calmarse. Gabriel Pereira salió de su insólita excursión al interior destruido del viejo Hospital de Caridad con la firme decisión de proceder, en cuanto fuera posible, a su reconstrucción.

En los siguientes días regresaron otros miembros del Ejecutivo. El doctor Joaquín Requena fue el primer miembro del gabinete en volver a la ciudad; luego lo hicieron Doroteo García y el general San Vicente. Las autoridades judiciales también principiaron un paulatino regreso, así como los integrantes de las cámaras legislativas, y se reincorporaron todos a sus normales funciones en la primera semana de mayo. Volvió a funcionar el comercio; el mercado de la Ciudadela se pobló nuevamente de vendedores, compradores y artículos de primera necesidad; la incipiente banca reanudó sus operaciones, y el puerto retomó sus tareas habituales, también los primeros días de mayo. Hasta mediados de mayo se vieron, en las calles y caminos de entrada a la ciudad, largas filas de carretas que traían muebles y personas del campo, de retorno a sus casas abandonadas por la plaga.

El fantasma de la muerte amarilla, débil y minúsculo ya, se cobró una última e inesperada víctima, antes de desaparecer definitivamente: el nueve de mayo de 1857 murió de fiebre amarilla el vicario apostólico José Benito Lamas. Su muerte fue un golpe para la Iglesia. Demoró varios años la decisión de Roma de elevar el territorio uruguayo a la categoría de diócesis, con su propio obispo, cargo para el cual el nombre de Lamas se manejaba como el más obvio e indicado. Sin embargo, su muerte fue la caída heroica de otro guerrero que había combatido en primera línea contra la plaga desde los mismos inicios de la epidemia. Descansaba poco y comía menos; iba de un lado a otro, llevando ayuda y trayendo consuelo; abrió su casa y dio sus cosas cuando fue necesario. Y en los peores momentos, cuando Montevideo, la ciudad condenada, parecía a punto de desaparecer como Sodoma y Gomorra bajo fuego y azufre enviados por la ira de Dios, el vicario se había mantenido firme, consolando a los pobres, a los afligidos, a los enfermos y a los que ya casi no tenían esperanza. Poco antes de morir, expresó morir en paz, pues seguía el camino de aquellos que no habían huido, sino que habían permanecido en la ciudad a pesar del peligro y habían sido de ayuda a sus semejantes. La misma tarde del día de su muerte, entre doblar de campanas de la Iglesia Matriz, su cuerpo fue sepultado en el cementerio.

Entonces terminó la epidemia de fiebre amarilla en Montevideo, capital del Estado Oriental del Uruguay.

Eran los primeros días de junio de 1857. El cielo vespertino, poblado de arreboles nubosos, lucía un celeste pálido. Soplaba un viento seco, frío y lacerante, que encrespaba las aguas grises del Río de la Plata, ancho como el mar, que como el mar se extendía hasta un horizonte sumido en la calígine de la tarde invernal.

Fray Ventura contemplaba ese lejano horizonte, sentado en un solitario y antiguo banco ubicado frente a la costa pedregosa, en un punto poco poblado entre la usina del gas y la playa de la Estanzuela. Arrebujado en su grueso hábito y embozado, agobiado bajo las pesadas ropas de abrigo que traía puestas debajo, sus manos enguantadas se escondían entre las mangas de su indumentaria talar. Los ojos del fraile oscilaban poco, perdidos en la vista de aquella línea lejana, difusa en la bruma violácea. A su derecha, hacia el oeste, tras unas arboledas incultas, húmedas de rocío, que llegaban casi hasta la orilla, divisaba la distante costa sur de Montevideo. Se adivinaba bulliciosa en la lejanía, tras retomar su ritmo de vida normal desde un mes atrás. A su izquierda, hacia el este, a cosa de doscientos metros, podía ver la parte trasera de la residencia de su amigo blanco, el doctor Vilardebó. Estaba vacía hasta de sus más leales sirvientes y enredada en una complicada sucesión judicial. No quería mirar en esa dirección, pero un movimiento en el sendero de tierra que discurría entre altos cipreses hasta llegar a la costa le llamó la atención.

Ahí venía. Alto, grave, de unos cincuenta años, cabello rubio arremolinado en la nuca y patillas pelirrojas que llegaban casi hasta las comisuras labiales. El individuo esperado llegaba. Caminaba con soltura y despreocupación, como dueño del lugar; o del mundo. Vestía pantalones y levita de color negro, zapatos y guantes al tono; un grueso cuello duro de color blanco rodeaba su garganta. Fray Ventura sonrió al ver lo que el individuo traía en sus manos. Así como ellos, pensó, portaban y muchas veces aferraban el crucifijo, estos hombres no despegaban de sus manos ese libro de tapas negras, que el fraile indio sabía era una Biblia. El hombre llegó y se detuvo a un metro de fray Ventura, junto al otro extremo del banco.

—Buenas tardes, hermano Ventura —saludó con tono cordial y un fuerte acento anglosajón.

—Buenas tardes tenga usted, reverendo Fraser —respondió fray Ventura, también afectuosamente— ¿Cómo está su familia?

—Muy bien, gracias al buen Dios, y aclimatándose. No es tan difícil; el invierno de Londres es aun más húmedo y caliginoso. Sin embargo, mi esposa es la que más se ha resentido por el cambio; pienso que pasará pronto. ¿Puedo sentarme?

—Por favor, adelante, si no le importa humedecerse un poco las posaderas.

—En absoluto —el hombre se sentó, miró a fray Ventura con escrutadores ojos celestes—. Y bien, hermano Ventura, ¿en qué puedo ayudarlo? ¿Para qué necesita un fraile católico romano a un humilde pastor evangélico?

Con los ojos velados como el horizonte invernal del Río de la Plata que tanto rato había contemplado, fray Ventura susurró:

—Quizás para entender.

El pastor Fraser miró el mar y luego de nuevo a fray Ventura.

—Hace menos de un mes que llegué a este país —dijo, hablando lentamente—, pero tengo entendido que hubo aquí una grave epidemia de fiebre amarilla que dejó más de un millar de muertos en alrededor de dos meses. También me contaron que, aun antes de aparecer la epidemia, usted venía manteniendo discretos contactos con metodistas y anglicanos, e incluso con algunos inmigrantes valdenses llegados a fines del año pasado. Dígame, hermano Ventura, ¿es usted sacerdote?

—No, aún no he sido ordenado —contestó fray Ventura negando con la cabeza—; solo soy un hermano laico que ha tomado los votos monásticos.

—Sus contactos con los distintos grupos de cristianos protestantes instalados aquí en el Uruguay —preguntó el pastor Fraser, con prudencia—, ¿revisten algún carácter... inquisitorial? ¿Estaba usted... eh, espiando a los inmigrantes protestantes, bajo órdenes de la vicaría apostólica de Montevideo, o del Obispo de Buenos Aires?

Sin fastidiarse y con una sonrisa triste, fray Ventura respondió:

—No, reverendo, aquí no existe la Inquisición, y yo tomé contacto con los protestantes por mi propia iniciativa y necesidad. Además, el único que sabe de mi relación con aquellos que la Iglesia Católica Romana llama herejes es otro laico capuchino, fray César Alfonso, hermano mío de crianza y persona de mi absoluta confianza. Si bien no lo aprueba, como una vez me dijo, no es loro de los curas.

—¿Loro?

—Quiere decir que no me denunciará.

—Ah —Fraser quedó un momento en silencio; luego miró a fray Ventura—. Usted recién habló de su propia iniciativa... y necesidad. Hermano Ventura, ¿cuál es su búsqueda?

Fray Ventura suspiró.

—Mi búsqueda —murmuró— es más profunda que la inversa de la proposición de Santo Tomás.

El pastor Fraser arrugó el ceño.

—Hermano Ventura —dijo extrañado—, ¿me llamó aquí para discutir filosofía escolástica?

El fraile indio rió con breve frescura.

—No, reverendo; disculpe. Tal vez haya algo de escolástica en esto, pero en realidad me refiero al otro Tomás.

—El apóstol.

—El mismo. ¿Qué dijo el bienaventurado Santo Tomás cuando sus condiscípulos le informaron haber visto a Cristo resucitado de entre los muertos?

—¿Quiere que lo lea, o lo digo de memoria?

—Lea, por favor, reverendo; lea las Santas Escrituras.

El pastor Fraser abrió la Biblia y leyó con voz fuerte, clara y neutral:

—*Si no viere en sus manos la señal de los clavos, y metiere mi dedo en el lugar de los clavos, y metiere mi mano en su costado, no creeré.*

—En síntesis... —le invitó fray Ventura a proseguir.

—En síntesis, dijo: «si no viere, no creeré».

—Tal fue, en ese momento, la proposición de Santo Tomás. ¿Qué propone en cambio la fe? ¿Qué espera Dios de nosotros?

Ahora, el pastor Fraser suspiró; sin abrir la Biblia, dijo:

—Nuestro Señor Jesucristo dijo en una ocasión:¿*No te he dicho que, si creyeres, verás la gloria de Dios?* Jesús dijo: «si crees, verás»; porque según las Santas Escrituras la fe es la certeza de lo que se espera, la convicción de lo que no se ve. En síntesis, la proposición de la fe es creer sin ver y, por lo tanto, creer para ver.

—A la inversa que Santo Tomás —dijo fray Ventura.

—Es cierto; ahora veo lo que quería decir. Pero, ¿a qué mayor profundidad puede esto ser llevado?

—A que la fe nos pide creer sin ver, creer para ver. Pero hay situaciones en la vida en que el ser humano necesita entender... entender para creer.

El pastor Fraser miró largos instantes el rostro de fray Ventura. Poco a poco, en sus facciones se dibujó la comprensión, la pena, e incluso el deseo de ayudar.

—Su fe —susurró— está atravesando una crisis. La reciente epidemia, ¿no? —agregó luego de una pausa más larga—. Murió algún ser querido, algún buen amigo suyo.

Fray Ventura sonrió con tristeza.

—Murieron varios —dijo—, pero eso no es todo.

En la siguiente hora, mientras los tenues dedos del ocaso se extendían por el cielo de Montevideo, fray Ventura contó su historia al pastor Fraser. Al final, el ministro evangélico quedó perplejo, con el codo apoyado en el respaldo del banco, la mano sobre su boca, sin palabras ni argumentos, casi sin ideas, espantado. Permaneció largo rato así, sin poder decir nada, y sin nada que decir. El joven fraile capuchino, en tanto, retrepado en el frío banco de madera, miraba el mar, sin hablar tampoco, solo pensaba. Estaba pensando que dos meses atrás, muertos ya el padre Federico Ferretí y el doctor Teodoro Vilardebó, el once de abril había cumplido veintiséis años de edad. Este había sido el decimoprimer cumpleaños en que el lacerante dolor por su raza perdida, aniquilada a traición, se clavaba en su corazón. Pero este año, ya sin su mentor y su amigo blanco, el dolor de la herida se había vuelto atroz. No comprendía la plaga, sus causas, ni su propósito, si es que lo tenía. No toleraba pensar en el sufrimiento de tanta gente, y menos rememorar cómo tantos buenos y heroicos hombres y mujeres que habían luchado por ayudar a sus semejantes terminaran muertos, contagiados por el mismo mal que combatieran. Los muertos desfilaban ante sus ojos en toda la inmensidad de su padecimiento, y sus almas mudas le visitaban en sueños, por la noche en el convento, en busca de una respuesta. O tal vez fuera su propia alma atormentada la que buscaba una explicación; una respuesta que vindicara la fe que decía profesar, que fortaleciera su propia fe personal, minada y debilitada por tanta desdicha y calamidad.

—Entiendo —susurró el pastor Fraser.

Fray Ventura le miró extrañado. ¿Es que acaso había pensado en voz alta?

—Así es —dijo el pastor Fraser, con una sonrisa amistosa—. Entiendo que es difícil tratar de comprender el sufrimiento injusto de los inocentes cuando uno está desprovisto de fe en el Altísimo. Pero peor es no comprender ese sufrimiento cuando uno profesa esa fe, al punto de ser un profesional de la religión, como usted y como yo. Y peor aun es encontrarse con que la fe profesada es insuficiente para aceptar el padecimiento, el dolor y la muerte de inocentes.

—Exacto —murmuró fray Ventura—, exacto, reverendo; gracias por ser tan claro.

—Solo una pregunta, hermano Ventura. Hablamos del sufrimiento de inocentes, refiriéndonos a los habitantes de Montevideo que sucumbieron por la fiebre amarilla. Pero usted... usted llegó a acusar a este pueblo por la muerte de *su* pueblo y declaró públicamente que...

—Que la plaga era un castigo de Dios por la matanza de la nación charrúa. En algún momento lo creí, reverendo, pero ya no. Me extralimité en mis atribuciones y en las revelaciones que supuse recibir de parte del Señor. Ya no creo que la epidemia de fiebre amarilla haya sido un castigo de Dios por la masacre de mi pueblo. Sí pienso que la aniquilación de los charrúas es un pecado nacional que algún día Dios demandará a esta nación, sobre todo a aquella generación que fue responsable del crimen y condescendió con el mismo. Pero, en lo que a mí respecta, me arrepentí de mi exceso y de mi inmenso odio. Y, en lo que respecta a este pueblo... yo perdoné.

—Interesante —murmuró el pastor Fraser, mirando las grises aguas—. Dígame, hermano Ventura, ¿logró usted limpiar su corazón y su conciencia de ese inmenso odio?

—Sí, reverendo; repito: yo perdoné, perdoné por completo.

El ministro evangélico asintió con la cabeza.

—Si llegó a odiar tanto —agregó—, ¿de dónde sacó fuerza moral para perdonar por completo?

Fray Ventura, puesto de pie, caminó hasta la orilla pedregosa. Oyó a sus espaldas que el pastor Fraser seguía:

—¿En la confesión? ¿Al encender un cirio ante algún santo? ¿Al rezar el rosario?

Volviéndose a mirarlo, fray Ventura replicó, con una media sonrisa:

—Reverendo Fraser, no le pedí que viniera para escarnecer aquellos aspectos de mi religión que usted considera erróneos.

—Nada más lejos de mi voluntad —replicó el pastor Fraser—. Su religión es el cristianismo, al igual que la mía; su Dios es mi Dios, y su Cristo es mi Cristo, mi Salvador y el de todos los hombres. Hermano Ventura, ¿dónde encontró fuerza moral para perdonar por completo?

La mirada del fraile indio vaciló.

—¿En Cristo?

El pastor Fraser asintió otra vez y dijo:

—Jesús le dijo en una ocasión a Pedro: *Respondió Jesús, y díjole: Lo que yo hago, tú no entiendes ahora; mas lo entenderás después.* La pregunta que le atormenta, hermano Ventura, es sempiterna. Mientras haya hombres pecadores que vivan y conduzcan este mundo de espaldas a Dios, la calamidad y el sufrimiento se abatirán sobre las gentes. Algunas veces, fruto de la acción egoísta y malvada del hombre contra el hombre; otras veces, sin que parezca intervenir la voluntad humana, como por ejemplo cuando sobreviene un terremoto, una inundación... o una epidemia. Y cuando eso sucede, todos sufren las consecuencias: justos y pecadores. ¿Hay una razón, una respuesta, una justificación? Pero, ¿necesita Dios justificarse ante el hombre, que le ha dado la espalda? Nosotros, hermano Ventura, los profesionales de la religión, ¿cuál es nuestra paz? Saber que Dios Todopoderoso, que está al control de todo, ha de tener un propósito para todo, y buscar ese propósito. Fíjese en lo que nuestro Señor le dijo al apóstol Pedro: lo entenderás después. No, hermano Ventura; entender para creer, no. Creer para entender, y creer para ver; para ver la gloria de Nuestro Dios.

—Y mientras no llega esa comprensión que ilumina nuestra mente y nuestra alma con la bendita luz de Dios —musitó con voz temblorosa fray Ventura—, ¿dónde encuentra nuestro corazón fuerzas para creer?

El pastor Fraser sonrió con frescura.

—Allí donde encuentra fuerzas para perdonar.

Tras algunos momentos de perplejidad, una sonrisa iluminó también el semblante de fray Ventura.

—¿Y bien? —dijo fray César.

Estaban ambos, él y fray Ventura, en lo alto del mirador del Colegio Oriental. La soberbia estructura, desalojada poco tiempo atrás por sus dueños particulares, esperaba de un momento a otro el traslado, dispuesto por el gobierno, de los presos del Cuartel de Dragones. Al cuidado provisional de la policía, el teniente Laguna había permitido a ambos frailes subir al mirador para disfrutar de la magnífica vista. Era una clara mañana de junio, un par de días después de que fray Ventura tuviera su entrevista vespertina y casi secreta con el pastor Fraser. El sol ascendía radiante hacia el cenit, a poco de desprenderse de la brumosa línea del horizonte. La Villa de la Unión ofrecía un espectáculo magnífico de mañana invernal plena de trabajo, con sus calles de tierra bordeadas de zanjones y sin aceras de ningún tipo; sus casas de un solo piso, de ladrillo tosco y techos de paja o madera, humeando sus cocinas, jugando en los patios los niños, sacando agua de los aljibes las mujeres, rodeadas de amplios terrenos verdes las viviendas, la mayoría con una o dos ovejas, o alguna vaca, y las quintas ya ocupadas por los trabajadores. Destacaba, hacia el sur, la gran quinta de Tomás Basáñez, principal proveedor de la capital en lo que se refería a tomates, lechugas, cebollas, zapallos, otras hortalizas y frutales de todo tipo. Las calles de la

Villa de la Unión eran recorridas por los aguateros, los lecheros, los pana-
deros, los vendedores de carne y de pescado a lomo de burro, como lo fueran antaño las calles del Montevideo antiguo, en la época colonial. Hacia
el oeste, la ciudad era un murmullo gris en la lejanía. Fray Ventura aspiró
profundamente el aire frío y claro de la mañana, que traía tenues olores de
madera de pino quemada, de leche recién hervida y de chocolate.

—¿Y bien? —repitió fray César, con lo que sacó a su hermano indio
de su ensoñación— ¿Has decidido ya? ¿Persistirás en tu vocación hasta ser
ordenado sacerdote o te convertirás en protestante?

Fray Ventura suspiró.

—No lo sé —respondió en un susurro.

—Pues estamos mal —bufó fray César—. El hecho de que dudes en
semejante cuestión es signo inequívoco de la enorme confusión que ate-
naza tu alma.

Fray Ventura asintió.

—Es verdad —replicó—, estoy confundido, sí. Pero al menos de una
cosa estoy seguro: a pesar de todo lo sucedido, y pese a lo que nos depare
el futuro, mi fe está y estará puesta en Jesucristo. Él es la fortaleza de mi
alma. El pastor Fraser me ayudó a comprenderlo.

—¡El pastor Fraser! —exclamó fray César.

—Sí, el mismo — dijo y, mirándole, fray Ventura agregó con voz cor-
tante—: César, dame paz.

Sorprendido, fray César se mordió el labio inferior. Permaneció quieto unos minutos, sin saber qué hacer. Por fin, puso una mano en el hombro
de su hermano y dijo con tono compungido:

—Perdóname, Ventura; me he excedido. No tengo derecho a juzgarte,
ni siquiera bajo la apariencia de una piadosa intención de ofrecerte ayuda.
Voy a dejarte solo, pero quiero que sepas que sigo siendo tu hermano
César y puedes contar conmigo, siempre.

Conmovido, Ventura dio un fuerte y apretado abrazo a su hermano, y
luego le dejó partir. Aferrado con ambas manos a la baranda de hierro del

mirador, tendió la vista hacia la masa gris y lejana de la capital. Sintió algo de fastidio al ver Montevideo. En su seno se agitaba otra vez la tormenta política. Colorados y blancos, floristas y los de Oribe, fusionistas y conservadores, volvían a entrechocar sus armas dialécticas en un remolino de opiniones e intereses que poco entendía el pueblo común. Ese pueblo que seguía a los caudillos, cuando hacían sonar el clarín, para tomar las lanzas e ir a pelear en nombre de la divisa y «por el bien de la patria». Lo que molestaba al fraile indio era que el gobierno, la capital, el país, la nación, todos siguieran su marcha como si nada hubiera acontecido; como si el marzo infernal, vivido tres meses atrás, nunca hubiera existido. Como si no hubiesen sido reales esas semanas de horror, cuando la ciudad estaba vacía y silenciosa, y la población aterrada se ocultaba en sus hogares; cuando cada día las carretas acarreaban decenas de enfermos hacia el hospital y los carruajes llevaban los cadáveres al cementerio.

Luego, Ventura pensó y comprendió que el pueblo y sus gobernantes, la gente, cada hombre y cada mujer, seguramente querrían olvidar cuanto antes el horror vivido. No sabía si juzgarlos mal por eso. Comprendió también que la epidemia de fiebre amarilla que azotó Montevideo en marzo de 1857 pasaría de ser en su momento un titular en los diarios y periódicos de primer orden de la capital a ser un tema para los memorialistas e historiadores de la nación. Y en los libros de historia, conforme pasaran los años y las décadas, iría resumiéndose, empequeñeciéndose como hecho terrible pero real. Dejaría, efectivamente, de ser un relato detallado, por la necesidad de dar espacio a otros sucesos que seguramente vendrían sobre el país y su gente, y pasaría a ser una referencia, una mención. Quizás en cien años ocuparía poco más de una página, en la que se reunirían fragmentos dispersos de informes y narraciones. Y tal vez en ciento cincuenta años todo lo sucedido ese trágico marzo estaría ya olvidado, salvo el hecho mismo de la plaga, indeleblemente grabado en la memoria de la ciudad. Y entonces la imaginación y la fantasía de algunos reconstruirían quizás ese Montevideo de marzo de 1857, durante la epidemia de fiebre amarilla, con otros personajes, otros hechos, otros detalles, otros héroes; en suma, otra historia.

Y fray Ventura se sentía molesto, y fastidiado, y triste. Porque ese pueblo sabía muy bien recordar a los héroes que, montados en sus corceles y empuñando el sable, la lanza o la carabina, realizaban hazañas en los campos de batalla, segando vidas a la vez. Pero parecía propenso a olvidarse de los otros héroes, los que armados de su saber, su dedicación, su entereza y amor, se habían prodigado en la atención de los enfermos.

Fray Ventura se propuso recordar siempre al doctor Teodoro Vilardebó y a todos los otros amigos muertos: hombres y mujeres heroicos que en esa medianoche entre la vida y la muerte se habían mantenido firmes, mitigando el sufrimiento de las víctimas hasta caer ellos mismos.

Porque, en definitiva, habían dado sus vidas luchando por la vida. Y el hacer esto no fue más que seguir el ejemplo imperecedero de Aquel que dio su vida para traer vida a quienes en Él creyeran.

Buenaventura Meléndez así lo creía.

Dejó de mirar Montevideo. Caminó alrededor de la torre del mirador hasta que sus ojos contemplaron el este.

Un maravilloso sol iluminaba el nuevo día.

Una página de historia

El año 1857 se inició en un clima de calma superficial que disimulaba las hondas tensiones sociales y políticas existentes. Pero, apenas concluidos los festejos, como siempre estrepitosos, del Carnaval, una profunda conmoción sacudió a la ciudad: en marzo se desató la epidemia de fiebre amarilla.

Las inmundicias acumuladas en el cinturón de la ciudad —según expresaba un cronista—, los calores del verano y la tardanza del pampero para limpiar la atmósfera, facilitaron la propagación del flagelo. El agua de las lluvias y el tránsito de peatones, caballos y vehículos transformaron las calles, especialmente las que conducían al muelle de la calle Misiones, que llamaban la Dársena, en lodazales. Las basuras eran arrojadas en cualquier parte. Los caños maestros depositaban su peligrosa carga en la orilla misma del río, donde pululaban millares de ratas en un festín reforzado por los desperdicios que el agua traía a la playa desde los barcos surtos en la bahía.

La usina del gas, recientemente inaugurada, alimentaba el fuego de las calderas con animales muertos que eran acarreados hasta allí, en pleno centro, muchas veces en estado de putrefacción y expuestos en los terrenos de dicha usina. «Las miasmas que despedían las basuras, los cuerpos en descomposición y las aguas corrompidas eran los causantes de la epidemia... al engendrar nubes de mosquitos...».

Por esas pestilencias corrió el rumor de que la atmósfera estaba envenenada de residuos del gasómetro; también se achacaba al desembarco de pasajeros provenientes del Brasil, etc. «La ciencia perdía la cabeza y el pueblo la confianza en sus auxilios», dice *Heraclio Fajardo*, poeta y cronista de los acontecimientos.

Una verdadera procesión de camillas convergía hacia el hospital de Caridad y los enfermos llenaban de terror las calles desiertas. Los carros que portaban los féretros circulaban día y noche «...perturbando el sueño agitado de la población y horrorizando el espíritu con su ruido monótono y peculiar percibido a cuatro o cinco cuadras de distancia. A la animación habitual de la ciudad, al tránsito de sus calles, al ruido de la industria, al tráfico del comercio, había sucedido un silencio sepulcral, una soledad aterradora».

Los barcos hacían cuarentena amontonando pasajeros en la Isla de Ratas en medio de la bahía. Se luchaba como se podía contra el peligro de los sumideros, basurales y pantanos. Se cerraban los saladeros demasiado cercanos, plenos de moscas. Grandes fogatas alimentadas con alquitrán pretendían purificar la atmósfera. Los casuchos de madera y paja fueron entregados a las llamas y se trasladó a sus habitantes a donde se podía. Las familias patricias y las gentes acomodadas se retiraron, despavoridas, en número de más de 20.000 personas, siguiendo a los gobernantes a las «quintas» del Miguelete, la Unión y hasta las costas del Santa Lucía, por lo que quedó la ciudad en las enérgicas manos de su Jefe Político y de Policía, *Luis de Herrera*, que no la abandonó un instante.

Lo mismo, el Dr. *Teodoro Vilardebó*, noche y día junto a los enfermos hasta pagar el tributo de su vida a la ola del contagio. Murieron también en la batalla varios sacerdotes: el capuchino *Federico Ferretí* y el *Vicario Apostólico José Benito Lamas*. Cayó también un personaje legendario, el médico polaco *Maximiliano Rymarkiewicz*, de vida novelesca: había empuñado las armas por la libertad de su patria, fue luego voluntario en las luchas italianas, médico en París y periodista en Buenos Aires. De regreso a Europa, pasando por Montevideo, dio otra batalla, la última de su vida, contra la fatal epidemia. (★)

(★) Washington Reyes Abadie y Andrés Vázquez Romero, "Caudillos y Doctores (II)", *Crónica General del Uruguay*, Montevideo, Uruguay: Ediciones de la Banda Oriental, 1999. Tomo IV, pp. 393-4.

Estimado lector:

Espero que haya disfrutado leer *Columnas de Humo* de Álvaro Pandiani. Como probablemente lo ha notado, este libro lleva un sello especial en la portada. *Columnas de Humo* es el ganador del primer «Premio Grupo Nelson» en nuestra búsqueda de nuevas voces hispanas en el género de ficción.

Nosotros en Grupo Nelson creemos que la ficción tiene el poder de llevar al lector a dondequiera que el autor desee llevarlo y enseñarle lecciones mediante personajes e historias inolvidables. Estas historias tienen el poder de moldear a la gente, familias, comunidades y países. Teniendo en cuenta este poder de cambiar, hemos decidido establecer el Premio Grupo Nelson una vez al año, en nuestra constante búsqueda de nuevo talento en todo el mundo de habla hispana. Creemos que hay muchos nuevos escritores de ficción que sencillamente están buscando una oportunidad hecha a la medida de nuevos autores internacionales. Álvaro Pandiani es representante de este primer premio.

Quiero agradecerle por el apoyo y aliento que brinde a los nuevos autores en los años venideros. Creo que los autores que publicamos hoy tendrán la oportunidad de ayudarnos a cambiar el mundo de mañana.

En nombre de los empleados de Grupo Nelson, los jueces del Premio Grupo Nelson y Álvaro Pandiani permítame agradecerle por tomarse el tiempo de leer esta fabulosa historia de una época que cambió para siempre al país de Uruguay. Nos encantaría saber lo que usted piensa del libro, me puede escribir directamente enviando su mensaje a ldowns@thomasnelson.com.

Siempre manténgase leyendo,

Larry A. Downs
Vicepresidente y Gerente General
Grupo Nelson